O MISTÉRIO DOS JARROS CHINESES

William C. Gordon

O MISTÉRIO DOS JARROS CHINESES

Tradução de
GILSON SOARES

EDITORA RECORD
RIO DE JANEIRO • SÃO PAULO
2008

CIP-Brasil. Catalogação-na-fonte
Sindicato Nacional dos Editores de Livros, RJ.

G671m
Gordon, William C.
O mistério dos jarros chineses / William C. Gordon;
tradução Gilson Soares. – Rio de Janeiro: Record, 2008.

Tradução de: The chinese jars
ISBN 978-85-01-07748-6

1. Ficção norte-americana. I. Soares, Gilson Baptista.
II. Título.

07-3773
CDD – 813
CDU – 820(73)-3

Título original norte-americano:
THE CHINESE JARS

Copyright © William C. Gordon, 2006

Todos os direitos reservados. Proibida a reprodução, no todo ou em parte, através de quaisquer meios.

Direitos exclusivos de publicação em língua portuguesa somente para o Brasil adquiridos pela
EDITORA RECORD LTDA.
Rua Argentina 171 – 20921-380 – Rio de Janeiro, RJ – Tel.: 2585-2000
que se reserva a propriedade literária desta tradução

Impresso no Brasil

ISBN 978-85-01-07748-6

PEDIDOS PELO REEMBOLSO POSTAL
Caixa Postal 23.052
Rio de Janeiro, RJ – 20922-970

EDITORA AFILIADA

Este livro é dedicado a
Chinatown de São Francisco

SUMÁRIO

Capítulo	1 Reginald Rockwood III	9
Capítulo	2 Camelot	27
Capítulo	3 Virginia Dimitri recebe Xsing Ching	39
Capítulo	4 Rafael García	49
Capítulo	5 Blanche	59
Capítulo	6 Samuel começa a investigar	67
Capítulo	7 Rafael se mete numa encrenca	95
Capítulo	8 Xsing Ching se rende	103
Capítulo	9 A página que faltava	111
Capítulo	10 O Rei de Paus	129
Capítulo	11 A sorte de Rafael desaparece	141
Capítulo	12 Alguma coisa acontecendo	155
Capítulo	13 Chinatown de luto	179
Capítulo	14 Mathew tenta negociar	203
Capítulo	15 Dois centavos de cada um	211
Capítulo	16 Rafael e Mathew	233
Capítulo	17 Samuel assume	245
Capítulo	18 Samuel domina a corte	277

Capítulo 1

Reginald Rockwood III

REGINALD ROCKWOOD III morreu hoje aos 35 anos. Era herdeiro de uma das famílias mais ricas do estado. Nascido em São Francisco, em 1925, freqüentou a Escola Preparatória Cate e a Universidade da Califórnia, em Berkeley, onde se formou com louvor. Serviu com distinção nas forças armadas dos Estados Unidos e foi condecorado por bravura durante a Guerra da Coréia. Deixa os pais e uma irmã, a Sra. Eugene Haskell, de Palo Alto. A missa por sua alma será realizada na catedral da Graça, na próxima terça-feira.

ERA UM DIA FRIO DE OUTONO em São Francisco, no ano de 1960, e John F. Kennedy acabara de ser eleito presidente. Samuel Hamilton estava sentado na ampla mesa redonda na frente do bar, o Camelot, uma mesa que havia partilhado com Reginald quase todas as noites. Mal sabiam os estudiosos que o nome do bar seria usado pelos críticos para descrever o curto reinado de Kennedy.

Samuel era do Nebraska, descendente de uma mescla de escoceses e alemães, que desistira de Stanford no fim de seu segundo ano, depois que seus pais foram espancados e assassinados por assaltantes desconhecidos. E esse não foi seu único infortúnio. Durante o luto, ele se embebedou e bateu em outro carro, ferindo gravemente uma jovem. Teria ido para a cadeia, mas, graças às manobras de um advogado novo de São Francisco, apenas perdeu a habilitação para dirigir por três anos e caiu numa escuridão da qual ainda se sentia incapaz de sair.

Ele leu com tristeza as palavras no obituário do jornal onde trabalhava no setor de anúncios classificados. A morte de Rockwood em nada ajudou a melhorar seu estado mental. Já incapaz de se acostumar com a morte dos pais, ou com o acidente, ele vagueou sem rumo pelos seis anos seguintes, curando a depressão que parecia segui-lo por toda parte e servir de desculpa para sua falta de objetivo. E agora, isto!

Ele tinha perdido o companheiro de copo e a pessoa que lhe dera força nos dois últimos anos. Samuel ouvira com admiração e uma certa inveja as histórias de Reginald sobre as viagens que fizera pelo mundo e suas conquistas de mulheres exóticas em cada canto do globo. Eles até haviam falado sobre a possibilidade de fazer juntos uma dessas viagens de aventura. Para alguém na situação de Samuel, Reginald era uma balsa salva-vidas.

Ele coçava intrigado a cabeça de cabelo ruivo ralo, enquanto tragava fundo o cigarro sem filtro. O casaco esporte largo, cujas mangas estavam cheias de furos de queimaduras de cigarro, pendia frouxamente dos ombros e estava coberto de caspa. Tudo em relação a ele estava em agudo contraste com o garboso Rockwood, que tinha sido um homem belo e charmoso, apesar do sorriso de desdém que retorcia sua expressão.

Samuel recordou as profundas linhas em torno da boca e dos olhos de Reginald, olhos que tinham começado a se ressaltar levemente talvez por causa da vida dissoluta que levava. Não que isso tivesse afetado sua aparência distinta: ele era esguio e alto, com pálpebras pesadas, sobrancelhas bem-definidas e uma farta cabeleira preta que estava sempre penteada para trás. Parecia um ator de cinema italiano, e na opinião de Samuel tinha uma elegância impecável. De fato, ele nunca o vira sem um smoking. Às vezes até imaginava se a elegância de Reginald não estaria deslocada, porém jamais ousou mencionar isso. Quem era ele para opinar sobre moda? Seu amigo era uma criatura noturna que Samuel imaginava circular na alta sociedade, onde talvez um smoking fosse a última moda. Ele bateu a cinza do cigarro na borda do cinzeiro, derramando parte dela na mesa, o restante caindo suavemente no chão.

Eram 11h de uma manhã de sábado. Do lado de fora do bar podia-se ver a baía de São Francisco e observar os bondes tocando suas campainhas enquanto desciam Nob Hill rumo ao outro lado da agitada cidade. Nos dias frios e ventosos como este, os condutores forneciam cobertores para que as passageiras aquecessem as pernas.

Samuel era o único na mesa naquela manhã. Ele chamou Melba, umas das proprietárias do Camelot. Era uma mulher no início da casa dos cinqüenta anos, porém parecia mais velha porque fumar, beber e pegar firme no batente haviam acabado com ela. Tinha a voz áspera como a de um marinheiro, e sua única vaidade era a tintura azul no cabelo grisalho. Na luz mortiça do bar, seu penteado parecia uma peruca.

— Sabia que Reginald Rockwood morreu?

— Sim, li o obituário no jornal. O que aconteceu com ele? — perguntou ela.

— Não sei.

— Ele era um babaca quando estava vivo, portanto continua sendo um babaca depois de morto — resmungou ela.

— O quê?! — exclamou Samuel. — Pensava que ele era estimado e respeitado aqui. Sem dúvida tinha um certo ar de sucesso em torno de si.

— Besteira. O cara estava sempre desfilando por aí naquela porra de smoking como se estivesse indo para uma festa de debutantes. Mas vamos falar a verdade: se ele fosse realmente um sucesso, não ficaria perdendo tempo por aqui.

Samuel estava perturbado, mas preferiu ignorar a óbvia bofetada em fregueses como ele.

— Você está puta apenas porque Reginald ficou lhe devendo duzentos dólares e agora provavelmente não vai receber. Ou será que sabe alguma coisa sobre ele que não sei?

— Apenas uma impressão — replicou Melba. — Apenas uma impressão.

— Baseada em quê? — perguntou Samuel.

— Em que aquele cara era um idiota, e mais duro do que um poste. Vinha aqui todas as noites e nunca pagava uma bebida para ninguém, nem mesmo para ele próprio. Era um perdedor.

— Você está puta só porque ele nunca lhe deu uma gorjeta.

— É mais do que isso. Aposto que você nunca o viu comer, exceto os tira-gostos da mesa lá atrás.

— É verdade. Mas ele estava sempre a caminho de uma festança. Trazia o convite no bolso da lapela e aparecia aqui só para uma beliscada e um drinque antecipado.

— Tudo bem. Farei uma aposta com você — disse Melba. — Dez paus que você não vai encontrar uma pessoa com quem esse cara tenha gastado um tostão aqui.

— O que quer dizer? Ele ia me levar para o Marrocos. Já tinha comprado as passagens de avião. Pelo menos foi o que me contou em mais de uma ocasião.

— É, claro. Me mostre as passagens — riu Melba.

— Tudo bem, toparei sua aposta — disse Samuel e deu o sorriso contagiante que irradiava quando estava feliz ou quando achava ter dado um grande golpe, como esta sua aposta com Melba. No entanto não fazia nenhuma idéia de como poderia provar que Reginald tinha mesmo aquelas passagens.

Em seguida, acalmou-se e retornou ao seu devaneio, fumando, bebericando seu uísque com gelo e refletindo. Passara um bocado de tempo conversando com Reginald e achava que o conhecia bem. Considerava-o uma pessoa sensível e inteligente, que tinha alguma percepção do mundo e seus complexos problemas. Certamente não o via como um sovina ou um perdedor, como Melba sugeria, ou não teria feito intimidade com ele. Até mesmo ela devia ter confiado um pouco nele, já que lhe emprestara o que considerava uma grana preta. E ele se agarraria a essa opinião e seguiria com sua vida medíocre, se não fosse à missa por Reginald na catedral da Graça na próxima terça-feira.

* * *

Samuel chegou cedo, pensando que a igreja estaria lotada. Mas encontrou-a deserta. Esperou até o horário marcado, e mesmo assim não houve nenhuma missa e ninguém interessado nela. Foi até a frente da igreja e verificou a agenda de cerimônias para o dia, mas não havia qualquer menção a Reginald Rockwood. Imaginando ter-se equivocado com a data, perguntou a um velho padre que encontrou circulando por ali se sabia de alguma coisa sobre o falecido. O padre o atendeu. Procurando nos registros da igreja, mostrou a Samuel que não havia nenhuma missa marcada para o Sr. Rockwood naquele dia ou em qualquer ocasião no passado ou no futuro.

Samuel voltou ao Camelot. Melba estava acabando de chegar para seu turno. Ele explicou a ela que havia sido enrolado.

— Reginald provavelmente inventou seu próprio falecimento e depois caiu fora da cidade porque devia muito dinheiro — disse ela, pensando nos duzentos dólares que tinha perdido.

— E quanto ao corpo? — perguntou Samuel.

— Aí é que está. Você tem certeza de que o cadáver é Rockwood? Ele não é o único cara na cidade que usa smoking.

— É óbvio que alguém o identificou — disse Samuel.

— Talvez ele tenha se envolvido em algum acidente — replicou Melba.

Samuel não sabia o que fazer. Bebeu dois uísques com gelo e seguiu com dificuldade de volta para sua espelunca na extremidade de Chinatown, na esquina das ruas Powell e Pacific. Era um apartamento pequeno com espaço suficiente para uma cama dobrável, um sofá e uma mesa que precisava urgentemente de limpeza. Ele pendurava a roupa suja num cordão que estendera através da sala. Havia também uma minúscula cozinha, que ele nunca usava, e um banheiro com as torneiras enferrujadas. Não era um palácio, mas não podia se queixar. Uma família inteira de chineses podia viver num apartamento como aquele.

Ele cambaleou escada acima, caiu na cama e só acordou na manhã seguinte.

* * *

Na quarta-feira de manhã ele foi tomar um café fresco e comer um pastel no restaurante chinês barato de Louie Chop Suey, perto de seu apartamento. Cumprimentou o proprietário seu amigo e recebeu um amplo sorriso de volta. A mãe de Louie costumava estar lá, sentada a uma mesa perto da porta, de olho nos fregueses. A velhinha morava em São Francisco havia trinta anos, mas achava que ainda estava em Cantão. Não falava uma palavra de inglês e nunca se aventurara fora de Chinatown. Louie, por sua vez, falava inglês sem o menor sotaque e sentia tanto orgulho de ser americano que seu restaurante era decorado com bandeiras americanas e fotografias dele e de soldados com quem servira no exército na Segunda Guerra Mundial e na Coréia. Tinha quase a mesma altura de Samuel e cabelo preto basto, um rosto redondo amável cheio de acne e uma personalidade amistosa que lhe garantia uma clientela maior do que sua cozinha merecia.

As 12 mesas eram cobertas com toalhas de plástico. Sobre cada uma havia um frasco de molho de soja, um saleiro, um recipiente de pimenta e um porta-guardanapos. O balcão onde Samuel costumava sentar-se tinha assentos que davam para um enorme aquário ocupando quase toda a parede dos fundos diante da cozinha. Os peixes tropicais que nadavam no bem-cuidado tanque tinham um efeito hipnótico sobre ele. Às vezes ele ia ali só para observá-los.

Após a refeição matinal, ele pegou o bonde da Hyde Street para seu terminal no fim da Powell Street e caminhou os poucos quarteirões para seu trabalho no jornal situado na esquina da Terceira com a Market, acertando o relógio com o da torre do edifício-sede das barcas ao pé da Market Street. Seu escritório, que dividia com outros cinco vendedores de classificados, ficava no subsolo do edifício de vinte andares que abrigava o gigante da imprensa. Ele desceu dois lances de escada mal-iluminados e quando finalmente alcançou o corredor ficou grato porque o ventilador de teto estava funcionando naquele dia. Ele amenizava em parte o cheiro de mofo que costumava impregnar aquele lugar insalubre. Abriu a porta de vidro opaco e letras pretas que identificavam o Departamento de Classificados. Ligou a luz fluorescente que dava uma coloração esverdeada à sala sem janelas. Havia cinco mesas amontoadas num espaço em que só caberiam duas; cada uma delas cheia de catálogos telefônicos empilhados e montes de jornais. Alguns já estavam ali havia muito tempo. Ele verificou suas mensagens, que eram bem triviais: principalmente promessas de comprar de anúncio em alguma data futura indeterminada. Tentou se concentrar, mas o fantasma de Reginald Rockwood o assombrava. Por que um morto não apareceria em seu próprio funeral? Ele começou a pensar sobre isso e no que Melba dissera acerca de Rockwood planejar seu próprio desaparecimento. Foi falar com o funcionário do jornal que recebera o obituário. Levava o recorte na mão.

— Você se lembra de alguma coisa sobre o recebimento deste anúncio? — perguntou, mostrando o recorte ao funcionário.

O funcionário, um tanto desligado, pegou o recorte e desapareceu na sala dos fundos. Enquanto esperava, Samuel tentou alisar as dobras de sua camisa social e as mangas do casaco esporte bege. As cinzas de seu cigarro caíram no chão e o ventilador de teto as espalhou nos cantos do pequeno escritório abarrotado.

O funcionário voltou com a pasta.

— Lembro do cara que trouxe isto. É impossível esquecê-lo. Estava bem-vestido à beça, de smoking, pode crer. Disse que seu irmão tinha morrido e que queria ter certeza de que publicaríamos no sábado. A única coisa que me tirou do sério foi que ele queria ser atendido como um príncipe, mas o filho-da-puta nem deu uma gorjeta.

— De smoking, hã? — repetiu Samuel, dando outra tragada no cigarro. — Pode descrevê-lo? De que cor era o cabelo dele?

— Bem preto, olhos castanhos. Muito boa-pinta.

— Altura?

— Bem alto, e parrudo.

— Ele deixou um endereço?

— Claro. E pra lá de chique. Descendo a Broadway, em Pacific Heights.

Samuel anotou. Quando foi embora, estava intrigado. Começou a imaginar se Reginald realmente aparecera ali com seu próprio obituário.

Ele deixou seu trabalho, disparou escada acima e saiu para a rua. Estava começando a garoar e ele não tinha uma capa de chuva.

Pegou o ônibus elétrico, que o levou através da Market e subiu a Kearney, onde se transferiu para outro ônibus que o deixou na entrada de Chinatown. Naquele lugar, até o cheiro era diferente. O cheiro estéril do distrito financeiro fora substituído pelo de soja e gengibre, e ele já podia quase saborear o talharim que sabia estar no vapor das cozinhas chinesas que o circundavam.

O ônibus subiu a colina e atravessou a Van Ness na área onde ele imaginava que Reginald morava. Tocou a campainha da imponente mansão com colunatas gregas no portal. Quando a grande porta de mogno com entalhes decorativos, tingida de cor de nogueira escura, abriu-se devagar, ele viu-se olhando fixamente para uma criada chinesa de aspecto agradável, num vestido preto coberto por um avental branco engomado, que lhe devolveu o olhar através dos óculos de aros metálicos.

— Pois não, senhor? Posso ajudá-lo?

— Meu nome é Hamilton. Trabalho no jornal local. Estou tentando fazer uma reportagem sobre Reginald Rockwood III. Nossos registros indicam que ele morava aqui.

— Não, não. Esse homem não morava aqui — respondeu ela.

— Você o conheceu, pelo menos? — perguntou ele, parecendo aliviado.

— Esse homem veio a uma festa aqui. Muito esfomeado. Comeu um montão de salgadinhos e bebeu à vontade das bandejas, depois foi embora.

— Quando foi isso?

— Faz três meses.

— E como é que se lembra dele?

— Lembro de todo mundo que vem aqui, até mesmo o nome. Ele era alto, bonito. Cabelo preto. Muito esfomeado. Comeu de tudo, depois foi embora.

— Sabe onde ele mora ou de onde veio?

— Não, não. Só veio para a festa. Nunca o vi antes. Tinha um convite.

— Posso falar com a dona da casa? — perguntou ele.

— Não aqui. Se deixar seu cartão, talvez ela ligue para o senhor.

Samuel entregou-lhe seu cartão.

— Por nada, senhor — disse ela e fechou a enorme porta.

* * *

Samuel teve tempo para pensar no ônibus de volta ao Centro. Estava ficando claro que seu amigo escrevera o próprio obituário. Percebeu que o anúncio era provavelmente falso, mas não podia imaginar por que Reginald criaria toda essa informação enganosa. As palavras de Melba repicavam nos seus ouvidos. Reginald não faria aquilo só para escapar de uma dívida de duzentos dólares. Certamente devia muito mais do que isso ou tinha outros problemas mais graves. O que sabia ele sobre o cara? Não muito, de fato.

Saltou do ônibus quando este parou diante da sede do jornal, depois desceu a escada e procurou um repórter amigo seu da editoria de polícia. Encontrou-o martelando na sua máquina de escrever, os dedos manchados com a tinta preta do papel-carbono. Explicou a ele o que tinha descoberto.

— Tente o médico-legista. Ele é quem investiga mortes — disse o repórter.

Samuel seguiu o conselho e vinte minutos depois estava no gabinete do legista, bem atrás do novo Palácio da Justiça, onde ficavam as cortes criminais.

— O chefe está? — perguntou ao funcionário, um jovem emaciado com dentes amarelos.

— Ele está atendendo alguém agora. Estará de volta em uns quinze minutos. Quem devo anunciar?

— Samuel Hamilton. Fui mandado pela editoria policial. Trabalho no jornal.

— Será que posso ajudá-lo?

— Estamos querendo informações sobre a morte de Reginald Rockwood III. O nome lhe diz alguma coisa?

— Sim, claro que sim. Estive me ocupando com esse aí por algum tempo, mas o chefe o assumiu como seu caso pessoal. Eles dizem que o cara era um bacana.

— O que você quer dizer com "eles dizem"? — perguntou Samuel.

— Resolva isso com o chefe — disse o funcionário. — Ele está livre agora.

Samuel entrou no gabinete do médico-legista. Era um homem alto de aspecto gasto, com o olhar melancólico das tartarugas, trajando um jaleco branco com crachá. Havia gráficos de anatomia exibindo diferentes partes do corpo e um esqueleto de verdade em um dos cantos, no qual ele havia colocado uma boina.

— O funcionário me disse que você está perguntando sobre Reginald Rockwood — disse o legista.

— Ele mesmo. Algumas coisas sobre esse cara não fazem sentido — confessou Samuel. — Você sabe que ele publicou seu obituário poucos dias antes de morrer?

— Bem, o corpo que temos aqui é o dele, com certeza. As digitais conferem.

— E qual foi a causa da morte?

— Suicídio. Ele pulou na frente de um ônibus elétrico. Mas não precisava se dar ao trabalho, era um homem muito doente. A necropsia mostrou que seu fígado era do tamanho de uma bola de futebol. Aposto que sabia o que o aguardava e tomou um atalho.

Samuel sacudiu a cabeça, incrédulo.

— Fui ao endereço que ele deixou, mas a criada disse que nunca morou lá.

— É mesmo? Ainda não descobrimos sua residência. Sabiam quem ele era?

— Só disseram que foi a uma festa lá três meses atrás.

— Telefonamos para aquela mulher, Haskell, a que ele alegava ser sua irmã, mas ela nunca ouviu falar dele.

— Vou riscá-la da minha lista — disse Samuel. — Sabe se e onde ele trabalhava?

— Nem uma pista — respondeu o legista. — Ele foi internado no Hospital Geral de São Francisco na sexta à noite, mas estava em coma, segundo os registros, e morreu sábado de manhã sem recuperar a consciência. Ninguém reclamou o corpo ainda. E, pelo que vejo, ninguém o fará.

— O corpo continua aqui? — perguntou Samuel, surpreso.

— Está no necrotério. Onde mais poderia estar?

— Posso vê-lo? Era um amigo muito especial, e isso seria realmente importante para mim.

O rosto de tartaruga expressou dúvida por um momento.

— Isto foge um pouco da rotina, mas acho que seria interessante que alguém o identificasse para o registro. Siga-me.

Desceram o corredor juntos, passaram por uma porta dupla de vaivém e entraram no necrotério. Passaram por outra porta do lado direito do corredor onde havia uma sala repleta do que pareciam ser caixas de aço inoxidável ocupando três das paredes. Cada uma media aproximadamente meio metro e tinha um número. Havia uma mesa bem junto à porta de entrada. Continha um livro de registros e um bloco de anotações. O legista olhou para o nome Rockwood, escreveu um número no bloco, destacou a folha e caminhou pela fileira de quadrados até chegar ao número 25 e reconferiu o número.

— Você não sofre de nenhum problema cardíaco ou coisa parecida, não é? — perguntou ele a Samuel.

— Não, senhor. Mas admito que não vejo uma pessoa morta desde que meus pais morreram, faz alguns anos.

— Tem certeza de que quer ver?

— Sim, é importante para mim.

— OK, você pediu — disse ele e abriu a gaveta.

Samuel viu um lençol branco cobrindo o contorno de um corpo sobre uma bandeja metálica. Sentiu o ar frio que vinha do quadrado aberto. O legista parou de puxá-la quando a gaveta se abriu por cerca de 90cm e lentamente tirou o lençol, expondo a cabeça e os ombros até pouco abaixo dos mamilos.

— É ele — disse Samuel quando foi capaz de falar após uma longa pausa. Esperava ver a face sorridente de Reginald conforme a lembrava, mas a morte violenta havia esmagado suas feições. Samuel supôs que ele havia caído diante do ônibus e sido arrastado pelo asfalto. Seu nariz estava achatado e um dos malares, afundados; mas era o seu amigo: o mesmo cabelo preto, sobrancelhas bem-definidas e lábios refinados. Ele viu as suturas da necropsia no torso e entre os mamilos.

— É horrível — murmurou ele.

— Eu não lhe disse?

— O que significam essas contusões nos braços? É como se tivessem sido agarrados por alguém muito forte.

— Eu não colocaria muita ênfase nesse ponto — disse o legista. — Ele ficou em coma por várias horas antes de morrer. Obviamente, a equipe de enfermagem o andou carregando por aí. — Ele esperou uns poucos segundos, depois perguntou: — Viu o bastante?

— Sim, obrigado. O senhor entende, não? Ele foi um grande amigo meu.

— Entendo — disse o legista, cobrindo o corpo e empurrando a gaveta de volta ao lugar.

Antes de voltar para o escritório, Samuel perguntou:

— O que vai acontecer com o corpo?

— Nós o guardaremos por cerca de um mês. E se não for reclamado e não houver nenhum outro problema, será doado para a ciência. Sempre precisam de cadáveres na escola de medicina da Universidade da Califórnia.

— Tenho mais um favor a pedir — disse Samuel. — Posso examinar os pertences dele?

— Isso também é meio contra o regulamento, mas, que diabo, diremos que você está ajudando a resolver o mistério.

Ele pegou o telefone e pediu ao funcionário que deixasse Samuel ver o arquivo de objetos. Em poucos minutos o funcionário entrou com uma sacola contendo um smoking, uma camisa, meias e cueca e um saco plástico com carteira, relógio, abotoaduras, botões para peitilho de camisa, um maço de cigarros quase vazio, um isqueiro Zippo e 17 dólares.

— Fique à vontade. Pode usar a sala de provas do lado de lá. Sinta-se em casa.

— Obrigado. Avisarei se encontrar alguma coisa que possa ser útil — disse Samuel.

Quando viu os pertences empilhados diante dele, lágrimas inundaram seus olhos. Não era de chorar com facilidade, mas pensou que isto era tudo o que restava do pobre sacana. Enxugou os olhos com a manga, percebendo que simplesmente não poderia se virar e sair, como desejava.

Em vez disso, começou a examinar metodicamente a carteira. Não havia carteira de habilitação, apenas um cartão do seguro social e um retrato do jovem Reginald em uniforme militar. Tinha divisas de tenente nos ombros, mas Samuel não podia dizer se eram de ouro ou prata. Em seguida vasculhou os bolsos do smoking e encontrou um convite para uma festa na noite em que aparentemente Reginald tinha pulado na frente do ônibus. Era para um coquetel exclusivo em Pacific Heights, na casa de um rico industrial.

O convite fora gravado na Engel's de São Francisco, uma gráfica de alta classe situada na Sacramento Street, no distrito financeiro. Havia um número de RSVP, de modo que Samuel interrompeu seu exame e ligou para o número. Disseram que nunca tinham ouvido falar de Reginald Rockwood III e que não faziam idéia de por que ele teria um convite. Com certeza, não havia sido convidado.

Na pasta da necropsia, além dos achados do legista, havia um relatório policial de uma página dizendo que Rockwood tinha aparecido de súbito na frente de um ônibus elétrico perto do Hospital Geral, e que o motorista não conseguira parar.

Samuel voltou ao gabinete do legista e contou-lhe o que havia descoberto.

— Vou até essa gráfica e depois o aviso se descobrir alguma novidade. Obrigado pela ajuda — disse Samuel e foi embora.

* * *

A Engel's ficava na Sacramento Street, poucos quarteirões a leste da Montgomery, perto do Embarcadero, que corria junto à baía. Samuel empurrou a porta e viu-se numa sala de espera lindamente mobiliada com gravuras de Piranesi da Roma antiga em todas as paredes. Como não havia ninguém na mesa de recepção, ele tocou a campainha. Quase imediatamente, uma jovem atraente, vestindo um sóbrio costume de duas peças, apareceu e perguntou-lhe se podia ser útil.

— Meu nome é Samuel Hamilton. Trabalho para o jornal local — disse ele, surpreso com a própria audácia. — Estamos fazendo uma matéria sobre um rapaz chamado Reginald Rockwood. Sabe de quem estou falando?

— É melhor falar com o Sr. Engel. — Ela usou o interfone. — Tem alguém aqui perguntando sobre o Sr. Rockwood. — Voltou-se para Samuel. — Ele irá atendê-lo.

Logo apareceu um homem idoso de aspecto distinto, elegantemente vestido num terno escuro, mas com uma gravata larga e brilhante. Cumprimentou Samuel com cortesia profissional.

— Está perguntando por Reginald Rockwood? Ele trabalhava aqui, mas faz vários dias que não o vejo.

— Parece que o senhor não ouviu as notícias — respondeu Samuel.

— Que notícias? — replicou o velho.

— Ele morreu no sábado.

— Oh, meu Deus. Que coisa inesperada. Ele era jovem e aparentemente saudável — comentou Engel.

— Posso falar com o senhor em particular? — pediu Samuel.

Ele foi conduzido por um comprido corredor até um gabinete decorado com fotografias de Engel junto a figuras de destaque na sociedade e na política. O homem mandou-o sentar. Parecia perturbado com a má notícia.

— Não queria discutir os detalhes da morte dele diante da recepcionista — explicou Samuel.

— Como ele morreu?

— Parece que cometeu suicídio na sexta-feira.

— Santo Deus! Por que faria isso? — perguntou, curioso. — Você sabe, ele esteve aqui na sexta, como de hábito, depois não apareceu mais. Estávamos especulando sobre o que teria acontecido.

— O que ele fazia para o senhor? — indagou Samuel.

— Ele era nosso vigia noturno.

— Vigia? — questionou Samuel, incrédulo. — Eu sempre o vi vestido de smoking.

— Smoking? Então está explicado — disse Engel. — Aqui ele esfregou chão e retirou o lixo por quase quatro anos. — Ele ia continuar, mas Samuel o interrompeu.

— Tem um endereço dele ou de algum parente? — perguntou.

— Tínhamos um endereço e um telefone, mas quando ele não apareceu na segunda-feira, ligamos para o número e havia sido desligado. Mandamos alguém ao endereço, só que ninguém morava lá, era um terreno baldio. Depois começamos a nos preocupar porque achamos que ele havia deixado a cidade por alguma razão misteriosa, de modo que trocamos as fechaduras de todas as portas. Foi quando tivemos uma grande surpresa. Abrimos o armário de material de limpeza e encontramos quatro smokings, um miniarmário cheio de suas roupas de baixo e um kit de barbear. Havia até mesmo um saco de dormir enfiado num canto. Ele devia estar dormindo lá.

— Faz alguma idéia de por que isso estava acontecendo?

— Nem a menor idéia.

— Se entendo o seu negócio, Sr. Engel, o senhor faz muito trabalho de gravação para as pessoas importantes da sociedade?

— Isso mesmo. Há quatro gerações que atendemos à alta-roda e o fazemos com muito orgulho — respondeu ele.

— É possível que o Sr. Rockwood estivesse pegando um convite de cada uma das gravações feitas pela sua empresa e comparecendo aos eventos sociais para se fazer passar por um convidado?

— Bem, tudo é possível — disse Engel, horrorizado pela possibilidade de que aquilo se tornasse público, prejudicando o prestígio de sua firma.

— Deixe-me mostrar-lhe o que quero dizer — disse Samuel, pegando o recorte do obituário e entregando a ele. Engel leu rapidamente e ficou mais pálido ainda.

— Está começando a fazer sentido agora. Outra coisa que encontramos no armário foi uma caixa de convites cobrindo os últimos quatro anos. Estavam arrumados em ordem alfabética e tinham anotações e números de telefone. Era como se ele estivesse fazendo algum tipo de registro para fins de referência.

— Então o sujeito estava na verdade morando no armário de limpeza e comendo nas festas dos seus clientes. Não admira que seu fígado estivesse baleado — comentou Samuel. — Por acaso encontrou passagens de avião para o Marrocos? — perguntou.

— Nada parecido com isso, ou eu teria notado.

— O senhor foi de uma grande ajuda, Sr. Engel. Gostaria que eu lhe contasse se descobrir alguma coisa?

— Apreciaria muito, meu jovem. O Sr. Rockwood era um bom empregado. Gostaríamos de saber o que aconteceu.

Samuel saiu da firma e enfrentou o tráfego vespertino. O homem era um pão-duro e provavelmente um vigarista, resmungou. E seu sonho de ir para o Marrocos tinha ido pro espaço e ele havia perdido a aposta com Melba. Pegou um ônibus, seguiu até Nob Hill e foi para o Camelot. Entrou de cabeça baixa e sentou-se no bar diante de Melba.

— Como soube que Reginald era um vigarista? — perguntou ele.

— Algum dia você olhou para as mãos dele? Não combinavam com smokings e aquele ar de grandeza. Eram as mãos de um trabalhador braçal.

Samuel puxou uma nota de dez da carteira. Bateu com ela no tampo do bar e saiu.

Foi seguido pelo som da risada de Melba.

Capítulo 2

Camelot

SE MORASSE NA ÁREA de São Francisco, você conheceria o bar. Não era como qualquer outro bar da vizinhança em que já tivesse entrado. Ficava bem junto aos trilhos do bonde numa esquina para a baía de São Francisco com suas águas cor de aço, seus lustrosos veleiros, o sinistro perfil da prisão de Alcatraz na sua ilha solitária e uma de suas famosas pontes. Se você olhasse através da janela da frente do bar, a vista era arrebatadora. Quando o sol estava brilhando, os gramados verdes do parque, que ficava do outro lado da rua, reluziam suavemente e contrastavam com o reflexo da água e a cor do céu. No verão, o sol desaparecia em cobertores de névoa que rolava de sobre as colinas do oceano Pacífico e engolfava a cidade e a Golden Gate. No inverno, havia dias em que a paisagem parecia ter sido pintada em aquarelas cinzentas.

A noite era a hora mais agitada no Camelot. O bar ficava repleto de gente local e de turistas. As pessoas tinham seus próprios objetivos em ir lá, mas não era pelo glamour do lugar ou pela vista espetacular. Era um misterioso vínculo que mantinha um punhado de clientes assíduos unidos por um cordão invisível, e uma gentileza inesperada no ambiente que excitava aqueles de fora que decidiam entrar, e os fazia retornar.

Defronte à porta da frente, havia uma mesa redonda onde 12 pessoas podiam se sentar confortavelmente. Mais para dentro, havia um bar semicircular onde mais 12 podiam se acomodar em volta do círculo, e o restante da clientela podia ocupar as mesas menores. Atrás do bar havia um grande espelho de 4,5m que ia até o teto, de modo que de qualquer ângulo era possível ver o bar inteiro. Tinha prateleiras de vidro que seguiam parte do caminho acima e continham bebidas exóticas, algumas com cores suspeitas que ninguém ousava experimentar. Abaixo delas, e acessível ao pessoal local, estava o usual estoque, que Melba, uma das proprietárias, chamava de "gamela de zurrapa".

De pé no semicírculo estava Mathew O'Hara, um sócio oculto do estabelecimento. Ele estava fazendo sua aparição noturna. Melba imaginou que voltava de alguma grande reunião de negócio, vestido num terno azul-escuro, direto de Londres, uma camisa branca de linho e uma gravata de seda com lenço combinando no bolso da lapela. Seu cabelo castanho era cortado bem rente, o que lhe dava um ar militar. Suas sobrancelhas peludas acentuavam os olhos cor de avelã. Muito embora pudesse ganhar a confiança de um estranho com seu sorriso fácil, ele projetava autoridade. Parecia o epítome do sucesso. Tinha nascido nisso. Para ele foi fácil — todo o dinheiro que alguém poderia querer, as melhores escolas, associação com a mais alta classe social e todas as ligações que uma boa família podia comprar na Califórnia. Ele assumiu sua posição na sociedade como garantida. Tinha uma esposa de igual estirpe e três filhas mimadas na melhor escola católica de São Francisco. Parecia ser um dos pilares da elite da cidade, pelo menos na superfície, e poucos suspeitavam do lado sombrio do seu caráter.

Ele se gabava da sua boa sorte e habilidade para ganhar dinheiro, o que lhe permitia aumentar o que havia herdado. Seu bisavô começara a tendência durante a corrida do ouro. Ao contrário dos outros, bateando nos córregos aos pés das montanhas, ele viu que era mais lucrativo abastecer os mineiros do que ser um deles. Seu avô havia especulado com açúcar e seu pai com exploração de petróleo. Todos os homens da árvore genealógica tinham em comum o talento para fazer dinheiro rápido, a implacabilidade exigida para correr atrás dele e a falta de escrúpulos quanto a como gastá-lo.

Matt, como ele preferia ser chamado, tinha uma qualidade adicional que faltava a seus antepassados e que lhe granjeara o respeito de seus pares, mesmo os de reputação duvidosa. Era um homem de palavra. Com ele não havia necessidade de assinar papéis, bastava um aperto de mãos; mas se alguém atravessasse seu caminho iria pagar um alto preço. Matt ganhou fama por sua honestidade, graças a gestos que não lhe custavam muito e deixavam uma boa impressão. Quando terminava com mais dinheiro do que lhe era devido em pequenos negócios, ele mandava seu fiel chofer levar de volta o dinheiro extra não merecido com um pedido de desculpas. Quase não se ouvia falar desse tipo de honestidade naqueles submundos; ainda assim, era apreciada, muito embora raramente se repetisse. Mas ele via isso como boa política comercial. Mas, para os grandes acordos comerciais que levava a cabo em outros círculos, ele era impiedoso.

O'Hara sentia-se forte e saudável. Estava na primavera de sua vida. Seus negócios estavam no auge e a família não lhe causava problemas. Ele e sua esposa levavam vidas independentes, cada qual concentrando-se em seus próprios interesses, mas não podia se queixar, porque ela manipulava a parte doméstica com eficiência, era uma boa companhia social e não fazia perguntas. Mas ele tampouco perguntava a ela. Poderia ser um homem satisfeito, mas sua grande cobiça não lhe permitia isso.

Neste dia em particular, Mathew estava numa conversa profunda com Maestro Bob, mágico e tabelião, sentado junto a ele no bar. Maestro era um *gentleman* à moda antiga. Havia chamado a si mesmo de Roberto, conde Maestro de Guinesso Bacigalupi, Slotnik da Transilvânia, para promover sua carreira como mágico, mas só ele sabia pronunciá-lo. Seu verdadeiro nome era Robert Murphy. Era um irlandês moreno do condado de Cork. Ninguém podia se lembrar deste título ou mesmo querer fazê-lo, por isso todo mundo o chamava de Maestro Bob. Ele falava com um falso sotaque eslavo e usava ternos escuros riscadinhos, que teriam sido algum dia considerados chiques, mas que agora estavam fora de moda e um pouco puídos nas pontas.

Tinha pouco mais de 1,50m de altura, usava um chapéu preto indomável e o bigode encerado de um domador de leões do circo. As unhas eram profissionalmente feitas e tão esmeradamente polidas que as luzes se refletiam nelas.

Maestro tinha tentado no passado ganhar a vida como mágico e vidente, mas não dera certo por causa das suas bebedeiras. Os adultos do mundo festeiro de Pacific Heights ficaram fartos dele, assim ele estava relegado a fazer festas de aniversário de crianças nos fins de semana em que os adultos se certificavam de que não estava de porre. Ele encontrou seu nicho entre as crianças. Elas eram atraídas por suas histórias fantásticas sobre bruxas e encantamentos, o que fez dele o preferido no circuito de aniversários infantis. No entanto não podia sobreviver apenas fazendo isso. Precisando ganhar mais dinheiro, estudou para tirar sua licença de tabelião e abriu um pequeno cartório no edifício Flood, na Market, 870. Este era o lar da maioria dos consulados estrangeiros na cidade e muitos clientes o procuravam para autenticar documentos oficiais e enviá-los a seus países. Mas isso nunca foi a sua praia; ele só estava interessado em explorar as fronteiras dos fenômenos psíquicos.

Depois das cinco horas, ele freqüentava os bares de São Francisco, onde tentava enganar a solidão. Havia estabelecido como seu favorito o Camelot, onde seus talentos eram plenamente apreciados. Lá ele reinaria, lendo a sorte por um drinque ou dois ou, se o movimento estivesse bom, uma nota de dez paus. Mas seus instintos eram bons e os clientes retornavam com regularidade quando tinham um problema premente, em especial relativo a dinheiro.

Portanto não foi nenhuma surpresa que Mathew O'Hara pagasse um drinque para Maestro enquanto lhe descrevia em termos gerais um acordo no qual estava trabalhando. Quando achou que Maestro já tinha ouvido o suficiente, disparou a pergunta:

— Qual é seu palpite, Maestro?

— Preciso ver mais do quadro antes que possa dar-lhe uma resposta — respondeu Maestro.

— O que mais precisa saber? — Mathew não estava a fim de dar-lhe muitos detalhes. Gostava de manter suas cartas bem perto do colete.

— Isto não é para mim. Você me dá a informação que quer que eu tenha, depois tenho uma visão baseada no que me disser. Às vezes tenho a visão baseada no que não me contou — riu ele.

— Portanto, por enquanto, não vejo nada e não ouço nada.

— Há um bocado de dinheiro envolvido nisso e a mercadoria vem de fora do país. Quero saber se deveria ou não fazer isso.

— Acho que vejo um monte de zeros.

— Quantos?

— Adivinhação é uma arte, não uma ciência exata, mas vejo entre cinco e seis zeros — disse o mágico com grande hesitação porque não era capaz de imaginar aquele dinheiro todo. — Mas não sei dizer se você o está pagando ou recebendo.

— Obrigado. Eu me preocuparei com isso — disse Mathew.
Embora não fosse supersticioso, tinha obtido a resposta que
queria. Achava que o máximo que poderia ganhar no acordo era
um milhão, e era a quantia que estivera esperando sair da boca de
Maestro Bob. O estranho e pequeno mágico tinha reputação de
nunca errar; e se ele estivesse certo Mathew ia obter um grande
lucro. Deu a Maestro uma gorjeta de cinco dólares e fez sinal a
Melba para que esta servisse outro drinque ao homenzinho. Disse boa-noite e se afastou do bar.

Maestro saboreou seu drinque no bar até perceber que não
poderia filar outra bebida ali. Então foi para a mesa redonda perto da entrada, pronto para fazer companhia a Samuel Hamilton,
o desleixado corretor de classificados do jornal, que também era
freguês habitual.

— Ainda se lamentando por causa de Reginald? — perguntou Maestro, olhando para o amarrotado maço de cigarros que
Samuel tinha sobre a mesa.

— É, estou levando algum tempo para esclarecer esta coisa.
Você viu isto chegando, Maestro?

— Só vejo a escuridão. Não poderia ver o desfecho. Mas suponho que com todas essas forças negativas em ação, ele estava
predestinado a morrer de maneira trágica. Está se cuidando, meu
jovem? — perguntou.

— Isso não faz meu estilo — respondeu Samuel.

— Anime-se. Vejo você amanhã, quando espero que estará
se sentindo melhor. — Maestro estava percorrendo a noite. Samuel
ofereceu-lhe um cigarro e Maestro pegou três antes de sair.

* * *

Melba Sundling, a testa-de-ferro do Camelot, era uma peça
de trabalho. Mathew a havia escolhido cuidadosamente porque

possuía experiência, boas referências, e lhe contara que sabia ficar de bico calado. Procedia de uma agressiva vizinhança irlandesa na Mission. Crescera numa pobre família irlandesa perseguida pelo azar. Eles trabalhavam duro e bebiam pesado. Gente operária. Ela agora morava na Castro Street, onde a população gay vicejaria nos anos vindouros.

Foi casada por pouco tempo com um engenheiro naval que morreu de alcoolismo em três anos, mas não sem antes lhe dar uma filha a quem chamaram de Blanche. Melba lembrava dele com grande gratidão porque ele a deixara ficar com a criança, a quem adorava. Estivera em todo tipo de trabalho na juventude, de operária de fábrica a garçonete, e teve até mesmo uma curta experiência como prostituta. Nenhum trabalho era insuportável se a ajudasse a sustentar a filha. Por fim, largou a profissão porque decidiu que queria escolher com quem iria para a cama. Não queria ser paga por algo que daria sob as circunstâncias corretas. Então abriu um bar na Mission.

Mathew obteve o nome dela de um de seus advogados. No primeiro encontro ele foi taxativo, estabelecendo o tom do futuro relacionamento. Convidou-a para seu luxuoso escritório no Centro de São Francisco. Melba, que já não era tão jovem, ainda era uma mulher atraente, mas ficou óbvio que seu vestido era de segunda mão e pequeno demais para ela. Melba fez um esforço para pôr um feio chapéu e luvas combinando, mas os sapatos estavam cambaios e havia fios puxados nas meias. A primeira impressão física não foi boa, mas O'Hara soube de imediato que era uma pessoa de grande caráter.

— Estou procurando alguém para sócio num bar que acabei de receber como pagamento de uma dívida. Assumi o estabelecimento porque, se não o fizesse, jamais receberia meu dinheiro de volta. Mas não conheço nada sobre o ramo. Também não é uma boa idéia que certas pessoas saibam que sou dono de um bar.

Assim, prefiro que alguém o administre. Mas tem de ser uma pessoa na qual eu tenha confiança absoluta, por isso quero você para tocar o negócio.

— O que eu ganho nisso? — perguntou Melba.

— Eu lhe darei sociedade meio a meio.

— Meio a meio? Nunca ouvi isso. Está me cheirando a maracutaia, parceiro. Você pode estar escondendo alguma coisa ilegal. Não sou nenhuma santa, mas até agora nunca tive problema com a polícia — disse Melba, enquanto seu rosto se ruborizava e ela se levantava para ir embora.

— Espere aí! Estou falando sério. Não há nada de ilegal, mas existe uma condição — disse ele.

— É, não tem nada barato ou grátis — ela deu um risinho, sentando-se.

— Eis o que proponho. Quero que o bar fique apenas no seu nome, e a mesma coisa para a licença de vender bebidas. Nosso arranjo é só um aperto de mãos. Meu advogado diz que posso contar com você nessa jogada.

— O que tenho de fazer por este pequeno presente?

— Quero que me dê quinhentos dólares por mês em dinheiro. É tudo.

— É isso? Não é pouca coisa, considerando que o negócio de bar é dureza. Como sabe que sei dirigir um bar?

— Você fez tudo certo no seu bar lá na Mission, não fez?

Ela riu.

— É bem diferente ir tocando uma birosca para um bando de vizinhos bêbados na Mission e dirigir uma espelunca para ricos em Nob Hill.

— Não se preocupe. Eu lhe darei acesso a um guarda-livros e a qualquer perito legal e comercial que precisar.

— Tenho meu próprio guarda-livros — disse Melba — e confio nela. É minha filha.

— Tudo bem para mim. Como o bar vai ser dirigido não é de nenhum interesse para mim. A única coisa que me preocupa é receber os meus quinhentos dólares.

Assim o acordo foi selado com um aperto de mãos. Ela fechou seu bar na Mission e mudou-se para a parte alta da cidade. Melba sabia das coisas. Uma vez instalada como proprietária do Camelot, que tinha sido tão sombrio quanto uma capela funerária, não levou muito tempo até o local deslanchar. Ela possuía uma personalidade calorosa e comunicativa, apesar da aparência rude e a voz áspera. Sua cordialidade permitiu que as pessoas esquecessem seus defeitos, que eram muitos.

Ela chegou com seu patético cachorro, um vira-lata com traços de airedale com uma orelha e o rabo faltando. Por motivos ignorados, a maioria dos clientes adotou o cão como mascote e alguns até se aventuravam a dizer alô ou dar um osso para o esquelético animal. Uma vez lá dentro, é claro, eles iriam tomar um drinque. Ao assumir o novo negócio no Camelot, Melba rebatizou o cão de Excalibur — seu nome original era Alfred — e deu uma festa para seu batismo numa noite de sexta-feira. Os drinques foram por conta da casa durante 15 minutos, mas a multidão permaneceu por horas e as caixas registradoras se encheram até transbordar. Uma das razões era que Melba exibia Excalibur. O cachorro tinha um faro excepcional. Melba fazia um freguês esconder um dólar em algum lugar do bar, então deixava o cão cheirar a mão da pessoa e o soltava. Excalibur então acharia o dinheiro sem erro, ao seguir seu cheiro.

Além da filha como guarda-livros, ela trouxe Rafael García como zelador e às vezes leão-de-chácara. A maior preocupação de Melba era que seus barmen afanassem dinheiro e bebida. Rafael, no qual depositava total confiança, a ajudaria a evitar isso contando o consumo e as garrafas ao fim da noite e comparando uma coisa com a outra. Rafael era um mexicano de feições indígenas, com quase 1,80m de altura, boa compleição física, somente músculos e tendões, sem um grama de gordura em sua silhueta rija. Ele inspirava medo nos outros, mas no íntimo era muito sentimental. Tinha um vício secreto: adorava romances de amor, que chegavam para ele do México, e os lia escondido. Melba o amava como a um filho e também o repreendia como se fosse um.

* * *

— Por que Reginald cometeria suicídio? Isso não combinava com ele — Samuel perguntou a Melba.

— Talvez não tenha sido suicídio. — Ela estava coçando o cachorro onde lhe faltava uma orelha. — Por que você sempre rosna para Samuel?

— Tem certeza de que domina bem esse cachorro, Melba? Se essa porra me morder, processarei você.

— Apenas ignore-o. Ele se acostumará com você e você gostará dele. Pode ver que ele também rosna para Mathew O'Hara. Deveria estar grato por eu ter um cão de guarda tão bom.

Samuel sacudiu a cabeça.

— Por que acha que Reginald não cometeu suicídio?

— Eu não disse isto. Disse que *talvez* não tenha sido suicídio. Acho que Reginald estava metido em alguma roubada, pisando na bola, se entende o que quero dizer.

— Não faço a menor idéia do que está falando — disse Samuel.

— Você não tem imaginação. Fica enfiado naquela merda de departamento de classificados, mas sei que você quer é ser um repórter. Por que diabo, não sei. Mas esta é a sua chance. Comece a investigar e pode ficar surpreso com o que descobrir.

A adrenalina de Samuel começou a bombear. E se pudesse provar que Reginald tinha mesmo se metido numa roubada? Seria um furo de reportagem. Nada melhor do que solucionar um crime para entrar no que ele considerava o máximo no jornalismo.

— Você está escondendo alguma coisa de mim, Melba?

— De onde tirou essa idéia, companheiro?

— Você jogou isso sobre mim sem que eu esperasse.

— Nesses últimos dias tenho visto você zanzando por aí como se estivesse com a cabeça nas nuvens. Você me disse que o cara morava num armário de vassouras, mas que enchia a pança nas casas dos ricos. Ele tinha gostos caros, não agia como um fodido. Arranjava grana de algum outro lugar, e não do seu emprego como vigia.

— Por que pensa assim? — perguntou Samuel.

— Porque era evidente. Foi por isso que emprestei dinheiro a ele, porque achava que poderia me pagar. Além disso, você mesmo me disse que tinha quatro smokings no armário onde morava, e mais outro que estava usando quando morreu. Você sabe quanto isso custa? Um smoking não é barato. Isso não faz a gente desconfiar?

— Não tinha pensado nisso.

— Vasculhou as contas bancárias dele? Aposto com você que ele tinha dinheiro escondido. Claro, se você o descobrir, terá de imaginar onde ele o conseguiu — disse Melba.

Samuel caminhou para a porta com a cabeça rodopiando e o cão rosnando nos seus calcanhares. Tentou chutá-lo, mas o cachorro se esquivou facilmente.

CAPÍTULO 3

Virginia Dimitri recebe Xsing Ching

A GRANT AVENUE ERA a principal entrada para o comércio turístico de Chinatown. Era apinhada de lojas e restaurantes. Imensos letreiros brilhantemente coloridos em caracteres chineses anunciavam delícias asiáticas. Eles fascinavam os turistas e informavam os locais a ser evitados. Todos os tipos de lanternas iluminadas pendiam de um lado a outro da rua. Era totalmente diferente da Stockton Street, um quarteirão acima para oeste, onde os chineses faziam suas compras, não em frentes de lojas enfeitadas mas empilhadas até o alto com mercadorias e alimentos, peixes ou produção, inclusive os famosos patos assados de Pequim que pendiam nas vitrines dos restaurantes locais.

Quando Mathew O'Hara deixou o bar, não seguiu para sua residência em Pacific Heights. Em vez disso, foi para um dos seus muitos apartamentos que se espalhavam por toda São Francisco. Este ficava em Chinatown, no quinto andar de um prédio de aspecto muito ordinário na Grant Avenue. Do lado de fora ninguém poderia ser enganado, mas uma vez lá dentro ficava claro que era um dos melhores edifícios de Chinatown. O'Hara era o dono do apartamento primorosamente decorado com antiguidades inestimáveis da velha China, inclusive dois jarros de porcelana da dinastia Ming do tamanho de uma pessoa e uma coleção de esculturas de jade do século XV. Das janelas tinha-se uma vista panorâmica da baía, da Bay Bridge e da Treasure Island.

Lá dentro, uma voz sensual o saudou.

— Olá, Matt. Não estava esperando você esta noite.

Virginia Dimitri tinha 1,75m nos seus sapatos na moda de salto alto. Estava luxuosamente vestida ao estilo de Jacqueline Kennedy. Naquela noite usava um vestido preto de seda do mais requisitado estilista de São Francisco. Ao redor do pescoço pendiam duas fileiras de pérolas japonesas perfeitas. Seu cabelo preto caía até os ombros. Tinha seios pequenos mas bem-formados e pernas longas e memoráveis que ela sabia como exibir.

Eles se conheciam desde a faculdade. Ela viera da Costa Leste para Berkeley a fim de escapar dos maus-tratos do pai. Ela e Matt foram amantes nos tempos da universidade, de quando em quando desde então, e mantiveram contato. Agora ela trabalhava para ele em projetos importantes nos quais sua beleza e astúcia podiam ser úteis. Ele gostava do modo como ela simulava uma vulnerabilidade que enganava as pessoas mas não a ele, porque a conhecia bem e sabia que ela era feita de aço. Estava sempre no comando.

— Esqueci de dar-lhe alguns detalhes sobre esta noite — disse Mathew. — Assim estou contente por encontrá-la antes do seu compromisso, Virginia.

— Sou toda ouvidos. Já tenho uma idéia muito boa do que você quer que eu consiga do Sr. Ching. Não vai ser fácil, porque ele não é otário.

— Você está muito elegante esta noite. Tenho a maior confiança nos seus poderes de persuasão, mas deveria mudar um pequeno detalhe no seu traje. Lembre-se, esse sujeito não é muito

40

alto. Tire o salto alto para que não haja muita diferença de altura. Assim ele ficará mais à vontade.

— Tudo bem, mas não acho que ficarmos nivelados vai resolver o problema.

— Pode levar algum tempo, mas você obterá aquilo que queremos do Sr. Ching. Apenas certifique-se de que ele goste do que você tem a oferecer. Nunca se sabe com esses chineses ricos — disse Mathew.

— Ele sabe tão bem quanto você que é ilegal trazer objetos de arte da China comunista para os Estados Unidos. Ele não quer assumir mais riscos do que o absolutamente necessário.

— É, mas ele também sabe que podemos fazer uma fortuna com aqueles artigos, se forem manipulados adequadamente. No momento ele tem o embarque dividido em cinco partes e estou programado para receber só uma parte dele. Eu quero tudo! É aí que você entra no jogo.

— Entendo. Ching não é o tipo de homem que perde a cabeça por uma mulher. Ele não vacilou naquela noite de junho, quando você lhe ofereceu uma festa de coquetéis — disse ela.

— Descubra o ponto fraco dele — sugeriu Mathew.

— Nem precisa dizer — respondeu Virginia.

Mathew então se concentrou nos detalhes do jantar que seria servido e foi até a cozinha para falar com o cozinheiro.

— Olá, tudo pronto? — perguntou Mathew.

— Tudo bem, Sr. O'Hara, tudo bem — respondeu o cozinheiro no seu sotaque cantonês, sem interromper o corte dos vegetais.

— Fez a sopa de barbatana de tubarão, como pedi?

— Sim, senhor. Isso vai deixar seu convidado muito feliz e cheio de energia — ele riu.

— Assim espero. Conto com você para dar a este cara um bocado de potência, de modo que ele se considere um leão — disse Mathew, rindo também.

Ele percorreu a sala de jantar e certificou-se de que os talheres de prata estavam posicionados exatamente como queria e que os *hashis* de marfim situavam-se diante da exótica porcelana colocada sobre a toalha de mesa bordada. Ele então desligou a luz de cima e acendeu várias velas, colocando-as em diferentes partes da sala. Chamou Virginia e sentou-a no lugar onde queria e continuou a posicionar as velas até obter a luz certa para suavizar as feições dela.

— A luz tem que ser sugestiva. Ching é um homem muito refinado e vai apreciar os detalhes. Boa sorte — disse ele enquanto a beijava na face antes de sair.

* * *

Xsing Ching chegou exatamente às nove e meia. Estava vestido com apuro num terno do melhor alfaiate de Hong Kong. Tinha um rosto de idade indefinida com malares salientes e olhos lânguidos. Virginia não poderia evitar de notar mais uma vez sua figura forte e aprumada da qual se lembrava do seu encontro anterior. Ela o observou caminhar através do saguão com confiança e calma após ser deixado lá por Fu Fung Fat, o seu mordomo. O contraste entre os dois era espantoso. Fu tinha sido um feroz guerrilheiro na resistência contra os japoneses, onde perdeu um braço, e foi homenageado por Chiang Kai-Chek, que lhe passou pessoalmente a patente de coronel. Ele fugiu com Chiang para Taiwan quando os comunistas tomaram o poder e, por causa de seu currículo na guerra, foi-lhe permitido emigrar para os Estados Unidos. As únicas coisas que restavam do tempo do serviço militar eram as medalhas e as lembranças. Ele tinha sido criado e confidente de Virginia durante anos.

Virginia conduziu Xsing Ching à sala de estar e retomou seu assento no ângulo exato de onde o acomodou no sofá, de modo que ele pudesse ter uma visão da baía e de suas pernas cruzadas.

— Posso oferecer-lhe uma bebida, Sr. Ching?

— Um martíni, por favor — respondeu ele num inglês perfeito com sotaque britânico.

Virginia ficou aliviada. Não teria que conversar em linguagem de sinais.

— Gostaria também de uns tira-gostos? Temos ostras cruas com molho de especiarias.

— Claro — aceitou ele.

Ela tocou uma pequena sineta de jade a seu lado.

— Não me lembro de tê-lo ouvido falar um inglês tão fluente quando nos conhecemos.

— Na verdade, não tivemos muita oportunidade de conversar lá — disse ele. — Gente demais.

Quando o cozinheiro saiu da cozinha, ela pediu as ostras.

— Onde aprendeu a falar inglês tão bem, Sr. Ching? — perguntou ela.

— Pode me chamar de Xsing. Acho que posso chamá-la de Virginia, não? Aprendi em Londres.

— Ah, dá para ver que não mora aqui.

— Acabei de chegar de Nova York, onde agora fica o principal escritório da minha empresa de exportação. Viajo bastante, incluindo Hong Kong — disse ele, bebericando lentamente seu martíni.

— Uma bela época do ano em Nova York — comentou ela.

— O outono é sempre belo na Costa Leste. Felizmente, passo bastante tempo em São Francisco, de modo que durante o inverno não pego o que vocês americanos chamam de febre do veraneio — respondeu ele.

Xsing saboreou as ostras sem pressa. Observou Virginia, admirando discretamente o modo gracioso e profissional como ela se comportava. Conversaram amenidades por uns vinte minutos, até que ela direcionou o assunto para o jantar.

— Gostaria de ir para a sala de jantar? — perguntou. — Eu lhe disse que sou fanática por sopa de barbatana de tubarão, portanto achei que podíamos começar com ela.

— Foi uma bela idéia — disse ele, sorrindo pela primeira vez.

Seguiram para a mesa que Mathew tinha arrumado e logo estavam apreciando a comida que era também sugestão dele.

— Gostaria de um vinho, Xsing? — perguntou ela.

— Chablis cairá bem — respondeu ele.

Ela estava preparada e trouxeram uma garrafa de Chablis francês e outra de California Fume Blanc, o preferido de Virginia.

O homem serviu o vinho em taças de cristal.

— Parabéns pela sopa de barbatana de tubarão. Foi uma das melhores que já provei — disse Xsing para satisfação de Virginia e repetiu o elogio em cantonês.

O cozinheiro sorriu. Ele sabia que o Sr. Ching era um verdadeiro *connoisseur.* Depois voltou para a cozinha e regressou com um peixe inteiro delicadamente preparado, vários vegetais e duas tigelas de arroz cozido no vapor, que colocou à esquerda de cada prato. Despelou e tirou a espinha do peixe na frente deles, serviu a cada um deles uma porção discreta e em seguida se retirou.

— Quanto tempo ficará em São Francisco? — perguntou Virginia.

— Depende. Há um acordo comercial pendente que pode levar algumas semanas.

— A família vai sentir sua falta.

— Faz parte da vida.

— Onde está sua família?

— Normalmente em Hong Kong, mas tem estado em Nova York nos últimos meses.

— Como parte dos seus negócios?

— Por motivos pessoais. Um de meus filhos necessita de tratamento médico.

— Oh, que pena. Espero que não seja algo grave.

Após uma sobremesa leve de lichia, passaram para o sofá com vista para a cidade. Observaram as luzes de São Francisco reluzirem enquanto a lua, que estava quase cheia aquela noite, fazia uma trilha dourada sobre a baía. Virginia se acomodou bem junto a Xsing Ching.

— Mathew fala muito bem de você, Xsing.

— Bondade dele. Espero que possamos concluir nossa transação de maneira satisfatória — respondeu ele sem emoção.

Ela pôs a mão na coxa dele e achegou-se mais. Ele a acomodou, portanto ela pôs o braço em volta do ombro do chinês e o beijou gentilmente no pescoço. Ele sabia do papel de Virginia nesse acordo com O'Hara e por que ela o convidara ao seu apartamento, assim não resistiu ao que teria sido, na cultura de seu país, uma abordagem agressiva por parte de uma mulher. Ele afrouxou a gravata e logo a estava beijando sofregamente e acariciando-lhe os seios. Ela notou que ele era um homem passional e gostou do modo como forçava a língua na sua boca procurando a dela.

— Posso sugerir irmos para o quarto? — perguntou ela.

Ele se levantou e enlaçou-a pela cintura, com a palma da mão repousando casualmente na nádega de Virginia, guiando-a na direção que ela apontava. O quarto tinha papel de parede dourado e o teto estava vagamente iluminado por lâmpadas embutidas que refletiam suavemente sobre um elaborado acolchoado, dobrado com capricho ao pé da cama. Havia uns poucos travesseiros decorados perto da cabeceira de pau-rosa com entalhes. O rádio tocava um jazz suave.

Xsing colocou-a gentilmente na cama e deitou-se ao lado dela, tirando os sapatos. Normalmente ele se demorava nas preliminares, mas esta noite sentia que estava a ponto de perder o controle.

Ele puxou o vestido acima da linha da calcinha de Virginia, beijou-a e esfregou-lhe a vagina úmida com os dedos. Ela reagiu desafivelando o cinto dele e tomando-lhe o pênis na mão enquanto o sentia duro como o de um jovem. Então o afastou e fez sinal de que ele deveria acabar de se despir enquanto ela deslizava para fora do vestido, deixando-o cair no chão. Removeu então o sutiã lentamente e o jogou através do quarto, observando-o pousar numa poltrona no canto. Então deitou-se na cama, vestida apenas com sua cinta-liga de renda e meias pretas, e esperou na luz suave que ele viesse. Virginia observou a compleição vigorosa dele tirando o restante das roupas. Gostou da rigidez de Xsing. Em outras circunstâncias talvez isto a tivesse excitado, mas não estava ali para isso, precisava manter a cabeça lúcida.

Ele deitou-se ao lado dela, nu, e seus lábios buscaram a curva do pescoço bem junto à orelha. Retirou-lhe as meias com perícia, admirando as pernas firmes e os tornozelos finos. Com o dedo de uma das mãos massageou-lhe o clitóris enquanto acariciava um seio com a outra. Os mamilos agora estavam eretos e Virginia puxou Xsing para montar nela. Recomeçou a beijá-la enquanto a penetrava. Ela agia como se estivesse vibrando de prazer. Começaram a se mover juntos lentamente em direção ao que Xsing esperava ser o inevitável *crescendo*.

Toda vez que fazia sexo com um homem, Virginia pensava no modo como o seu pai a acariciava e usava quando ela era adolescente. Ela o odiava até hoje por aquilo que fazia com ela. Aprendeu então a simular orgasmos para tirar o pai de cima dela rapidamente, tal como estava a ponto de fazer agora. Enlaçou as amplas costas de Xsing e sussurrou um monte de obscenidades no seu ouvido enquanto se contorcia como uma cobra, as pernas alçadas até a cintura. Ele achou que o sexo dela pulsava com o ritmo que faziam juntos e, apesar de sua experiência e cinismo, acreditou quando ela gemeu e lhe disse que não parasse. Enfiado dentro dela, não pôde resistir e começou a alcançar o clímax, o que o surpreendeu. Gostava de prolongar o sexo e se orgulhava de seu autocontrole, mas era tarde demais.

Depois, deitado sobre ela, ficou adormecido por um ou dois minutos. Despertou confuso e levou um segundo para se lembrar de com quem estava. Primeiro reconheceu o perfume e murmurou o nome dela antes de deslizar para o lado.

— Você é um bom amante, Xsing — sussurrou Virginia no ouvido dele.

O chinês não disse nada. Virginia notou que ele dava isso por certo, o que era muito conveniente para ela. Enquanto Xsing jazia ao seu lado numa posição vulnerável, ela começou a parte mais difícil de sua tarefa.

— Conte-me sobre sua família — pediu.

— Tenho quatro filhos, um garoto e três meninas — respondeu ele.

— Quem é que precisa de cuidados médicos?

— O garoto. Ele tem treze anos. É o mais velho e o mais brilhante. Claro que é o meu preferido — disse Xsing, mas sua voz falhou no meio da frase.

— O que há de errado?

— Ele tem um problema grave. Tem leucemia, o que torna sua vida difícil — disse Xsing Ching, surpreso por estar passando informação tão íntima para alguém que era quase uma estranha. Ele raramente falava sobre sua família.

— Meu Deus. É uma pena. Conseguiu tratamento para ele? É tratável, não?

— Eu o tenho levado a muitos especialistas, mas eles aconselharam que no caso dele o único tratamento é um transplante de medula, o que é arriscado.

47

— Ouvi falar. Há pesquisadores fazendo experiência neste campo no Centro Médico da Universidade da Califórnia. Quer que eu me informe a respeito?

— Eu agradeceria — disse ele, comovido pela preocupação dela.

Capítulo 4

Rafael García

O DISTRITO DE MISSION era o lar da Missão das Dores, que atendia às necessidades religiosas das comunidades católicas. Era a décima nona das 21 fundadas pelos espanhóis quando conquistaram a Califórnia. O Caminho Real ligava essas missões. Cada qual ficava a um dia de viagem da seguinte.

Foi ali que Melba cresceu e era onde Rafael García morava. No passado fora também o lar de imigrantes operários irlandeses, italianos e escandinavos. Agora abrigava uma grande população latina, principalmente mexicanos e um número cada vez maior de centro-americanos. Parte do distrito era sede da indústria pesada de São Francisco, de modo que os habitantes não tinham que se deslocar até muito longe para trabalhar. Era também o lar do Seals Stadium, o estádio de beisebol que se tornou famoso por jogadores como os irmãos DiMaggio antes da grande liga de beisebol ir para o Candlestick Park. Havia uma fartura de restaurantes e bares baratos, inclusive aquele que Melba dirigiu até seguir para a cidade alta em Nob Hill.

Rafael García parou na caixa de correio e pegou o cheque de seguro social de sua mãe e subiu até o topo da escada gasta para o apartamento de terceiro andar de sua família. A pintura das paredes estava descascando, havia infiltrações no piso e sacos de lixo nos corredores esperando pela quinta-feira em que os inquilinos os carregavam até o térreo para a coleta. Ele entrou no apartamento barato que dividia com sua mãe e três parentes.

Lá dentro, o aroma de feijão cozinhando invadiu suas narinas. Passou no meio da confusão de objetos que bloqueavam o espaço para abraçar a mãe, que veio ao seu encontro arrastando uma perna e apoiando-se na mobília de segunda mão e pilhas de caixas. Ele viu a muleta da mãe apoiada num canto. Ela sempre o saudava com entusiasmo desmedido, como se não o visse há meses ou suspeitasse que ele jamais voltaria. Rafael era o mais velho, o principal esteio da família, que era como um pai para as outras crianças. Rafael achava que sua mãe estava ficando mais baixa a cada minuto, já que tinha de se abaixar para beijar-lhe a testa.

— A bênção, *mamá* — repetiu ele, como de hábito.

— Deus o abençoe, *hijo*. Como vai? — Ela arrumou um lugar na pequena mesa da cozinha, ciente de que ele havia chegado tarde e só teria um momento para comer alguma coisa antes de sair correndo para o trabalho noturno no Camelot.

— *Muy bien, mamá, muy ocupado.*

— O que você anda aprontando? — Ela serviu-lhe feijão e duas *tortillas* e sentou-se pesadamente numa banqueta ao lado dele.

— Nada — respondeu ele. — Como está sua perna, *mamá*?

— A mesma coisa. Você sabe que isso não tem cura, *hijo*.

— Quando é sua consulta com o doutor?

— Por que gastar dinheiro com médicos? Temos despesas mais importantes. É melhor entregar nas mãos de Deus.

Rafael pensava diferente. Fazia cinco anos desde que seu pai bêbado a atacara com um taco de beisebol, pensando que ela fosse um demônio. Ele havia sido removido da cadeia pela última vez para morrer na enfermaria de desintoxicação do Hospital Geral. Rafael esperava que a medicina moderna pudesse ajudar sua mãe. A cada dia surgiam novos avanços e novas técnicas, mas era necessário dinheiro para tirar vantagem disso. Só então suas duas irmãs, que pareciam idênticas, chegaram em uniforme escolar.

— E aí, garotas, fizeram seu dever de casa? — perguntou Rafael.

— Sim — respondeu uma delas.

— Posso então ouvir o rádio? — disse Rafael.

— Já terminamos, *hermano*.

— Sim, *hijo*, elas fizeram o dever de casa e costuraram as blusas. Com esse lote ganhamos trinta dólares. A máquina de costura que você comprou para nós é muito mais rápida do que a antiga. Foi cara, não foi?

— Não tem que se preocupar com isso, *mamá*.

— Eu me preocupo porque não sei como você nos sustenta, *hijo*. Não dá para fazer isto com seu salário.

— Tenho outros empregos.

— Que tipo de empregos?

— Isto é assunto meu, velha. Levarei as blusas. Já estão nas caixas?

— Sim, estão prontas.

— Ainda tem feijão?

— Sirva mais feijão ao seu irmão — ordenou a mãe a uma das garotas. — Como vai Sofia?

— Linda como sempre — disse Rafael, os olhos se iluminando. — Vimos o padre ontem na Missão das Dores. Ele disse que nos casará de graça porque ajudei muito a igreja.

— Acho que já é hora de vocês se casarem, *hijo*. Há quanto tempo estão juntos? — perguntou sua mãe, escondendo a ansiedade que o tema provocava. Se Rafael se casasse, ia ter sua própria família. E o que aconteceria com ela e as crianças?

— Três anos, dois meses e vinte e dois dias — riu Rafael. — Estou cansado de implorar a ela.

— Não diga isso, *hijo*. Sofia o amou desde criança.

— Três anos segurando a mão dela no escurinho do cinema. Mal posso esperar até que seja minha mulher — disse Rafael.

Nenhuma das duas famílias sabia que Sofia estava grávida de três meses.

— Melba diz que podemos dar a recepção no bar. Que vamos fechar por um dia de modo que possamos dar a festa. Podemos convidar nossas famílias e amigos e não vai sair muito caro. Vamos entrar só com a comida, porque Melba fornecerá as bebidas e já consegui a música.

— No bar? Isso é fantástico! O que vamos usar, *mamá*? — perguntou uma das irmãs.

— Veremos. Não acha que ficaremos deslocados, *hijo*? Nob Hill é área dos ricos, não para gente como nós.

— Pobres como nós não podem escolher, *mamá*.

— Aqui por perto há gente ainda mais pobre do que nós. Graças a você, *hijo*, temos tudo de que necessitamos.

Rafael sabia o que ela estava pensando. Apertou-lhe a mão para tranqüilizá-la.

— Vai ser sempre assim, coroa.

— Vocês vão passar a lua-de-mel na casa do tio de Sofia no México? — perguntou uma das garotas.

— Não. Vamos nos casar sem pedir um centavo a ninguém. E como no momento não temos um centavo, receio que não vamos ter lua-de-mel. — Rafael terminou seu feijão e limpou o prato com um pedaço de *tortilla*. — Onde está Juan? Foi para a rua de novo?

— Não pegue no pé dele, *hijo*. Juan é um capeta como todos os garotos da idade dele. Não posso botá-lo para costurar junto com as meninas. E quando está aqui ele nos perturba, portanto é melhor que fique lá fora brincando com os amigos.

— Lupe, vá buscar Juan e o traga até aqui pelas orelhas, se for preciso.

A garota correu para fora, seguida pela risada da irmã, que foi até a janela para ver o espetáculo. Rafael estava inquieto enquanto bebia uma xícara de café e consultava o relógio sem parar. Vinte minutos depois, quando já era hora de ir embora, Lupe entrou chorando com um rebelde Juan bem atrás dela. O garoto vestia uma calça larga com uma corrente pendendo da cintura que ia até o meio da coxa, botas com pontas de metal e saltos altos. Seu cabelo preto parecendo um esfregão estava empastado com gel até as costeletas. Juan tinha uma tatuagem num dos braços e tudo que ele desejava era economizar dinheiro bastante para colocar um dente de ouro. Rafael o agarrou pelo colarinho da camisa e ergueu-o do chão até que ficaram cara a cara.

— Você está cheirando a perfume e cigarros, seu merdinha. Onde foi que arrumou essa aparência de *cholo*? Vá pegar aquelas caixas de blusas e coloque no meu furgão. E enquanto faz isso, jogue o lixo fora e depois volte aqui para fazer o dever de casa. Só vai sair depois que eu der permissão. Entendeu?

— Você não é meu patrão. Já tenho quase quinze anos. Não tenho que receber ordens de ninguém.

Com um tapa, Rafael desarrumou o cabelo de Juan, e o tapa seguinte deixou marcas de dedos no rosto do garoto. Juan perdeu toda a dignidade e começou a chorar, limpando o nariz com a manga, como uma criança.

— Enquanto eu o sustentar vai fazer como eu mandar. Você está perdendo tempo, seu babaca. Vou mandar você para o exército para aprender a ser homem.

— *Ay, Rafael, no diga eso!* — implorou a mãe. — Não sabe que o presidente Kennedy está mandando tropas para o Vietnã? Você não quer ver seu irmão morto na guerra, *verdad?*

— Ele não pode me mandar para o exército, *mamá*. Ainda não tenho idade — interrompeu Juan.

— Então terá que trabalhar. Não vai ficar vagabundando por aí até se meter em encrenca. Está querendo matar sua mãe de preocupação?

— *Pero, hijo*, Juanito tem que ir para a escola. Como é que pode trabalhar? — intercedeu a mãe.

— Da mesma maneira como suas irmãs trabalham — concluiu Rafael com autoridade. — Tudo bem, agora é hora de ir para a cama e descansar. Amanhã quero ver os boletins, principalmente o seu, Juan, e ver se está com notas baixas.

Ele vestiu o casaco, beijou a mãe e as irmãs e saiu, batendo a porta. Juan fez um gesto obsceno para ele com o dedo.

— Eu vou contar — ameaçou Lupe, e Juan ergueu o braço como se fosse golpeá-la, mas se conteve. Já tinha problemas suficientes por ora.

* * *

Melba chegou tarde ao Camelot. Viu o furgão de Rafael no beco dos fundos e entrou na despensa quando ele estava tirando seu velho casaco de couro e pendurando-o num gancho no armário de bebidas. Vestia a mesma calça jeans de sempre e uma camiseta branca limpa.

— Tire esta maldita rede da cabeça, Rafael. Já cansei de lhe dizer que se ficar circulando por esta parte da cidade parecendo um *cholo*, vai acabar arrumando encrenca. Por que não me ouve?

Rafael enrubesceu, tirou a rede do cabelo, alisando os quadrados pretos de tricô que mantinham no lugar meia extensão da sua cabeleira negra e enfiou a rede em um dos bolsos do casaco.

— Não, não! — disse Melba. — Me dê aqui essa porcaria. Quero jogá-la no lixo.

Relutante, Rafael entregou-lhe a rede.

— Isso não é justo, Melba. Talvez não seja bem aceito aqui, mas preciso ser um dos *vatos* para sobreviver. Faz parte do código lá de onde eu venho.

— Talvez, mas isso lhe traz mais problemas do que vale a pena. Quantas vezes já foi parado pela polícia por usar essa coisa na cabeça?

— Duas ou três vezes por semana. Eles já me conhecem — riu ele.

— Duas ou três vezes por semana? E o que eles fazem quando param você?

— Fazem uma revista em mim e no furgão, mas nunca encontram nada. Não sou tão idiota, Melba.

— Você tem dado sorte. Espero que não tenha de aprender da pior maneira.

Excalibur apareceu, feliz ao ver Rafael. Com o rabo se agitando, lambeu as mãos de Rafael. Depois de Melba, Rafael era o seu ser humano preferido.

Rafael começou seu turno de trabalho carregando garrafas de bebida para o bar e recolhendo as vazias e colocando-as em caixas, de modo que Melba pudesse conferir e saber o que os *barmen* estavam roubando dela. Melba e Rafael sempre se encontravam antes do fim da noite para analisar os hábitos alcoólicos dos fregueses e compará-los com as receitas do bar. Em geral era Rafael quem notava que havia garrafas vazias demais sem o dinheiro correspondente em caixa.

Por volta de uma da manhã, Melba se aproximou de Rafael.

— Tem dois caras na porta dos fundos perguntando por você, e não têm pinta de sacristãos. Já lhe disse o que acho sobre a maneira como você se veste. Também acho que deveria fazer alguma coisa a respeito das suas companhias.

— Obrigado, Melba. Realmente lamento que me procurem durante o expediente. Não vai mais acontecer.

Ele foi até a porta dos fundos e fechou-a firmemente atrás de si, para ter certeza de que ninguém do bar fosse atrás dele. A única luz do beco era uma lâmpada de sessenta watts circundada por um protetor em forma de cone, que direcionava a luz para baixo e para fora, dando alguma iluminação para o beco, que sem isso estaria às escuras.

Dois mexicanos saltaram de um Chevrolet sedã preto 55 com janelas escuras. A traseira era rebaixada e havia uma única faixa vermelha pintada de cada lado do carro. Os assentos eram estofados com imitação de pêlo de tigre, e havia um grande crucifixo pendendo do espelho retrovisor.

— *Órale pues* — disse Rafael. — O que vocês *vatos* estão fazendo aqui no meu trabalho? Eu lhes disse para tratarmos de negócios lá na Mission.

— Escute aqui, cara — disse o mais corpulento dos dois. Ele tinha uma leve barriga e um bigode preto. — Conseguimos desembarcar este pedaço de merda. É coisa realmente quente e os tiras estão atrás de nós — disse ele, nervoso. Puxou um cigarro da sua jaqueta de couro preta e o acendeu riscando um fósforo com a unha do polegar e pondo as mãos em concha na escuridão cheia de sombras do beco. Depois olhou furtivamente em torno para verificar se podia perceber algum movimento.

— Essa é boa, *pendejo*. Então você traz os tiras até aqui para seu velho cupincha Rafael. Esperto paca. Eu disse que não podia arranjar um comprador para aquela máquina de raios X até a próxima semana, e lhes disse que não viessem me procurar aqui. Vocês estão fodendo com o meu meio de vida, caras.

— Calma aí — disse o mexicano mais baixo. — Foi idéia minha. Não podemos esperar mais de um dia e queríamos lhe dar uma última chance.

— Não sei, cara — disse Rafael. — Terei de ver se eles conseguem arranjar o dinheiro até lá. Como avisei, eles me disseram que só poderia ser na próxima semana. Essa coisa é tão grande como uma casa.

— Certo — disse o grandão. — Me ligue amanhã antes do meio-dia, ou iremos descarregar a muamba para o próximo na fila.

— Vocês não vieram aqui porque gostam de mim — disse Rafael. — Vocês devem gostar da grana que meu pessoal está disposto a pagar.

Rafael voltou para dentro enquanto o carro preto se arrastava para fora do beco com as luzes ainda apagadas. Aqueles putos simplesmente não ouvem, disse para si mesmo enquanto voltava para o escritório onde Melba contava a féria do dia, com Excalibur deitado a seus pés.

— Como já lhe disse um monte de vezes, filho — censurou Melba —, você vai acabar num apuro por se meter com essa gente.

— Esteve me espionando?

— Não gosto dos seus amigos. Não quero vê-lo andando com eles por aí. Entendeu?

Rafael sacudiu a cabeça. Sabia que ela estava certa, mas tinha que lidar com sua própria realidade, e o mundo que partilhava com Melba era apenas uma pequena parte dela. Antes que fosse embora aquela noite, iria até a cesta do lixo, pegaria a rede de volta e a poria no bolso do casaco.

Capítulo 5

Blanche

Quando pensava em Blanche, a filha de Melba, Samuel se tornava romântico. Pensava nela o tempo todo, mas tinha de se esforçar para esconder seus sentimentos açucarados em público para que os joelhos não vacilassem. Também estava ciente de que sua obsessão era ridícula: eles eram totalmente diferentes. Aos seus olhos Blanche não era uma cabeça mais alta do que ele, um caniço esbelto cujas sardas não eram de fato sardas, mas sim um halo dourado. Seus olhos, azuis como os da mãe, eram lagos transparentes dos quais não ousava se aproximar por medo de neles perecer. Na presença dela ele se retraía e ficava sem fala. Blanche, por sua vez, sempre caminhava ereta, sem o menor acanhamento em relação a sua altura, que teria sido um defeito em outra mulher. Era uma garota levada e meio masculinizada, fanática por esportes. Esquiadora perita, ela às vezes passava dois ou três meses do inverno em Squaw Valley como instrutora de esqui. Na primavera e no verão ela nadava e fazia corrida de longa distância quando não estava escalando montanhas. No outono descobria outras atividades físicas para ajudá-la a queimar energia.

Melba perdera a esperança de que ela se casasse, como as outras garotas de sua idade, e lhe desse netos. Sua filha fazia piada daqueles programas de TV que mostravam famílias perfeitas de filhos vestidos com esmero, pai que trabalhava duro e mãe que assava bolos e passava o aspirador usando salto alto e um colar de pérolas.

Apesar de suas diferenças, mãe e filha eram muito chegadas. Blanche trabalhava de graça como guarda-livros de Melba, enquanto estudava ciências contábeis. Mesmo no inverno, ela vinha de Tahoe uma vez por mês para fechar as contas do bar, pagar os impostos e, claro, fazer a folha de pagamento dos funcionários.

Se Samuel sabia que ela estava no bar, sempre dava um jeito de aparecer, mesmo sabendo que ela não lhe daria muita atenção. Era uma daquelas poucas mulheres imunes ao efeito que causava nos homens. Tal indiferença só fazia aumentar a paixão em Samuel. Ele esperava pacientemente, bebericando seu uísque na mesa redonda ou observando-a no espelho atrás do bar, enquanto ela examinava os livros de registros e mastigava a ponta do lápis, enquanto afastava para o lado uma mecha de cabelo rebelde. Às vezes ele tentava e captava a atenção dela com alguma banalidade, porque nunca lhe ocorria algo inteligente ou sexy para dizer.

Naquele dia ele tomou coragem.

— Oi, Blanche, há quanto tempo! Como vão as coisas?

— Oi, Samuel, estive sentada aqui por três horas e você não me viu?

— Estava pensando. Ando cheio de problemas.

— Não fale comigo agora, estou realmente ocupada. Você está pálido, parece um verme. Precisa de algum exercício. Que tal correr comigo este fim de semana?

Surpreso, Samuel avaliou a oportunidade de correr com ela e a possibilidade de que nunca mais poderia haver uma chance de ficar sozinho com Blanche.

— Não sou muito bom nisso, mas podíamos dar uma caminhada no Parque Golden Gate. O que acha? — sugeriu ele.

— Certo, eu o encontrarei no moinho de vento no fim da praia, às oito deste sábado. Eu correrei e você pode caminhar. E daremos uma parada para comer no Betty's, lá na Haight Street. Você sabe, aquele bar perto do Kezar Stadium?

Melba os observava com curiosidade da mesa redonda onde se instalara com Excalibur. Ele nunca dissera uma palavra até aquele dia, mas estava claramente divertida pela incompatibilidade entre os dois e a desatenção de sua filha ao interesse não tão disfarçado de Samuel por ela. Como Blanche estava de saída, Samuel a seguiu, tentando sentir mais dos feromônios dela. Ele ouvira no rádio que feromônios eram responsáveis pela atração sexual e concluiu, naturalmente, que os de Blanche eram muito poderosos. Com um suspiro, ele se resignou a sair também, ao mesmo tempo pensando em quantas horas se passariam antes que pudesse vê-la sábado no parque.

Quando passou pela mesa redonda, Melba o pegou pelo braço.

— O que você quer? — disse ele, reagindo surpreso.

— Relaxe, meu chapa. Sente-se e conte para nós — disse ela, sorrindo. — Excalibur estava me dizendo que vocês não formam um casal ruim — concluiu e fez sinal para que Samuel acendesse o seu cigarro.

Samuel desabou na cadeira vazia ao lado dela com uma expressão tão soturna que Melba começou a rir.

— Por que não pede a ela para fazer alguma coisa mais leve do que correr?

Ele se contorceu como um garoto apanhado observando uma cena pornográfica.

— Não sei do que está falando, Melba — murmurou, examinando as unhas.

— Deixe de merda, Samuel. Você está paquerando ela.

Samuel enrubesceu e ficou calado por alguns segundos.

— É tão óbvio assim?

— Não é nada mau, querido. Só que você está indo pelo caminho errado.

— O que quer dizer com isso?

— Se quiser ter alguma coisa com Blanche, tem de ser numa área em que possa competir. Você não está mais preparado para dar uma corrida do que eu. Na verdade, isso poderia matá-lo — disse ela rindo, dando uma tragada no cigarro. Mas naquele momento Samuel tinha também acendido um e começou a rir. Então os dois tiveram um acesso de riso incontrolável até perceberem que todos os fregueses restantes no bar estavam olhando para eles.

— Meio patético, não é? — disse Samuel.

— É, patético, mas assim é a vida — disse ela em meio a um acesso de tosse.

* * *

Samuel e Blanche se encontraram sábado de manhã na extremidade oeste do Parque Golden Gate perto do oceano Pacífico, junto ao moinho Murphy, um dos dois enormes moinhos que pareciam ter vindo direto da zona rural da Holanda. Eram grandes, imponentes, e precisavam de alguma reforma; nenhuma de suas pás tinha sido trocada desde que começaram a funcionar anos antes. Mas tinham uma utilidade. Eram usadas como um meio de obter água para irrigação do parque e vários de seus lagos. Uma verdadeira faina para os mais de quatrocentos hectares projetados pelo famoso William Howard Hall nos anos 1870 para cobrir as dunas de areia rebeldes e isolar a vegetação nos seus terrenos varridos pelo vento, Blanche explicou a Samuel.

— Foi transformado numa maravilha moderna por John McLaren, que era encarregado do parque e que viveu no McLaren Lodge até morrer, aos noventa e seis anos, em 1943 — acrescentou ela.

Era um dia típico de frio na praia. O nevoeiro ainda não tinha se levantado e o vento o soprava na direção da cidade, porém a areia não chegava ao parque. Era mantida afastada pela fileira de ciprestes entre o oceano e os moinhos. As árvores também contavam a história da força com que o vento soprava enquanto se vergavam para leste.

Blanche vestia traje de corrida e tênis, o cabelo puxado para a nuca com um elástico, parecendo uma atleta perfeita. Samuel, por outro lado, usava mocassins, e sua jaqueta esporte com queimaduras de cigarro nas mangas. Ele mudara levemente sua aparência ao vestir uma camisa de algodão, cujo tom bege surpreendentemente combinava com a jaqueta. Era sua tentativa de ser casual.

— Pensei que seria melhor correr pelo parque. Tem menos tráfego. Você pode caminhar junto, se preferir, e, já que chegarei antes de você, vou fazer algumas compras e encontrá-lo no Betty's, digamos, às dez horas — propôs Blanche.

— São duas horas a partir de agora. Você acha que eu levaria tanto tempo para chegar lá? — perguntou Samuel, aterrorizado.

— Mais ou menos. Mas tudo bem. Não estou apressada hoje e será bom conversar com você.

Samuel suspirou.

— E se acontecer de eu chegar antes?

— Seria uma façanha! Mas, se conseguir, pode me procurar na Haight. Serei a garota toda suada — disse ela com um sorriso radiante. E estava com pressa.

Samuel sentou-se numa pedra junto ao moinho desativado e acendeu um cigarro, enquanto repassava as coisas em sua cabeça. Coisas que não haviam funcionado como ele planejara. Em vez de gastar duas horas na doce companhia de Blanche, ele as desperdiçaria correndo como um fugitivo, sozinho. Pensando nisso, levantou-se lentamente, jogou fora o cigarro, tentou enrolar sua fina jaqueta esportiva em volta do corpo semi-exposto para se proteger do frio e seguiu para a Lincoln Way na extremidade sul do parque. Esperou um ônibus para o Centro, esfregando as mãos numa tentativa de se aquecer. Quando o ônibus 72 chegou, ele embarcou para saltar na Stanyan Street, onde o parque terminava. Tinha seguido rumo leste por toda a extensão do Parque Golden Gate. Estava agora do outro lado da rua do Kezar Stadium, bem na orla do encrave. Fervilhava de atividade enquanto os zeladores do campo o preparavam para um jogo do Forty-Niner no dia seguinte. Comprou um jornal, atravessou o parque e sentou-se num banco. A viagem tinha levado vinte minutos. Estava cercado por uma miríade de árvores, algumas das quais desfolhadas, e havia áreas espaçosas de gramado entre elas e um playground que estava repleto de crianças com suas mães, já que era um sábado. Elas vestiam suas reluzentes jaquetas de cores diversas, com bonés e luvas combinando.

Ficou sentado ali por mais de meia hora, antes que Blanche passasse correndo por ele quase como num transe; seu cabelo castanho-claro estava úmido de transpiração, as faces afogueadas e o nariz vermelho, como o de um palhaço. Ele a achou mais linda do que nunca. Achou que tinha a graça de uma gazela saltitando através da savana africana. Não que já tivesse estado na África, ou que algum dia estaria, mas gostou da metáfora. Encontraria uma oportunidade de dizer isto a Blanche, se reunisse coragem para tal. Quando alcançou a esquina da Stanyan com a Haight, ela parou, esperando o sinal abrir. Continuou correndo sem sair do lugar, mas parou o tempo suficiente para tocar a ponta dos pés. Samuel pensou melhor antes de correr até ela. Seria embaraçoso explicar como chegara tão rápido. Era melhor não discutir isto. Quando o sinal abriu, Blanche correu até o outro lado da rua e começou a caminhar animadamente pela Haight Street, a via principal do distrito de Haight Ashbury, na época apenas mais uma vizinhança de São Francisco. Os hippies, que transformariam o lugar, ainda não haviam chegado.

Samuel esperou até ela passar pelo Betty's. Então levantou-se, foi para lá e sentou-se numa cabine que dava para a rua através da janela de vidro laminado. Fumou vários cigarros e estava lendo o jornal e tomando a terceira xícara de café, quando foi assustado por um "bu!" e um tapa no ombro. Era Blanche, cheia de sorrisos e energia.

— Você deve ser um caminhante rápido — comentou ela.

— Não chega a tanto. Quer comer alguma coisa?

— Obrigada. Vou querer uma cenoura e um copo de suco de laranja.

Samuel chamou a garçonete e fez o pedido.

A garçonete sorriu levemente.

— Não servimos cenouras aqui.

— Por que não? — indagou Blanche.

— Pergunte ao dono.

— Tá certo, então só o suco de laranja.

— Mais alguma coisa?

— Vou querer outra xícara de café — disse Samuel.

Conversaram amenidades e Samuel sentiu que alguma coisa progredira entre eles, embora com Blanche nunca se pudesse ter certeza, já que ela possuía a inocência e o entusiasmo de um golden retriever.

Capítulo 6

Samuel começa a investigar

MUITO EMBORA MELBA continuasse a guiá-lo na direção certa, Samuel começou sua própria investigação sobre a morte de Reginald Rockwood. Ela estava certa, decidiu ele. Aqueles smokings eram caros demais, Reginald devia ter conseguido dinheiro em algum lugar. Mas onde? Examinando o problema, ele avaliou as opções e concluiu que um corretor de anúncios na pior não tinha muitas.

Então se lembrou de Charles Perkins, seu colega de faculdade. Era um sujeito do Meio-Oeste que agora trabalhava na Procuradoria Geral da União como promotor contra crimes federais. Samuel o ajudara em dois cursos de literatura muito difíceis no segundo ano e estava certo de que Charles não havia se esquecido disso.

Marcou uma entrevista e dirigiu-se ao escritório dele no edifício federal na Seventh Street.

Charles o recebeu à porta. Tinha a pele amarelada e um cabelo ralo da cor de palha. Ele o repartia para o lado, mas sempre tinha uma mecha oleosa caída nos olhos. Seu rosto cinzelado dava a impressão de amabilidade, mas Samuel o conhecia bem e sabia que tinha uma alma mesquinha. Era uma pessoa nervosa, com gestos abruptos e incapaz de ficar parado. Tinha o mau hábito de agir como um professor, apontando o dedo indicador para tudo e todos. Essa mania sempre punha Samuel na defensiva. Charles estava cercado de papel. Havia pilhas de documentos em todas as superfícies de seu escritório e ele as mudava de um lugar para outro, de modo que era quase impossível encontrar algum espaço vago.

Quando o viu, Samuel se lembrou da pessoa meticulosa e entediante que ele era na faculdade. Sua sensação imediata foi de que Charles não havia mudado muito. Parecia o mesmo adolescente despenteado e petulante.

— O que há, Sam? Você está com cara de quem dormiu mal — comentou Charles.

Samuel ficou surpreso, porque, embora estivesse descuidado como sempre e usasse roupas amarrotadas, havia dormido muito bem à noite e sentia-se novo e concentrado.

— Estou investigando a morte de alguém da alta-roda. É um caso estranho — admitiu Samuel. — O sujeito morto tinha cinco smokings mas morava no depósito de material de limpeza na Engel's, a gráfica onde trabalhava como zelador. Sua morte foi dada como suicídio, mas não estou muito convencido.

— Você quer que o governo federal dê uma olhada nisso? — perguntou Charles.

— Sim. Acho que ele tinha dinheiro escondido — revelou Samuel.

— É, claro, é por isso que ele morava num depósito — Charles riu.

— Não, não. Escute, acho que ele vivia daquela maneira para não chamar a atenção — disse Samuel, imaginando se realmente queria submeter-se ao interrogatório que sofreria desse amigo pomposo só para dar uma olhada em alguns registros.

— Que tipo de prova você tem para isso? — perguntou Charles.

— Ele tinha gostos caros. Smokings custam um dinheirão, e os dele eram da melhor qualidade. Se ele podia dar-se ao luxo dessas roupas, por que moraria num depósito de material de limpeza?

— Talvez fosse louco.

— Eu o conhecia bem e posso garantir que de louco ele não tinha nada.

— Então sua idéia é de que ele ganhava dinheiro ilegalmente? Como se estivesse chantageando alguém? Por que o governo federal se interessaria por isso? — perguntou Charles.

— Ainda não sei. Mas você é a única pessoa que conheço que pode vasculhar as finanças desse cara. Se descobrirmos alguma coisa e os federais não se envolverem, você poderia passar todo o caso para a promotoria e posar como herói — disse Samuel.

— Essa é uma pista muito frágil, meu chapa. Mas prometo dedicar dois dias de meu precioso tempo a essa questão. Encontre-me amanhã às dez horas. Leve uma lista de bancos ou outras instituições onde acha que ele poderia ter escondido o dinheiro. Ajudarei você a rastreá-lo com o poder de intimação do governo federal.

* * *

Samuel foi ao Camelot naquela tarde para consultar Melba. Explicou que ia encontrar seu amigo na promotoria no dia seguinte e queria orientação.

Melba riu.

— Nos filmes B dos anos quarenta o bordão era "procure a mulher" — disse ela, sorrindo levemente.

Excalibur apareceu manquejando para xeretar e Samuel fez uma expressão de desprazer.

— Esse cachorro vai acabar enxotando os fregueses.

— Pelo contrário, todos eles o mimam. Sabe que ele tem o faro de um cão de caça? Pode rastrear qualquer cheiro.

— Muito útil — disse Samuel.

— Claro que é útil. Seja paciente, ele vai se acostumar com você e acabará sendo seu melhor amigo. Já notou que ele não rosna mais para você? Fique atento. Isso é um sinal de interesse. Venha cá, guerreiro feroz, sente-se junto à mamãe — chamou ela suavemente. Excalibur se acomodou debaixo da cadeira dela. — Você vasculhou os pertences do cara, procurando onde ele poderia ter escondido o dinheiro? — perguntou Melba, tomando um gole de sua cerveja.

— O que quer dizer?

— Onde estão as coisas dele?

— Pelo que sei, na loja. Tudo, exceto as roupas que usava quando morreu. As roupas ainda estão no gabinete do legista — respondeu Samuel.

— Se ele tivesse dinheiro escondido haveria algum tipo de recibo em algum lugar. Pode ser algo incomum. Poderia haver uma conta bancária, mas duvido que estaria no nome dele. É mais do que provável que ele tenha escondido o dinheiro — disse ela. — Se eu fosse você, começaria por aqueles dois lugares. Procure uma pista. Pode ser alguma coisa totalmente inócua.

Samuel tomou mais dois drinques com Melba enquanto pensava no que ela dizia e explorou com ela os detalhes dos caminhos que abria para ele. Nem sinal de Blanche, mas ele não teve coragem de perguntar por ela. Quando se levantou para sair, Excalibur o seguiu com o focinho quase enfiado na perna de sua calça.

— Ele está descobrindo o seu cheiro — disse Melba. — Vá para casa, você parece cansado.

Mas Samuel foi para o restaurante de Louie e sentou-se diante do aquário no balcão e pediu uma tigela de talharim. Ficou olhando os peixes tropicais multicoloridos, em especial os dourados, nadando lentamente dentro do enorme tanque. Segundo Louie, os peixes davam sorte ao estabelecimento. Sua tigela de talharim chegou fumegando. O aroma era convidativo e ele ficou de súbito esfomeado, lembrando-se de que não comia havia várias horas, e sentia a boca amarga por causa do uísque. Remexeu os pauzinhos, mas não conseguia pegar um único talharim. Louie se aproximou com um garfo.

— Um dia você consegue — disse Louie, sorrindo.

— É, um dia.

* * *

Na manhã seguinte, Samuel chegou à promotoria no edifício federal às dez horas. Para chegar lá, pegou o bonde na Powell Street, perto do seu apartamento na Market, e subiu a pé a Seventh Street.

Seu amigo Charles Perkins trajava o mesmo terno. Samuel notou que uma das mangas era um pouco mais curta do que a outra, assim a abotoadura folheada a ouro de Charles se realçava contra a camisa branca.

— Por onde você quer começar esta investigação, Samuel? — perguntou ele.

— Deveríamos ir primeiro ao médico-legista e ver se há alguma coisa que deixei escapar. Depois iríamos ao patrão de Rockwood. Lembro-me de ter visto lá uma caixa inteira de convites gravados, e alguns deles tinham coisas anotadas — disse Samuel.

Charles enfiou um bloco de formulários em branco de intimação federal na sua surrada pasta de couro marrom com a insígnia do Departamento de Justiça. Vestiu seu sobretudo cinza, enrolou no pescoço um cachecol azul de lã e sinalizou para Samuel segui-lo.

Saíram do edifício e fizeram sinal para um táxi na Seventh Street. Era um dia frio e nublado de dezembro, e as ruas estavam repletas de pessoas caminhando rumo ao Centro para as compras de Natal. Naquele ano, Jacqueline Kennedy tornara populares os chapéus de feltro em forma de caixas de doces. São Francisco era uma cidade de chapéus naqueles dias, e a maioria das mulheres usavam seus próprios chapéus e casacos elegantes e ignoravam a dica de moda de Jackie. Elas se misturavam aos bêbados que subiam do sul da Mission e aos forasteiros e viajantes cansados que o terminal rodoviário despejava do outro lado da rua.

Charles indicou ao taxista aonde queriam ir e rapidamente se viram diante do escritório do médico-legista, um edifício de um andar construído de pedra cinzenta. Quando chegaram, Samuel saudou o funcionário emaciado que o havia recebido da outra vez e explicou que precisavam ver o chefe, porque os federais tinham uma intimação e queriam examinar os registros sobre Rockwood.

O funcionário pegou o documento que o promotor tinha preenchido à mão e desapareceu por trás de uma porta de vidro fosco. Dentro de um minuto a porta reabriu e o legista apareceu no seu jaleco branco com crachá.

— Uma investigação, hã? O que estão procurando exatamente? Charles Perkins bufou.

— Sabe que não posso discutir detalhes com o senhor. Só preciso dar uma olhada em tudo que tem sobre Rockwood. Posso pendurar isto em algum lugar? — perguntou ele, entregando o sobretudo e o cachecol.

— Claro — disse o legista, apontando um cabide junto à entrada. Ele coçou o cabelo ralo grisalho em sua cabeça e olhou de esguelha, curioso em saber o que o promotor estava procurando. — Samuel, posso ajudar em algo? — perguntou diretamente.

— Eu assumirei o comando. Ele está comigo — interrompeu Charles.

Samuel e o legista trocaram olhares. Ao que parecia, pensou o legista, ele teria que aturar aquele sujeito presunçoso.

— Muito bem — disse o legista, que percebeu agora que estava sendo deixado de fora do que quer que ocorria.

Instruiu o funcionário:

— Traga todos os pertences pessoais do Sr. Rockwood e sua pasta de necropsia e coloque lá naquela sala. Responderei a quaisquer perguntas que esses cavalheiros queiram fazer.

— Estou certo de que o senhor tem outras coisas a fazer — disse Charles, que preferia trabalhar sem vigilância.

— É o protocolo — respondeu o legista. — Tem a ver com a cadeia de provas. — Se ele quisesse poderia deixá-los sozinhos com os pertences; mas não gostou de Charles, de modo que não iria arredar pé.

— Muito bem — disse Charles. — Podemos tirar fotos de tudo que quisermos, não?

— Sim, é claro, desde que nenhum destes objetos deixe o recinto. Você entende, cadeia de provas.

— Sei, sei, você já me disse — murmurou Charles.

O legista os acompanhou até a mesma sala onde Samuel estivera na primeira visita. Eles espalharam os pertences de Rockwood na mesa de madeira e começaram a examinar o conteúdo dos bolsos do morto. Samuel não se comoveu desta vez quando viu a pequena pilha que representava tudo o que restara de Rockwood. Estava agora convencido de que não sabia nada sobre ele e que não tinha sido realmente seu amigo. Havia meio maço de cigarros Philip Morris, o que não rendia nada, o isqueiro Zippo, que Charles acionou com o polegar. Ainda funcionava. Os 17 dólares ainda estavam lá, bem como o convite gravado. Sua carteira continha o mesmo cartão do seguro social e a fotografia de Rockwood no serviço militar. Charles pegou uma câmera com flash e fotografou os objetos, um de cada vez, jogando as lâmpadas usadas na cesta de lixo.

— É este o número do seguro social? — perguntou Charles.

— Foi verificado — disse o legista. — E ele realmente esteve no exército.

— Interessante, não havia nenhuma chave com ele — disse Charles.

— Não necessariamente — replicou o legista. — Isto foi um suicídio. Vocês podem descobrir que ele deixou suas chaves no local de trabalho, onde creio que morava. Se descobrirem alguma coisa nova, sei que me avisarão. Não é, Samuel?

— Sim — replicou Samuel, dando-lhe um olhar dissimulado.

Charles Perkins, ignorando o legista e ainda aborrecido por não lhe ter sido permitido levar por empréstimo nenhuma prova, concentrou-se no convite.

— Você diz que isto veio da Engel's? Como sabe disso, Samuel?

— Está vendo a marca registrada na parte inferior do convite? Se olhar bem de perto, verá que tem o nome da firma. Foi assim que eu soube aonde ir.

— E quanto ao número do RSVP? — perguntou Charles.

— Liguei para lá. Nunca ouviram falar dele.

Vasculharam o smoking e a princípio nada encontraram. Depois Samuel enfiou a mão fundo no bolso interno, onde Rockwood guardaria sua carteira. Puxou o que parecia ser o canhoto de um tíquete com caracteres chineses vermelhos escritos nele.

— Veja isto! — exclamou. — Parece com o recibo para alguma coisa. — Ele olhou esperançoso para os dois homens. — Algum de vocês lê chinês?

— O que você acha, Mac? — disse o legista, rindo. — Essa minha cara de irlandês parece a de alguém que fala chinês?

Charles, ignorando a conversa, bateu uma foto em close do tíquete e tentou copiar os caracteres chineses num pedaço de papel. Após três tentativas, deu de ombros e disse:

— Isto terá de esperar até termos as fotos reveladas.

Ele e Samuel puseram tudo de volta no lugar.

— Vocês estão agindo como se soubessem de alguma coisa que não querem me contar — disse o legista. — Querem me pedir para depor?

— Não vamos nos apressar — disse Charles. — Estamos apenas começando nossa investigação. Vamos ver até onde ela leva, e depois você pode decidir.

Quando saíam, Charles sussurrou para Samuel:

— Nós realmente deixamos o velho puto da vida. — E deu um sorriso afetado se congratulando. — Agora vamos ver o que podemos extrair do patrão dele, o Sr. Engel.

Contornaram o prédio do novo Palácio da Justiça na Bryant Street e pagaram outro táxi para ir à Engel's, na Sacramento Street.

— Isto aqui é muito chique — disse Samuel, mais uma vez impressionado com a elegância da sala de espera. — O proprietário tem bom gosto. Aqueles ali são desenhos de Piranesi.

— E quem diabo é Piranesi? — perguntou Charles, examinando dois deles sem interesse.

A recepcionista se lembrava de Samuel.

— Veio aqui novamente para ver o Sr. Engel a respeito do vigia, não é? Só um segundo. — Ela chamou o patrão pelo interfone, que apareceu rapidamente do corredor junto à mesa de recepção.

— Olá novamente, Sr. Hamilton. Vejo que não demorou a voltar.

— Estou contente por me reconhecer — disse Samuel. — Este é Charles Perkins, da promotoria. Ele gostaria de ver as coisas do Sr. Rockwood e o armário onde ele morava. Ele tem uma intimação para tornar tudo isto legal.

— Vocês terão que me dar alguns minutos. Colocamos tudo em caixotes. Queríamos nos livrar daquela tralha, mas consideramos que alguém poderia reclamá-la.

Seguiram-no até os fundos do prédio, onde ele destrancou um depósito. Os smokings estavam pendurados, envoltos em plástico, em um encanamento no teto, e havia dois caixotes com o logotipo da firma empilhados perto deles. Estavam abarrotados e eram pesados. Enquanto Samuel os içava, Charles falou para o proprietário:

— Podemos usar essa mesa aqui? — perguntou, apontando para uma que estava diretamente do lado de fora do cômodo.

— É claro — disse Engel. — Se precisarem de algo mais é só me avisar. — Ele bateu de leve com a mão na testa, como se fosse retirar um chapéu, e caminhou de volta para a frente do estabelecimento.

Samuel pôs os dois caixotes sobre a mesa e começou a tirar várias caixas de sapato de dentro. Charles começou a recolher os convites das caixas de sapato. Estavam todos em ordem alfabética. Ele os examinou e olhou para as anotações em alguns deles, mas acreditava no que Samuel já lhe contara, de modo que não quis perder tempo em terreno que seu amigo já havia coberto, em especial se nada produzira de importante.

— Me avise se encontrar passagens de avião para o Marrocos — disse Samuel.

— O que está procurando? — perguntou um surpreendido Charles.

— Esqueça. Sei que não vai achá-las.

Samuel examinou os bolsos dos smokings pendurados, mas nada encontrou. Voltou às caixas que começaram a esvaziar. No fundo de uma delas encontrou um molho de chaves que sacudiu enquanto o puxava para fora, a fim de capturar a atenção de Charles.

— Este pode ser o nosso achado mais importante — disse Charles.

— Espero que sim — completou Samuel. Ele espalhou as chaves sobre a mesa e continuou procurando pelo outro pedaço do tíquete. Encontrou outro pedaço de papel rígido com caracteres chineses vermelhos enfiados no bolso de um caderno de notas que tinha escrito "Lembretes Diários" na capa, mas só havia páginas em branco. Samuel alisou o pedaço rasgado de papel e o pôs junto à página que Perkins havia copiado no gabinete do legista. Estavam trabalhando de memória, mas parecia que tinham achado o que procuravam.

O promotor tirou fotos dos dois papéis e das chaves, e então gritou para o proprietário:

— Desculpe-me, Sr. Engel, mas poderia vir aqui um momento?

Engel não respondeu, portanto Samuel foi chamá-lo.

— Sabe de onde veio este canhoto de tíquete? — perguntou Charles ao proprietário.

— Receio que não. E ninguém aqui lê chinês — disse ele.

— O Sr. Rockwood algum dia mencionou quaisquer amigos chineses? — perguntou Samuel.

— Não, nunca disse nada. Posso perguntar aos outros empregados, mas duvido que saibam de alguma coisa — disse ele. — O vigia era simpático e eficiente, mas não se misturava com os outros empregados. Creio que não tenha feito muitos amigos por aqui.

— Conte-nos sobre essas chaves — pediu o promotor.

— Reconheço esta; abre a porta da frente. E esta aqui, a porta dos fundos. A terceira, creio, é a chave do armário de vassouras onde descobrimos que ele morava. A próxima é aquela que abre o depósito. Mas quanto às outras duas, não faço a menor idéia — disse o proprietário. — Elas não têm nada a ver com nosso negócio.

Charles separou duas chaves do restante e tirou fotos delas.

— Sabe se o Sr. Rockwood tinha conta bancária?

— Sim, no Bank of America. Pelo menos é onde depositava seus cheques. Fica logo ali dobrando a esquina.

— Posso ver os contracheques? — perguntou Charles. — Francamente, estou tentando descobrir onde ele guardava seu dinheiro. Se na própria conta ou na de outra pessoa.

Engel trouxe os contracheques de Rockwood e colocou-os sobre a mesa agora abarrotada. Eram contracheques típicos com o nome e endereço da empresa no canto superior esquerdo.

— Separei todos os contracheques, achando que alguém poderia querer fazer uma investigação — disse ele, esperando pela próxima pergunta.

Charles os examinou metodicamente. Eram todos endossados da mesma maneira, Reginald Rockwood III, todos escritos com clareza, como se o emitente tivesse grande orgulho do seu nome. Debaixo da assinatura estava um número de conta e as palavras "Só para depósito", na mesma escrita meticulosa.

Charles fotografou alguns contracheques para amostra com o nome de Reginald Rockwood na frente e sua assinatura no verso. Ele fez Samuel escrever o número da conta no seu bloco de anotações, de modo que não tivesse de esperar pela revelação dos negativos. Depois pegou as chaves.

— Podemos ficar com essas duas? — perguntou ele.

— Eu preferiria que tirassem cópias. Há um chaveiro bem aqui ao lado. Posso providenciar isso em poucos minutos — disse Engel. Ele chamou um empregado e o mandou fazer o serviço.

— Tem alguma informação sobre a vida particular deste sujeito? — perguntou Charles.

— Absolutamente nada. O Sr. Hamilton pode lhe dizer que foi a maior surpresa para nós sabermos que ele estava morando no armário de vassouras.

— Quanto a este tíquete chinês, ou seja lá o que seja, faz alguma idéia de onde ficaria este lugar? — perguntou Charles.

— Não faço a menor idéia — disse Engel.

— Apreciamos a ajuda que nos dispensou hoje, Sr. Engel. Esperamos não ter de incomodá-lo novamente, mas precisamos levar este tíquete com escrita em chinês. O senhor entende, não é? Este é um assunto oficial. Mandarei uma foto dele, e aqui está um recibo.

Ele já tinha anotado o que interessava e passou-o a Engel.

— Entendo. Por quanto tempo quer que eu conserve o restante das coisas? — perguntou ele.

— Eu avisarei — Charles o instruiu.

O funcionário voltou com as cópias das duas chaves. Eram três horas. Engel pediu licença e retirou-se, e Charles e Samuel começaram a recolocar tudo nos caixotes e depois os puseram de volta no depósito. Olharam para a metade do tíquete com os caracteres chineses.

— Acha que pode descobrir o que é isto e onde fica esse lugar? — perguntou Charles, entregando-lhe a parte rasgada com a escrita chinesa, junto com o que ele escrevera no gabinete do legista. — De qualquer modo, vá ao meu escritório amanhã às dez, e pelo menos iremos ao banco conferir que tipo de dinheiro este cara movimentava.

* * *

Samuel sabia aonde ir. Despediu-se do amigo e agradeceu ao Sr. Engel, depois tomou o ônibus na Sacramento Street. Saltou na Powell e caminhou alguns quarteirões até o restaurante de Louie Chop Suey. Seu amigo o conduziu para sentar-se na sua habitual banqueta no balcão. Samuel sacudiu a cabeça e apontou para uma das mesas num canto, indicando que queria que o homem sorridente se juntasse a ele.

— Como estão as coisas, Samuel? — perguntou Louie.

— Vão bem, Louie. Podemos fazer mais uma aposta para o jogo dos Forty-Niners. Quanto será?

— Você não é bom jogador, Samuel. Vive perdendo — disse Louie.

Samuel riu e pegou o pedaço rasgado do tíquete com os caracteres que o promotor tentara copiar no seu bloco de anotações.

— Pode me dizer o que é isso, Louie? — perguntou Samuel.

O homem olhou para os dois pedaços de papel por longo tempo com o rosto franzido, tentando decifrar a tentativa do promotor de escrever em chinês. Finalmente, sorriu.

— Isto é um recibo para um jarro tamanho médio numa loja chinesa de ervas — explicou ele.

— Do que está falando? — quis saber Samuel.

— Isto significa que você possui o conteúdo de um jarro numa muito importante loja de ervas curativas. O problema é você só ter a metade. Não se consegue nada com a metade.

— Por que as pessoas querem jarros de ervas? — perguntou Samuel.

O chinês riu.

— Vá lá e descubra.

Samuel, intrigado, acendeu um cigarro e lentamente exalou a fumaça através da mesa para o assento vago enquanto relanceava para Goldie, seu peixe preferido que nadava rápido no aquário colorido. Sentia-se cansado. Durante dias vinha comendo mal e à noite dormia pouco. Remexeu-se no assento, imaginando que tipo de ervas Rockwood teria num jarro e com que finalidade.

— Sabe onde fica esse lugar? — perguntou.

— Na Pacific, entre a Grant e a Kearny. Todo mundo conhece o Sr. Song, o dono da loja. Ele conhece todos os segredos de Chinatown.

— Esse lugar tem um nome?

— Está bem aqui. — Seu dedo percorreu os caracteres vermelhos. — AS MIL ERVAS CHINESAS DO SR. SONG. Você tem aqui a última parte que diz "ervas chinesas" em letras vermelhas. Adivinhei um pouco sobre a primeira parte que seu amigo escreveu, mas creio que ele ficou bastante próximo.

— Isto foi escrito por um amigo meu que não sabe chinês.

— É óbvio — disse ele e riu.

— Não tenho como agradecer sua ajuda, Louie — disse Samuel. — Diga adeus a sua mãe por mim. Por que ela nunca fala comigo? Ela pelo menos conhece seus outros fregueses.

— É porque você tem cabelo vermelho. Ela pensa que você é o diabo.

— Merda, a cada dia a gente aprende alguma coisa. Tá certo, Louie, não se esqueça de apostar nos Forty-Niners neste fim de semana.

— Goldie traz boa sorte para os meus fregueses, menos você — disse Louie, rindo.

Samuel estava cansado demais para ir ao Camelot e contar a Melba o que havia acontecido. Assim, foi até a mercearia da esquina, onde comprou um pãozinho e uma maçã, e seguiu para casa. Depois de comer, foi para a cama e imaginou-se fazendo sexo com Blanche, até que caiu no sono.

* * *

— Sei onde Reginald guardava coisas — informou Samuel.

— Verificaremos isso — disse Charles. — Entre e dê uma olhada nas fotos. Revelei-as a noite passada.

Ele seguiu Charles até a pequena mesa junto à escrivaninha onde as fotos estavam depositadas na ordem em que foram batidas. Samuel pegou a foto da primeira metade do tíquete número

85 e a pôs lado a lado com a outra metade que trouxera da Engel's. As beiradas se encaixavam à perfeição.

— Acho que isto será importante hoje — disse ele —, e sei aonde ir. Encontrei o Sr. Song — continuou, sorrindo e esperando um tapinha nas costas.

— É — foi tudo que Perkins disse.

— Não me ouviu? Sei o significado do tíquete. É para um jarro.

— Não tão rápido. Acho que devíamos começar pelo banco, já que é o lugar onde as pessoas costumam depositar dinheiro — interrompeu Charles com seu cansativo gesto de apontar o dedo para a cara de Samuel.

— Não penso assim — retrucou Samuel, recuando para evitar que o dedo o atingisse no olho. — Eu lhe digo que devíamos começar com o AS MIL ERVAS CHINESAS DO SR. SONG. Rockwood escondia alguma coisa lá. Esta poderia ser a pista para o que estamos procurando. Temos o tíquete — disse e sacudiu a metade dele no ar.

— Você já ouviu falar de gratificação postergada, não? — retrucou Charles. — Vamos nos ater às coisas superficiais, depois partiremos para as guloseimas.

— Está certo — disse Samuel, relutante. O sorriso deixou seu rosto e os ombros se encolheram um pouco mais. Charles estava no controle; ele tinha as intimações.

Saíram de novo do edifício federal e desta vez atravessaram um quarteirão até a Market, onde fizeram sinal para um táxi. Charles instruiu o taxista:

— Direto para a Front Street.

Havia árvores de Natal decoradas na maioria das janelas e os inevitáveis homens do Exército da Salvação, vestidos nos uniformes azul-escuros, as cintas vermelhas em volta dos quepes e seu infernal badalar de sinos convidando o público a pôr algum dinheiro nos caldeirões de doação. A Emporium, na esquina da Fifth com a Market, tinha acabado de abrir suas portas e as pessoas ainda estavam entrando.

Desceram do táxi na Front Street e estavam olhando diretamente para o prédio das barcas sobre a via expressa Embarcadero. Atravessaram a Market Street e caminharam dois quarteirões para a Sacramento e entraram no banco. Tal como Engel dissera, Rockwood tinha conta lá. Charles exibiu a intimação e o gerente trouxe os registros. Havia depósitos semanais dos cheques de pagamento de Rockwood, mais um depósito mensal de um cheque de 150 dólares. Não havia cheques emitidos na conta. A cada vez que o montante alcançava três mil dólares, havia uma retirada em dinheiro e o processo todo recomeçava. Eles examinaram os registros dos quatro anos anteriores e o padrão era sempre o mesmo.

— Isso não nos ajuda muito — disse Charles. — O cara levava uma vida bastante monótona e não há certamente nenhuma surpresa.

— E quanto aos cento e cinqüenta dólares por mês? De onde vêm?

— Não sei. Teremos que ver o cheque do banco de onde isso veio e eles me informarão.

— Fico imaginando o que ele fazia com os saques em dinheiro — comentou Samuel.

— Talvez nunca saibamos. Como é que chegamos ao herbalista?

— Eu o levo. Podemos ir a pé até lá — disse Samuel. — Fica logo depois de dobrar a esquina. Não vai levar nem vinte minutos.

Graças ao trabalho de Samuel na tarde da véspera, não houve demora para chegar lá, e logo estavam diante de uma loja com um letreiro de caracteres vermelhos: AS MIL ERVAS CHINESAS DO SR. SONG. Guirlandas de ervas secas nas janelas emolduravam o interior.

Na porta de entrada, um sininho amarrado no topo retiniu, anunciando a chegada deles. Na penumbra do interior havia dúzias de recipientes de tamanho médio, cor de terra, com 45cm de altura e 15cm no seu ponto mais largo no meio. Estavam empilhados em prateleiras indo do chão ao teto de cinco metros e meio, ocupando duas das quatro paredes. Numa porção de 1,80m da parede leste havia prateleiras com jarros ainda maiores, também indo do chão ao teto. Cada uma tinha um topo protegido por uma cinta de ferro com dois cadeados, que Samuel achou ser uma precaução contra terremotos e ladrões. E cada uma tinha caracteres chineses em preto, que deviam ser alguma espécie de código numérico. Em pelo menos vinte fios perto do alto teto pendiam mais feixes de ervas secas de todos os tipos imagináveis. Samuel e Charles estavam quase saturados com a mistura de odores pungentes.

A uns sete metros loja adentro estava um reluzente balcão envernizado de preto com cenas chinesas pintadas nos painéis da frente. Podia-se ver este balcão do lado de fora da loja. Atrás do balcão havia centenas de caixas pequenas, cada qual de 25cm^2, alcançando todo o caminho até o teto. Todas tinham um trinco com cadeado, e cada uma trazia as familiares marcas chinesas. Eles viram uma escada no canto encostada às caixas, que sem dúvida era usada para acesso aos jarros. A iluminação era tão ruim que não podiam dizer se o lugar estava empoeirado ou se tudo tinha cor de terra.

Detrás de uma cortina de contas, que separava a frente da loja dos quartos e do depósito, saiu um homem de aparência tão estranha que Samuel e Charles se sobressaltaram ao vê-lo. Era um chinês albino. Ele observou os dois homens com seus olhos cor-de-rosa debaixo das sobrancelhas espessas, enquanto alisava seu fino bigode branco e cavanhaque. Sua pele era anormalmente pálida e lisa. As feições faciais eram transparentes e lisas e parecia que tinham sido pintadas com pincel. Era impossível calcular sua idade, ele podia situar-se em qualquer lugar entre os cinqüenta e os mil anos. Estava com uma jaqueta chinesa cinza com mangas largas que cobriam suas mãos com um diminuto desenho de bambu em fio preto. Ele sacudiu a cabeça levemente em cumprimento.

— Viemos para fazer-lhe algumas perguntas sobre isso — disse Charles quando se recuperou da surpresa.

O velho apertou os olhos para a foto e o pedaço de tíquete que Charles lhe mostrava e depois fez um gesto de que não podia ajudá-los, porque não entendia.

— Não creio que ele fale inglês — disse Samuel.

Um homem pequeno, levemente encurvado, usando calças azuis e uma blusa sem colarinho da mesma cor, entrou no recinto. Era obviamente uma espécie de assistente do Sr. Song, mas logo ficou claro que também não falava inglês. O albino disse umas poucas palavras em chinês para o assistente e ele manquejou porta afora, fazendo o sino retinir à sua passagem.

— Reconhece o canhoto nesta foto? — perguntou Charles, apontando para o pedaço rasgado do tíquete e a outra metade que pusera no tampo do balcão.

O albino não se dignou nem sequer a dar uma olhada. Já tinha indicado que eles deveriam esperar e nada o irritava mais do que a impaciência e a falta de cortesia dos brancos.

— Acho... — disse Samuel, mas começou a tossir pesadamente e puxou o lenço para limpar o catarro da garganta. Charles deu-lhe um olhar enojado, mas o herborista voltou-se e observou-o com interesse.

Em poucos minutos o sino retiniu e uma jovem garota chinesa de boa aparência entrou na loja seguida pelo velho pequeno. Trajava uma saia xadrez com a bainha logo abaixo dos joelhos e uma blusa branca engomada com um emblema no bolso esquerdo.

No centro dele estava um pagode. As letras que o circundavam diziam: "Escola Batista Chinesa, São Francisco, Califórnia". Seu aspecto mais marcante eram os dentes salientes que a faziam parecer um castor. Ela saudou o albino com grande respeito e conversou profundamente com ele por um instante numa língua que Samuel, acostumado a viver em Chinatown, reconheceu como um dialeto chinês do sul. Depois ela voltou-se para Samuel e Charles.

— O Sr. Song me pediu que viesse aqui para ajudá-lo a descobrir o que vocês querem.

Charles moveu-se para a frente de Samuel, que estava a ponto de falar, e apontou seu dedo de forma autoritária.

— Diga-lhe que sou um promotor federal. Estamos investigando a morte de Reginald Rockwood. Temos razão para crer que ele tem algo depositado aqui.

A garota traduziu para o Sr. Song, que não parecia nem um pouco impressionado pelo dedo de Charles.

— Isto é uma loja de ervas. Vendemos ervas para pessoas que estão procurando cura para todo tipo de enfermidades — respondeu Song através da garota. Ele falava num tom monótono e quase inaudível.

— Pode nos dizer se este tíquete é para alguma coisa que guarda aqui para o Sr. Rockwood? — perguntou Charles.

— Só vejo metade de um tíquete. Está cortado ao meio — disse a garota para o Sr. Song, enquanto ele erguia uma sobrancelha.

— Diga-lhe que a foto sobre o balcão mostra a outra metade — disse Charles.

— Ele diz que não é o bastante. Em Chinatown há um ditado famoso: "Sem sabão, não tem lavanderia." — A garota não pôde se controlar e riu como se tivesse ouvido a piada mais engraçada do mundo. O albino a trouxe de volta à realidade ao darlhe um beliscão.

Charles ficou vermelho. Mas Samuel se contagiou com a alegria da reação da garota e mal pôde conter o riso. Gostou da idéia de que o Sr. Song estava de gozação com o presunçoso Charles Perkins.

— Diga ao Sr. Song que representamos o governo dos Estados Unidos e caso ele se recuse a respeitar nossa intimação posso botá-lo na cadeia! — ameaçou Charles.

Isso assustou a garota, que traduziu o que Charles disse, gesticulando histericamente, mas o Sr. Song respondeu sem se mover, os braços cruzados no peito e as mãos dentro das mangas.

— Ele diz a mesma coisa. "Sem sabão, não tem lavanderia." Ele não se importa se o senhor representa o presidente dos Estados Unidos.

Samuel puxou a manga de Charles e sussurrou-lhe:

— Não o provoque. Não vê que isso é alguma espécie de depósito particular? Olhe para todos esses cadeados duplos nos jarros e caixas. Ele está apenas protegendo os clientes. Podemos fazer o médico-legista vir aqui com a outra metade do tíquete. Desse jeito, não vai arrancar uma palavra dele.

— Pelo menos pode me dizer, Sr. Song — pediu Charles, mostrando-lhe as duas chaves que conseguira na Engel's. — Uma dessas chaves abre alguma coisa que pertença ao Sr. Rockwood?

O Sr. Song pegou a metade do tíquete e o sacudiu na cara de Charles.

— Tudo bem, senhor. Vamos buscar a outra metade. Apenas certifique-se de não fazer nada com qualquer dos pertences do Sr. Rockwood. Voltaremos amanhã — concluiu Charles, fumegando.

Charles colocou a intimação de volta em sua pasta e arrastou Samuel para a saída. Justamente quando estavam saindo, a garota chamou Samuel. Ela sorria.

— Meu honrado tio, o Sr. Song, diz que você tem uma tosse horrível de cigarro. Se tomar este remédio chinês três vezes por semana durante um mês, irá melhorar. Mas ele diz que morrerá se não parar de fumar. — Ela passou-lhe um frasco com rótulo escrito em chinês. Samuel acenou sua gratidão e puxou a carteira numa tentativa de pagar, mas o albino recusou.

— Pergunte ao Sr. Song se ele quer comprar um anúncio em meu jornal — disse Samuel.

A garota traduziu.

— Nenhum chinês lê o seu jornal, e um anúncio desses não ajudaria o negócio dele. Se os fregueses lerem um anúncio desses na imprensa, pensarão que o negócio vai mal e deixarão de vir. Isso não é muito conveniente.

— É ruim demais — suspirou Samuel, pondo o frasco no bolso do casaco.

Uma vez do lado de fora, eles ficaram conversando na calçada. Charles se mostrava nitidamente insatisfeito, mas Samuel o convenceu de que estavam fazendo progresso.

— Intimarei aquele legista idiota a vir aqui amanhã de manhã, e terá que trazer o tíquete com ele — disse Charles. — E veremos se este chinês babaca ainda pensa que pode fazer hora com a minha cara. — Ele virou-se e desceu a Pacific em direção à Montgomery.

* * *

Quando Samuel chegou à loja de ervas no dia seguinte, não pôde crer no que viu. Na calçada, estava Charles, vestindo as mesmas roupas da véspera, sem se barbear, com dois delegados federais ao seu lado. Um médico-legista aparentemente contrariado andava de um lado para o outro, tentando argumentar com ele. Um cavalheiro chinês vestindo um terno da Brooks Brothers apoiava-se na frente da loja, com os pés cruzados e descansando contra o baixo peitoril da janela de vidro laminado, tendo o letreiro do Sr. Song acima dela. Ele parecia ser o único que não estava com pressa.

— Você não precisava agir dessa maneira! — exclamou o legista, o rosto ruborizado e respirando pesadamente.

— Você não queria cooperar — replicou Charles. — Foi por isso que tive de passar a noite em claro e preparar a declaração juramentada que levei para o magistrado. Portanto, agora tenho um mandado de busca.

— Você tinha que me apresentá-la às seis da manhã? — perguntou o legista, olhando de novo para Charles.

— Eu precisava do tíquete, não posso continuar perdendo tempo. Se o tivesse me dado quando pedi, ambos teríamos dormido bem — disse Charles.

— Mas você não precisava de mim! — exclamou o legista.

— Estou certo de que você se lembra do argumento da cadeia de provas — provocou Charles.

Às dez em ponto, o assistente do Sr. Song destrancou pelo menos cinco cadeados do interior e recuou para um lado enquanto Charles, o legista, os dois delegados, o chinês elegante e Samuel entravam no estabelecimento. O sino na porta retiniu com estridência, recepcionando o cortejo.

Já com todos do lado de dentro, o assistente penetrou através da cortina de contas azuis e, em dois minutos, o Sr. Song apareceu com uma xícara de chá fumegante com uma tampa; e iria abrir a tampa de vez em quando para inalar o aroma e tomar um gole. O traje preto com um colarinho de mandarim enfatizava sua palidez. Tinha na cabeça o que parecia um barrete chinês preto. Fez uma leve mesura e murmurou alguma coisa em sua língua.

— Ele diz bom-dia e espera que tenham muitos filhos homens e uma vida longa — disse o chinês de terno, que se apresentou como intérprete do governo federal.

— Diga-lhe que estamos aqui para examinar o conteúdo dos jarros. Temos as duas metades do tíquete — pediu Charles.

— Você deve colocá-las aqui de modo que ele possa vê-las — disse o intérprete.

Charles convocou o legista até o balcão e ambos depositaram nele suas respectivas metades. O Sr. Song tirou da manga um par de óculos de lentes grossas com aros de arame e colocou-os sobre seus olhos cor-de-rosa. Isso teve o soturno efeito de alargá-los e o fez parecer uma avestruz. O Sr. Song observou os dois pedaços por um longo tempo, enquanto os outros tentavam controlar a impaciência.

— Este é o tíquete número 85. Agora vocês precisam da chave — disse ele, através do intérprete.

— Merda! — exclamou Charles.

— Acho que temos a chave — disse Samuel, procurando no envelope pardo na pasta de Charles e puxando duas chaves. — É uma daquelas que Engel copiou para nós.

O assistente deslizou a escada até o meio da pilha de jarros de argila na parede leste. O Sr. Song apontou para o número 85 com um longo dedo ossudo.

— Ele diz para subir lá e ver se uma das chaves abre a tampa. É a segunda a partir daquela última lá em cima, um pouco à esquerda.

Eles se entreolharam e, como ninguém se apresentou, Samuel subiu a escada de madeira que rangia a cada degrau. Começou a inserir as chaves na cinta que mantinha a tampa presa no jarro, uma tarefa não muito fácil porque a escada balançava e suas mãos tremiam. Ele também não gostava de altura. De início nenhuma funcionou, mas à medida que se acalmava e ficou mais cuidadoso, descobriu a que servia. Então começou a inserir chaves na cinta que mantinha o jarro contra a parede. Um grito do Sr. Song o parou. O albino gesticulava como um louco com os braços diante do seu rosto enquanto falava com o intérprete.

— Não, não — disse o intérprete. — O Sr. Song diz que cuidará do restante.

— Por que não decidiu isso logo de uma vez? — perguntou Charles.

— Se vocês não tivessem a chave que abre o jarro, não haveria necessidade de decidir, porque ele não pertenceria a vocês — disse o Sr. Song através do intérprete.

Samuel desceu rapidamente, enquanto o assistente trazia um enorme molho de chaves de trás da cortina de contas. O Sr. Song procurou entre as chaves e escolheu uma, que entregou ao assistente. Este subiu com espantosa agilidade, dada a sua idade, a escada que rangia. Soltando a cinta que prendia o jarro à parede, trouxe-o para baixo e o colocou sobre o balcão. O Sr. Song verificou para ter certeza de que era o número exato e depois recuou.

— Ele diz que vocês são bem-vindos para examiná-lo, o conteúdo pertence a vocês — informou o intérprete.

— Não, não — disse Charles. — Queremos que ele a abra. Pode haver uma bomba ou algo parecido.

Este diálogo produziu um hilariante momento entre o intérprete e o assistente. O Sr. Song juntou-se discretamente aos risos, muito embora isso consistisse apenas na breve exibição de uma fileira de dentes pontudos. Finalmente, o homenzinho retirou a tampa e a deixou cair, de modo que ficasse jazendo longitudinal ao balcão, e começou a remover o conteúdo. A primeira coisa a surgir foi um produto vegetal. Havia um bocado dele e exalava um estranho odor de mofo.

— O que é isto? — perguntou Charles, cauteloso. — É narcótico? — Ele pegou um punhado e cheirou, desconfiado.

— O Sr. Song diz que é uma erva chinesa chamada Chai Hu, usada para tratar problemas de fígado — informou o intérprete. — Em inglês é chamada de *Bupleurum*.

O assistente em seguida tirou vários pacotes. Um estava embrulhado em papel de seda branco preso firmemente com barbante. Havia também cinco pequenos maços de notas de cem dólares, cada qual enrolado em elásticos, alguns tão velhos que estavam a ponto de rebentar.

Samuel observou minuciosamente para ver se havia passagens de avião escondidas no jarro, mas não viu nenhuma.

O legista, que estivera amuado num canto, com sua cabeça de tartaruga afundada entre os ombros, enrijeceu-se ao ouvir que a erva era indicada para problemas hepáticos. Os exames patológicos de Rockwood mostravam que seu fígado estava nos últimos estágios de funcionamento. As ervas reforçavam sua opinião quanto à causa da morte. Mas ao que parecia a situação era ainda mais complicada do que supusera, o que significava que ele teria de reter o cadáver.

— Examinarei o material, se quiser — ele se ofereceu.

— À vontade — disse Charles. Ele pegou o pacote envolto em papel de seda branco. Desembrulhou-o cuidadosamente e encontrou uma caixa de veludo. Nela havia três pedras verdes reluzentes, uma do tamanho de um feijão e duas menores.

Charles assoviou.

— Esmeraldas! E parecem ser de boa qualidade. Devem valer milhares de dólares. Como vieram parar nas mãos de um zelador, eu me pergunto? Quanto em dinheiro tem aí?

O legista contou as notas de cem dólares em cada pacote.

— Dez mil.

— E mais ou menos o mesmo nestas pedras — acrescentou Charles. — Qual é o valor das ervas medicinais?

— O Sr. Song diz que valem cerca de trinta dólares — informou o intérprete.

— Trinta dólares por um punhado de capim! Onde é que nós estamos! — exclamou Charles.

— Espere aí — disse Samuel. — Vê aquele pedaço de papel amarrando um dos maços de notas? Há algo impresso nele. Parece ser parte de um endereço. Só tem o número 838 e nada mais. — Ele pegou seu bloco de anotações e escreveu o número.

— Isto não significa muito — disse o legista. — Só foi usado para manter as notas juntas.

— Nunca se sabe — disse Samuel.

Charles bufou tanto quanto permitia seu corpo cansado.

— Vamos tomar posse desta prova em nome do governo dos Estados Unidos da América. Este documento nos permite fazê-lo.

Ele mostrou o mandado de busca ao intérprete, que por sua vez o exibiu ao Sr. Song.

— Vocês podem ficar com todo o conteúdo do jarro — disse o Sr. Song através do intérprete —, porque apresentaram o tíquete. Mas o jarro pertence à loja, por isso não podem levá-lo.

— Sinto muito, Sr. Song, mas temos de levá-lo — disse Charles. — Conservaremos a prova até decidirmos se um crime federal foi cometido. Se não houver motivos para ficar conosco, será devolvido.

— O material no jarro não é meu, é de vocês — respondeu o Sr. Song através do intérprete. — Mas o jarro pertence ao AS MIL ERVAS CHINESAS DO SR. SONG, e não sairá daqui.

— Podemos pagar por ele — sugeriu Samuel.

— Não está à venda — respondeu o Sr. Song, que perdera a proverbial paciência de sua raça e franzia o cenho.

— Eu lhe darei um recibo pelo jarro, do governo federal — insistiu Charles. Ele pegou da pasta uma folha timbrada do Departamento de Justiça e escreveu uma lista detalhada de todos os itens que estava levando da loja. O intérprete leu para o Sr. Song.

— Este homem branco é surdo ou maluco? — perguntou o Sr. Song.

Mas o intérprete pensou melhor antes de traduzir. Em vez disso, explicou:

— O Sr. Song está preocupado porque, se as pessoas na rua virem vocês levando o jarro, irão espalhar a notícia e ele perderá sua boa reputação. Como as pessoas poderiam confiar nele se permitisse que um homem branco saísse de sua loja com um de seus jarros debaixo do braço?

— Escute, Sr. Song — interrompeu Charles. — Aqui está o recibo por tudo. Pode ficar com ele até o encerramento do caso. Depois, tudo que é seu será devolvido — e bateu com o papel no tampo do balcão com a mão.

Exausto, Charles fez sinal para o legista, os dois delegados e o intérprete para que o seguissem para fora da loja enquanto ao mesmo tempo amaldiçoava o albino, seu assistente e os sinos acima da porta que não paravam de tocar.

— Me ligue amanhã, Samuel. Não posso pensar com clareza agora — disse.

Capítulo 7

Rafael se mete numa encrenca

Samuel foi até o Camelot numa hora terrível da manhã porque Melba o havia acordado com a má notícia de que Rafael tinha sido preso. Ele encontrou Blanche carregando caixas de cerveja da despensa para o bar sem esforço, vestindo apenas short e botas de trabalho. Samuel tentou ajudá-la, mas as caixas eram pesadas demais para ele. Melba então saiu do escritório. Ela estivera ao telefone falando com clientes importantes do bar para pedir ajuda.

— O que aconteceu? — perguntou Samuel.

— Eu disse a ele mil vezes que tirasse da cabeça aquela maldita rede! — exclamou Melba.

— Prenderam-no por causa disso?

— Não, eles o pegaram com uma máquina roubada. Não sei de que tipo, mas parece que era valiosa. Eles vasculharam o bar e a casa dele. A mãe de Rafael ficou fora de si — explicou Blanche.

— O que podemos fazer? — perguntou Melba.

— Ele precisa de um advogado. Rafael tem direito a uma defesa — disse Blanche.

— Quem pagará por isso? — quis saber Samuel.

— Veremos. Esta coisa tem de ser esclarecida depressa — disse Melba.

— Na presunção de que ele seja inocente — lembrou Blanche.

— Não pense que Rafael é um ladrão, filha! — exclamou Melba.

* * *

Alguns dias mais tarde, Samuel observou o juiz da corte criminal sentado com sua toga preta e batendo o martelo.

— A escrivã irá fazer a chamada. Por favor, não demorem. Estamos com a agenda cheia esta manhã.

A sonolenta escrivã procurou nas folhas de papel diante dela.

— O povo do estado da Califórnia *versus* Rafael García, processo número 54321702.

Rafael, algemado e com os tornozelos agrilhoados e trajando um macacão da prisão do condado de São Francisco, foi tirado da cela ao lado do tribunal pelo oficial de justiça. Enquanto isso, o bem-vestido advogado sentado junto a Samuel no seu caro terno trespassado Walter Tong, consultou o relógio e puxou sua agenda do bolso do paletó. Ele era atarracado e tinha cabelo encaracolado, nariz bulboso e dentes brancos com jaquetas que pareciam a porcelana de uma banheira. Ele sorria o tempo todo para mostrá-los, e não havia dúvida de que tinham custado caro. Ele caminhou até o pódio no interior da balaustrada e a porta de vaivém que separava os espectadores dos participantes da chamada diária do gado.

— Hiram Goldberg, do escritório de advocacia de Hiram Goldberg, representando o réu Rafael García. — Ele era um dos melhores advogados criminalistas da cidade. Permaneceu ali esperando que o prisioneiro fizesse lentamente seu caminho para colocar-se ao lado dele, seguido pelo policial que o vigiava de perto. Quando lá chegou, Rafael olhou suspeitoso para o advogado. Nunca o vira antes. Então olhou rapidamente em torno do tribunal, viu Samuel na última fila e deu um ligeiro sorriso de reconhecimento. Imaginou que o pomposo advogado ao lado dele era coisa de Samuel, e relaxou um pouco.

O juiz da corte municipal, com um rosto rosado e a reputação de ser irascível, olhou por cima dos óculos de leitura para o réu sem nenhuma simpatia. Ele não confiava em mexicanos ou outros imigrantes de cor; era uma questão de princípios para ele.

— Como você se declara em relação ao crime de receptação previsto na sessão 496 do Código Penal da Califórnia?

— O réu se declara inocente da acusação, excelência, abre mão dos prazos, para um julgamento rápido, e pede a redução da fiança de cinco mil para mil e quinhentos dólares, que estamos preparados para depositar esta manhã.

— Ele é acusado de um crime, Sr. Goldberg. As palavras têm que sair da boca dele, não da sua — censurou o juiz. — O senhor alega inocência e abre mão dos prazos, Sr. García?

Rafael manteve uma conversa sussurrante com seu advogado e ficou em silêncio por quase um minuto. Samuel imaginou a distância que estavam tendo uma discussão. Era uma pena que Hiram não pudesse ter falado de antemão com o cliente.

— Você fala inglês, meu jovem? — perguntou o juiz, impaciente. — Tenho uma agenda cheia esta manhã e, se precisar de um intérprete, teremos que passar adiante.

— Entendo tudo que diz, excelência, exceto quanto a essa coisa de prazos. Era sobre isso que estava perguntando. O senhor não ia querer que alguém concordasse com alguma coisa que não entendeu, não é mesmo? — perguntou Rafael com sarcasmo.

Hiram cutucou Rafael para que se calasse, mas ele aprumou os ombros em desafio e lançou um olhar penetrante para a bancada. Ele estava assustado porque nunca antes se vira diante de um juiz e sabia que estava numa encrenca, mas queria que o juiz soubesse que ele era um homem independente.

— Vamos pular este caso — disse o juiz. — Você precisa consultar seu advogado.

Enquanto Hiram batia com sua agenda na coxa, o rubi no seu anel rosado refletiu um lampejo da luz fluorescente acima. Isso complicava toda a sua agenda da manhã. Agora ele ia ter de esperar até o fim da audiência. Sussurrou alguma coisa no ouvido de Rafael e lembrou ao juiz:

— Estou agendado para comparecer nas varas 15, 16 e 17, excelência.

— Está tudo bem. Nós o esperaremos de volta às onze. O réu não vai a lugar nenhum.

Rafael foi conduzido de volta à cela com algemas e grilhões, e Hiram passou rapidamente pelas portas de vaivém que separavam a parte de trabalho do tribunal da platéia. Ele fez sinal para Samuel segui-lo até o lado de fora no hall.

— Esse mexicano é um babaca — queixou-se.

— É um amigo meu — disse Samuel — e Melba o quer fora da cadeia. É por isso que me mandou aqui e por que o contratou.

— Sou apenas um advogado, não um mágico — disse Hiram. Suas papadas pendiam sobre o alto e rigidamente engomado colarinho da camisa branca. Suas abotoaduras de ouro combinavam com o prendedor de gravata. Samuel sentiu uma onda de antipatia por ele. — É difícil lidar com mexicanos babacas. Eles tornam meu trabalho muito mais difícil, mesmo quando podem me contratar. Bajular faz parte desta atividade. Melba me pagou muito bem para livrar a cara desse idiota, mas ele quer saber cada porra de detalhe do que está acontecendo, e não tenho tempo para essa merda. Vá até lá e fale com aquele seboso, diga a ele como são as coisas nesta cidade. Mexicanos estão em último lugar, lado a lado com as bichas. São os judeus, os irlandeses e os italianos que dão as cartas, caso não tenha notado.

— Calma — interrompeu Samuel. — Ele é um bom garoto. Você sabe que eu não poderia falar com ele até o recesso do tribunal. Apenas consiga a redução da fiança para que seja solto.

— Isto não vai ser fácil agora. Você não vê? Ele está questionando a autoridade do juiz, e ele não é nenhum garoto. Ele pode ter se fodido — concluiu Hiram.

— Vou colocá-lo nos eixos. Consiga-lhe uma audiência de fiança. Temos testemunhas de seu bom caráter. Ele é um trabalhador e não há risco de que fuja — disse Samuel.

— Tenho de ir. Vejo você às onze — disse Hiram e saiu gingando pelo corredor.

Pondo a mão na porta de vaivém, Samuel gritou para ele.

— E quanto a comprar um anúncio em meu jornal? Estou ralando para vender espaço. Você parece um cara cheio da grana!

— Meu Deus, você sabe que advogados não podem anunciar neste estado — replicou Hiram por sobre o ombro, enquanto desaparecia em outra sala do Palácio da Justiça com a porta oscilando atrás dele.

Quando Hiram retornou, às onze, a audiência de fiança foi marcada para a quinta-feira seguinte às duas e meia.

* * *

Quando a corte retomou o caso de Rafael, Hiram Goldberg entrou com uma grande entourage. Lá estavam Melba e sua filha Blanche, a mãe de Rafael, o irmão e as duas irmãs, Sofia e o padre da paróquia e Samuel. Todos estavam prontos para testemunhar que Rafael era uma pessoa boa e confiável, seguindo o roteiro cuidadosamente preparado por Hiram para cada um deles.

O juiz pediu ordem no tribunal e a escrivã convocou o caso.

— A fiança está no momento fixada em cinco mil. O Sr. García é acusado de ter roubado a máquina de raios X encontrada em seu poder que vale mais de dez mil dólares. Por que deveríamos reduzir sua fiança? — perguntou o juiz, olhando de soslaio para o réu.

— Por várias razões — respondeu Hiram, erguendo-se pesadamente. — Em primeiro lugar, o estado não tem absolutamente nenhuma prova de que ele roubou a máquina. O máximo que a promotoria pode dizer é que ele estava perto da máquina quando a polícia chegou.

— Excelência — interrompeu o promotor-assistente, que se levantou do seu lugar na mesa junto ao pódio onde Hiram estava fazendo sua preleção. Ele tinha a aparência emaciada de um fanático, com as faces encovadas e sombras profundas circundando as órbitas dos olhos. — O Sr. Goldberg terá muita dificuldade em contestar o envolvimento do Sr. García neste crime, já que a máquina de raios X estava em um furgão que ele alugou em seu nome. A única coisa que não sabemos, e que ele não quer nos contar, é onde conseguiu a máquina e para onde a estava levando. Mas sabemos de onde ela veio e certamente não chegou à posse do Sr. García legalmente.

— Antes de ser interrompido, excelência — disse Hiram —, eu estava a ponto de explicar à corte que não era minha intenção abordar o caso desta vez. A minha idéia era meramente apresentar a fragilidade da prova contra meu cliente, porém, ainda mais importante, é preciso registrar que o Sr. García não tem absolutamente qualquer antecedente criminal. De fato, ao contrário, ele é um pilar desta comunidade e não existe nenhum risco de evasão. Ele tem um emprego estável com Melba Sundling, uma bem conhecida e respeitada proprietária de bar, da mesma crença religiosa irlandesa do meritíssimo, que está aqui para confirmar isso.

Ele participa intensamente das atividades de sua igreja católica, como o padre da sua paróquia atestará. Além disso, sustenta a mãe e três irmãos menores, o que, aliás, não vai poder fazer se estiver na prisão.

— Antes de atravancarmos os autos do processo com testemunhos alongados — disse o juiz, olhando para o grande número de testemunhas que enchiam seu tribunal e calculando as horas de depoimento que teria de ouvir —, quero me reunir com os advogados no meu gabinete. E tragam com vocês o agente de condicional.

Todos se aglomeraram no gabinete do juiz.

— Contando o número de testemunhas no tribunal, o Sr. Goldberg está preparado para lotar um barco, promotor — disse o juiz. — Por que fixou uma fiança tão alta, para começo de conversa?

— Este é um crime grave — disse o emaciado promotor, retomando seu discurso preparado acerca dos males bem conhecidos de roubar os outros.

— Espere aí! Isto aqui não é o julgamento — gritou Hiram. — Estamos aqui para falar de fiança, só de fiança!

— Onde há fumaça há fogo, excelência — retrucou o promotor, os lábios finos tremendo com desdém tanto para Hiram quanto para Rafael.

— Bobagem! Este é o caso mais idiota que já vi em anos — cortou Hiram. — Você só quer pressionar o Sr. García na esperança de obter alguma prova de uma grande quadrilha de ladrões. Não é nada disso. Este rapaz só estava no lugar errado na hora errada. Você verá.

— O que o departamento de condicional tem a dizer? — perguntou o juiz.

— Ele definitivamente não parece que vai fugir — respondeu o agente de condicional. — É um sujeito estável e parece de fato chegado à família.

O promotor interrompeu:

— Não vim aqui para ouvir este prisioneiro ser elogiado. Ele é um ladrão comum que devia estar atrás das grades. Lembre-se, excelência, sua função é proteger os cidadãos desta cidade, não afagar os criminosos.

— Já chega! — disparou de volta o juiz. — Esperem lá fora, cavalheiros. Quero pensar a respeito disso. Sr. agente de condicional, deixe seu relatório comigo. Irei arquivá-lo depois de ler.

Os advogados saíram do gabinete do juiz e Hiram desceu a ala em direção ao bebedouro do lado de fora das portas principais oscilantes. Ao passar por Samuel, piscou para ele.

Sozinho na quietude de seu gabinete, o juiz virou rapidamente as páginas do documento que lhe havia sido entregue. Ele não gostava dos sebosos, o nome que dava aos mexicanos em particular, mas decidiu baixar sua fiança para dois mil. Só restava ver se o prisioneiro podia pagá-la. De qualquer modo, estava certo de que Rafael terminaria atrás das grades.

Capítulo 8

Xsing Ching se rende

Xsing Ching apertou com força a campainha do apartamento de Virginia Dimitri na Grant Avenue. As palmas de suas mãos estavam suadas, os músculos dos ombros se arquearam, enquanto se concentrava no botão. Não conseguia se lembrar de um momento na sua vida em que seus nervos estivessem tão abalados. Lutou para controlar as emoções. A porta de madeira entalhada parecia imensa para ele à luz do sol. Nas outras seis ou sete ocasiões em que visitara Virginia, conforme se lembrava, tinha sido à noite. Seus encontros haviam se tornado mais íntimos e agradáveis, mas ainda assim formais. Esta era a primeira vez que quebrava o rígido protocolo que Virginia fixara para as visitas dele. Estava claro que não deveria ter se envolvido com ela. Sua vida era complicada demais e a última coisa que se permitiria era um caso de amor apaixonado, mas tinha muita coisa em comum com ela. Ambos eram sensuais, refinados e ambiciosos. Virginia jamais lhe pedira coisa alguma. O que esta linda mulher poderia querer dele? Na sua terceira visita ele comprara para ela uma bolsa de couro de crocodilo que custara uma pequena fortuna. Ela agradeceu-lhe formalmente e mais tarde, após terem feito amor, pediu-lhe que nunca repetisse o gesto.

— Gosto muito de você, Xsing, e você me faz feliz. Não preciso de nada de você, exceto sua presença. Prefiro que não me dê presentes porque isso muda o tom do nosso relacionamento. Me faz sentir como se você estivesse tentando me pagar.

A princípio ele se sentiu insultado. Mas depois refletiu e compreendeu que ela estava certa. A partir desse momento ele a viu com outros olhos.

No seu terceiro toque, o criado de um só braço, Fu Fung Fat, entreabriu a porta.

— A Srta. Virginia está? Preciso falar com ela — disse Xsing em mandarim.

Fu Fung Fat ouviu seu compatriota com um olhar frio.

— A senhorita não recebe visitas sem hora marcada. São essas as suas instruções.

— É urgente. Diga-lhe que estou aqui e deixe que ela decida — respondeu Xsing com tal autoridade que o criado não pôde ignorar o pedido.

Enquanto aguardava, Xsing continuou andando de um lado para o outro. Estaria Virginia com outro homem? Sentiu-se ridículo. Ela era livre para fazer o que quisesse, tal como ele. Mesmo assim, a agonia do ciúme deixava um gosto amargo em sua boca. Pegou um lenço branco e limpou as mãos pegajosas e enxugou as gotas de suor na testa.

Vários minutos se passaram antes que Fu Fung Fat retornasse. Ele de novo só abriu a porta parcialmente.

— A senhorita diz para voltar às três horas — e fechou a porta antes que Xsing Ching pudesse alongar-se mais.

Xsing Ching caminhou às tontas pelas ruas até chegar a hora; e às três em ponto reapareceu à porta de Virginia e tocou a campainha com força. Estava mais composto do que estivera na visita da manhã, mas a camisa social que usava sob seu caro terno estava empapada de suor.

O criado abriu a porta da frente, tirou a corrente e o conduziu com um sorriso. Agora era um convidado bem-vindo; ele tinha um encontro. Ao entrar no vestíbulo, Xsing reexaminou os vasos gigantes; notou detalhes neles que lhe haviam escapado sob a luz da noite. O sol de uma clarabóia iluminava uma coleção de estatuetas de jade em nichos da parede. Muito embora ele fosse um perito em antiguidades, não se incomodou em examiná-las. Sua mente estava em outro lugar.

O criado mostrou-lhe um assento e foi chamar Virginia. Meio minuto depois, ela saiu do quarto com o ar fresco de uma donzela inocente. Se ela estava com outro amante durante o tempo em que ele ficara perambulando pelas ruas não havia nenhum indício. Ela trajava calça preta de toureiro que chegava aos joelhos e uma faixa cinza em torno da cintura, sapatilhas de balé nos pés e uma camisa branca de homem. Não usava jóias ou qualquer maquiagem, pelo menos não que ele notasse. Xsing Ching levantou-se rapidamente para saudá-la. Por um instante pensou em levá-la para Nova York e instalá-la no seu apartamento de frente para o Central Park, como uma rainha, amando-a do jeito que ambos mereciam ser amados. Mas sua preocupação imediata era a questão urgente que o trouxera aqui.

— Sinto muito por não poder vê-lo esta manhã, Xsing. Por que não me telefonou antes? — perguntou Virginia.

Ele se aproximou dela e beijou-a na testa.

— Obrigado por me receber, Virginia.

— Fu Fung Fat me disse que era algo urgente — disse ela, puxando-o pelo braço até o sofá onde se sentaram juntos.

— Sim, preciso falar com você. — Ele estava tão nervoso que suas mãos tremiam. — Obrigado por me receber, Virginia. Preci-

105

so falar com você. Meu filho está aqui em São Francisco. Eu o trouxe porque ele piorou da leucemia, e os médicos em Nova York disseram-me que a Califórnia é o único lugar onde podem fazer um transplante de medula óssea. Não esperávamos por isso porque ultimamente ele parecia melhor e a doença estava regredindo. Mas agora receio que esteja gravemente enfermo.

— Oh, Xsing! Como posso ajudá-lo? — exclamou Virginia. — Onde está o garoto? Qual é o nome dele?

— Chama-se Ren Shen Ching. Está no Hospital Infantil, na California Street. Lembro que você se ofereceu para me pôr em contato com alguns médicos daqui... — e sua voz falhou.

Virginia acariciou-lhe o pescoço. Xsing viu que ela estava tão comovida quanto ele.

— Cuidarei disso imediatamente — disse ela. — Me dê apenas alguns instantes.

Ela foi para o quarto e fechou a porta. Os minutos que passou lá dentro pareceram uma eternidade para Xsing Ching. Quando ela retornou deparou com ele no sofá com as pernas afastadas, os cotovelos apoiados nos joelhos e a cabeça aninhada nas mãos, a imagem do desespero total. Ela se ajoelhou ao lado dele e abraçou-o.

— Xsing, acabei de falar com o Dr. Stephen Roland. Você vai encontrá-lo no Hospital Infantil às quatro e meia, daqui a meia hora. Ele é uma das maiores autoridades em leucemia. Expliquei-lhe o caso e ele me prometeu que faria tudo ao seu alcance para ajudar seu filho. Ele irá conversar com o médico que está tratando do garoto para ver se é um bom candidato para um transplante. Ele me disse que esse tipo de tratamento ainda está em estágio experimental.

— Entendo, Virginia, mas temos que tentar. É o último recurso.

Por mais desconcertado que estivesse, Xsing Ching notou que Virginia estava chorando. As lágrimas rolavam por suas faces e caíam na blusa. Poderia seu infortúnio ter comovido tanto esta mulher aparentemente fria?

— Qual é o problema? Acha que Ren vai morrer?

— Não, não é isso, Xsing. Ele estará nas melhores mãos e creio que irão salvá-lo. Há casos de recuperação milagrosa com o transplante.

— Então por que está chorando?

— Sabe, perdi meu único filho alguns anos atrás por causa de uma doença. Isso agora me traz de volta lembranças muito dolorosas. Sei exatamente como se sente. É por isso que fico tão feliz em ajudá-lo.

— Não sei como lhe agradecer, Virginia — disse ele e abraçou-a firmemente enquanto choravam juntos.

* * *

Poucos dias depois, Mathew foi ao apartamento. Ao ver Virginia, enlaçou-a pela cintura, puxou-a para si e a beijou na boca. Ela o afastou e alisou suas roupas. Não gostava de exibições desse tipo.

— Estamos com esse sujeito na palma da mão — disse Mathew, tirando o paletó e afrouxando a gravata. — Ele está pronto para fechar negócio nos meus termos. Insinuou que não vai dividir o embarque de arte, me dará prioridade e poderei escolher tudo que quiser antes que ele ofereça qualquer coisa a seus outros clientes. Isso é formidável! Como conseguiu? Ele parecia frio como um caranguejo e você o fez perder a cabeça. Ele está apaixonado por você?

— Não creio que tenha algo a ver com amor.

— O que é, então?

— Gratidão.

— Gratidão pelo quê?

— Encontrei um especialista para seu filho que está com leucemia. Estão fazendo testes com toda a família para ver quem pode ser um doador compatível para um transplante de medula óssea.

— O que você sabe sobre isso? Como você lhe conseguiu um médico? — perguntou Mathew.

— Digamos que tenho um velho amigo. Foi uma questão de dar um telefonema e lembrá-lo dos momentos que partilhamos no passado.

— Ele foi seu amante? Está chantageando ele?

— Isso não é da sua conta. Dei a você tudo de que precisava. Como fiz isso é assunto meu.

Mathew encolheu os ombros. Os métodos de Virginia eram irrelevantes para ele desde que ela obtivesse resultados, e era para isso que lhe pagava. Mas estava curioso e um tanto enciumado. Virginia o atraía tanto porque era um mistério. Passara um longo tempo desde que tinham sido amantes, e como trabalhavam juntos em muitos negócios, era melhor não misturar amor e sexo. Não obstante, Virginia viu a leve protuberância nas calças de gabardine do seu sócio e sorriu para si mesma, certa de que tinha poder sobre aquele homem. Mais cedo ou mais tarde, teria necessidade de usá-lo.

— Tem tido notícias de Xsing Ching? — perguntou Mathew.

— Sim. Ele ligou esta manhã para agradecer por eu ter conseguido ajuda tão rápido. O médico o estava encorajando e sentia que o garoto poderia sobreviver à crise. Ele me disse que tão logo o filho melhore, vai vir me ver para que possamos comemorar.

— Bom. Fecharemos o acordo para o embarque completo e você leva sua comissão. Parabéns, você foi brilhante como sempre — disse Mathew. Ele ergueu-se do sofá, inclinou-se, beijou Virginia no rosto e começou a caminhar para a porta. Fu Fung Fat o acompanhou. Mathew teve a impressão de que o estranho criado sempre o tratava com desdém, mas não tinha nada do que se queixar, pois ele fazia seu trabalho e Virginia confiava inteiramente nele.

* * *

Depois que Mathew saiu, Virginia foi rapidamente ao seu quarto, abriu o guarda-roupa, procurou bem no fundo e achou uma caixa amarrada com duas fitas pretas. Abriu uma caixa de jóias na primeira gaveta de sua cômoda e extraiu um tíquete com o número 120 e uma chave de cadeado. Em seguida chamou Fu Fung Fat.

— Você sabe o que fazer — ordenou ela.

Fu Fung Fat assentiu. Pôs a chave e o tíquete no bolso e colocou a caixa numa bolsa de viagem que pendurou no ombro. Depois se encaminhou para a escada dos fundos e alcançou as ruas estreitas de Chinatown.

O toque do sino o anunciou. O assistente do Sr. Song o saudou como se fosse um velho amigo e chamou seu patrão. Fu Fung Fat mostrou-lhe o tíquete. O Sr. Song encontrou a chave certa no seu enorme molho de chaves e mandou o assistente pegar o jarro número 120. O homem subiu na escada, abriu a cinta externa e trouxe o jarro para baixo, depois carregou-o para uma pequena área atrás da cortina de contas azuis. Fu Fung Fat entrou, destrancou o jarro e abriu a caixa que trouxera do apartamento. Enfiou seu conteúdo em dinheiro no jarro, fechou e passou o cadeado na cinta e anunciou que tinha terminado. Recolheu a caixa vazia e pegou de volta o tíquete com o Sr. Song. Observou enquanto o assistente subia na escada e trancava o jarro no lugar; então enfiou no bolso a chave e o tíquete, pôs a caixa vazia na bolsa de viagem, despediu-se e saiu pela porta barulhenta.

Capítulo 9

A página que faltava

NUMA TARDE DE DOMINGO, no início de janeiro de 1961, Samuel estava sentado na mesa redonda do Camelot conversando com Melba. Excalibur, debaixo da mesa, não só parara de rosnar para ele como também o seguia por toda parte. Agora estava roendo um dos cadarços de seus sapatos. Samuel o enxotou.

— Não consigo entender a porra desse cachorro. Primeiro ele quer me atacar e agora fica me babando todo. Não consegue controlá-lo?

— Presumo que não veio aqui só para discutir a educação do meu cachorro — disse Melba.

Havia uma pasta de arquivo sanfonada na mesa, junto a Samuel. Seu conteúdo foi esparramado sobre o tampo de carvalho, cobrindo as manchas de respingos de bebida que tinham sido absorvidos ao longo de décadas.

Samuel tinha na mão um relatório policial de uma página.

— Como vê, Melba, isto é desconcertante.

— O que quer dizer? — perguntou ela.

— Quero dizer, o relatório não termina... simplesmente pára, quase como se tivesse sido cortado.

— Talvez tenha sido. Talvez alguém tenha afanado o restante dele — disse ela.

— Não poderiam fazer isso. É um documento oficial.

Melba riu com afetação.

— Você é muito ingênuo, Samuel. Acontece todo tipo de merda nessa cidade. Só depende da espécie de influência que a pessoa tenha. Sempre foi assim.

— Você sabe tão bem quanto eu que Rockwood não tinha esse tipo de influência. Pelo amor de Deus, já lhe mostrei que ele morava dentro de um armário de vassouras! — disse Samuel enquanto puxava seu cadarço para fora do alcance de Excalibur. Ele pegou um guardanapo da mesa, limpou a baba do cadarço e amarrou o sapato.

— Não estou falando de Rockwood. Ele está morto! Além disso, ele não poderia estar tentando encobrir isto, não é? Seria a pessoa que o matou. Aposto que se você fuçar mais um pouco descobrirá que há mais coisa aí — sugeriu ela.

— Ouça a descrição do acidente — disse Samuel.

— Que acidente? — perguntou Melba.

— Não se lembra? Ele foi atropelado por um ônibus elétrico. Pegou-o na rua em frente ao Hospital Geral.

— Estou lembrada. Continue, leia isto para mim. — Ela pôs o cigarro no cinzeiro, que já estava cheio de guimbas, soprou a última tragada pelo nariz e depois tomou um gole de cerveja.

Samuel começou a ler:

— "A vítima e dois outros apareceram direto na minha frente. Estava escuro e eles surgiram de lugar nenhum. Acionei os freios mas não consegui parar. E atingi a vítima. Os outros dois saíram do caminho." É isso — concluiu Samuel.

— Quem disse isso? — perguntou Melba.

— Deve ter sido o motorista do ônibus, mas não está assinado por ninguém.

— O nome dele consta do relatório?

— Sim, está bem aqui no topo — disse Samuel.

— Bem, gênio, leve o relatório para ele e esclareça.

— Já pensei nisso, mas gosto de consultar você antes de fazer as coisas — disse Samuel. Ele começou a enfiar a papelada de volta na pasta de arquivo, e depois a colocou na sua pasta já atulhada. Despediu-se de Melba e de alguns poucos fregueses enquanto olhava em vão para os fundos do bar, na esperança de captar um vislumbre de Blanche, a quem não via por ali já fazia vários dias. O que para ele parecia décadas.

Tomou um bonde e foi até a Market, acertou seu relógio pelo carrilhão do prédio das barcas, embarcou num ônibus elétrico e seguiu nele, passando pela praça em frente à prefeitura com seu bosquete de árvores nuas, todo o caminho acima da imponente igreja de Santo Inácio. No topo da colina, saltou e caminhou, passando pela faculdade de Direito da USF, até a Grove Street, onde achou o endereço que procurava. Era um típico prédio de apartamentos duplos, com janelas de sacada tanto no andar térreo quanto no sobrado. Tocou a campainha várias vezes até que uma negra atraente de trinta e poucos anos chegou à porta do apartamento de cima. Segurava um bebê nos braços.

— Desculpe incomodá-la, madame — disse Samuel. — Estou procurando o Sr. Butler. Ele está em casa?

— A quem anuncio?

— Samuel Hamilton, do jornal local.

Ela virou-se e gritou para dentro:

— Jim, há um homem lá embaixo querendo falar com você.

— Quem quer falar comigo? — soou uma voz das profundezas do apartamento.

— Um homem do jornal — disse ela e o bebê começou a chorar com aquela agitação.

— O que ele quer? — gritou a voz.

— Você tem que vir resolver isto, Jim. O bebê está chorando. Depressa! — E ela voltou para dentro, deixando Samuel parado à porta.

— Tudo bem, tudo bem. — Um negro enorme, usando uma camisa vermelha e suspensórios segurando as calças largas de zuarte, apareceu no topo da escada. — O que você quer? — perguntou em voz alta do seu poleiro enquanto olhava desconfiado para Samuel, emoldurado na porta da rua com seu casaco esporte cáqui amarrotado e a pasta marrom surrada e abarrotada.

— Gostaria de falar com o senhor sobre o depoimento que prestou à polícia referente a um acidente perto do Hospital Geral — explicou Samuel.

— Está representando o cara que morreu? — perguntou Jim Butler, rispidamente. — Porque, se está, vai ter de falar com o investigador da companhia de transportes ou com o advogado municipal. Não posso falar com ninguém sobre o acidente sem o consentimento deles.

— Não, não represento ninguém. Estive apenas dando uma olhada no relatório da polícia e queria mostrá-lo ao senhor — disse Samuel, esperando não ter de passar por toda a burocracia que parecia estar se desenvolvendo.

— Como vou saber se você não é de alguma firma de advogados tentando me enrolar para falar a coisa errada? — berrou Jim lá de cima.

— Aqui, eu lhe darei meu cartão. Posso entrar só por um minuto? — perguntou Samuel.

Jim Butler estudou-o por um longo minuto e decidiu que Samuel não parecia perigoso o suficiente para ameaçar alguém.

— Espere aí. Estou descendo. — E começou a descer pesadamente as escadas, fazendo vibrar seus cento e poucos quilos a cada degrau. Quando chegou embaixo, sua envergadura de 1,90m assomou sobre Samuel. Ele pegou a folha e examinou-a cuidadosamente. — Este aqui no topo sou eu. Aposto que foi assim que me encontrou.

— Isso mesmo — disse Samuel. — Mas este depoimento está meio curto e estou esperando que haja mais.

— Você está certo — disse Jim Butler. — Qual é o seu nome?

— Samuel Hamilton.

— Bem, Samuel, isto aqui é só metade do que eu disse. Tem uma página faltando!

— O senhor a tem? — perguntou Samuel, surpreso.

— Não, mas posso lhe dizer mais ou menos o que falta — anunciou Jim Butler. — Havia três caras atravessando a rua. Pularam bem na minha frente. Mal tive tempo de frear. Só atropelei o cara branco, o que vestia smoking. Os outros dois eram chineses, mas pularam fora do caminho bem a tempo. Me pareceu que eles agarraram o cara pelo smoking até o último segundo.

— O senhor acha que estavam tentando puxá-lo?

— Isso não sei. Poderiam também tê-lo empurrado. Não vi essa parte. Foi o que eu disse ao tira.

— Contou isso para mais alguém? — perguntou Samuel, pensando nas marcas de dedos nos braços de Rockwood que tinha visto no necrotério.

— Claro. Não faço outra coisa a não ser falar sobre isso. Você pode imaginar o susto que levei. Gravei um depoimento para o investigador da empresa naquela noite. Eles bateram à máquina e assinei no dia seguinte — explicou Jim Butler.

— Portanto há uma declaração por escrito, bem como o relatório da polícia.

— Isso mesmo.

— O nome do policial que aparece no final do relatório é aquele que tomou seu primeiro depoimento? — perguntou Samuel, mostrando-lhe de novo o documento de uma só página.

Jim Butler examinou o documento detidamente. Samuel notou que ele não usava óculos e presumiu que tivesse boa visão.

— Sim, Brian Foley, emblema número 2038, é ele mesmo.

— Obrigado por sua ajuda, Sr. Butler. Ficaremos em contato — disse Samuel.

— Não, não. Se quiser mais alguma coisa, você pode me convocar através da empresa — disse Jim Butler.

* * *

Samuel ficou pensando durante a viagem de volta para o Centro, especulando se deveria procurar Charles Perkins ou ir diretamente ao policial Foley e descobrir o que ele sabia sobre a página que faltava. Em vez disso, foi jantar no restaurante chinês de Louie. Este o saudou na porta com o sorriso de sempre, enquanto a mãe dele fitava Samuel com desprazer.

— Oi, Samuel, temos um grande especial esta noite, arroz chinês frito com camarão. Entre e diga um alô para Goldie, ela andou perguntando por você. Quer saber por que não dá mais atenção a ela, como antes.

— Aquele peixe não me traz boa sorte.

— No amor ou no trabalho?

— Em ambos. Blanche nem sequer sabe que eu existo, e há dias que não vendo um anúncio. Se continuar assim, você vai ter de pendurar minhas contas para eu não morrer de fome. E mais: estive trabalhando duro numa investigação e não descobri grande coisa. O caso é mais enrolado do que o coque de uma bruxa velha. Sem querer ofender sua mãe — disse ele, acenando em direção ao assento do qual a velha o observava.

— Se você quiser que Goldie lhe traga boa sorte tem que mimá-la um pouco, Samuel. Fui à pet shop e comprei ração para ela. Suba na escada junto ao aquário e dê um pouco para ela; não muito.

— Mais ou menos isso? — perguntou Samuel.

— Menos. Vai querer que a Miss Goldie fique gorda?

— Como sabe que é fêmea?

— Pela maneira afeiçoada como olha para você — e ele começou a rir.

Samuel subiu na escada de mão e pôs um punhado de comida no tanque.

— Muito bem, Goldie, faça um pequeno esforço para mudar as coisas. Já estou cheio dessa maré de azar, já durou demais.

* * *

Percebendo que estava negligenciando o trabalho, na manhã seguinte ele foi ao escritório do jornal. Pôs a pasta sobre a cadeira e folheou as últimas mensagens e pedidos. Fazia uma semana que não fechava uma venda. Estava preocupado, pois a qualquer minuto seu chefe poderia chamá-lo para despedi-lo, mas tinha a louca esperança de, quando chegasse o momento, poder anunciar que havia resolvido um crime. Seu patrão então o promoveria a repórter. Ele se dedicaria à editoria de polícia e nada escaparia aos seus instintos de cão de caça e ele se tornaria uma celebridade. Até Blanche ia chegar a ele de joelhos, implorando por seu amor. Samuel deu um tapa na própria testa e tentou se concentrar no trabalho, mas estava obcecado com a morte de Reginald Rockwood III.

Com um telefonema ele descobriu que o policial Foley estava no segundo plantão, o que lhe deu várias horas para trabalhar.

Deu diversos telefonemas tentando convencer clientes potenciais desinteressados a comprar, mas tudo que pôde vender foi um insignificante anúncio de colchão. Este fútil exercício em monotonia mitigou sua culpa e clareou-lhe a mente.

Às quatro horas em ponto, vestiu o casaco esporte e saiu. Quando chegou ao novo Palácio da Justiça, na Bryant Street, foi diretamente para o Departamento de Polícia e perguntou pelo agente Foley, que por acaso era muito mais jovem do que ele esperava. Ele parecia um adolescente cheio de espinhas.

— Sou Samuel Hamilton. Vi seu nome neste relatório policial — anunciou ele, passando-lhe a folha de papel que carregava. — Lembra-se do incidente?

O policial leu tudo e viu seu nome no pé da página.

— Sim, este é o meu relatório. Onde estão as outras páginas? Lembro-me de que eram três, duas escritas e a terceira um diagrama.

— Isso é tudo que tenho — respondeu Samuel. — Pode dar uma olhada no arquivo e ver se o restante está lá?

Foley deixou a sala por vários minutos e retornou sacudindo a cabeça.

— Não está. É melhor você verificar com meu supervisor. Passo todos os meus relatórios para ele, que assina no final. É por isso que o nome dele não consta desta página.

— Lembra-se do incidente? — perguntou Samuel.

— Lembro muito bem. Este foi apenas o meu terceiro acidente. Eu sabia que estava acima da minha competência. Sou apenas um recruta e trabalhar no trânsito foi minha primeira missão. Deixe-me pensar — disse ele, coçando as espinhas no queixo. — Havia três caras, dois chineses e o sujeito branco vestindo smoking, o que foi morto. A questão era se os chinas o empurraram na frente do ônibus. Também acho que me lembro de que o motorista do ônibus disse que havia algo errado na cara de um dos chineses. Ele deve ter sido realmente feio para o motorista notar suas feições numa hora como aquela. O serviço do meu supervisor foi revisar os fatos e transferir o assunto para o departamento competente. Você terá de perguntar a ele o que descobriu e o que fez com a informação — concluiu Foley.

— Quem era seu supervisor? — perguntou Samuel.

— O sargento Maurice Sandovich — respondeu Foley.

— Onde posso encontrá-lo? — quis saber Samuel.

— Ele voltou para a Delegacia de Costumes. Foi transferido faz alguns dias — respondeu Foley.

— O que quer dizer com voltou para a Delegacia de Costumes?

— Não me cabe dizer. Você terá de apurar isso com ele. Desculpe se não posso fazer mais por você — disse ele e despachou Samuel.

* * *

Samuel sabia que nada obteria do Departamento de Polícia por si mesmo, portanto, no dia seguinte, foi à promotoria pedir ajuda.

Charles Perkins estava bem-humorado. Conseguira uma página inteira no jornal onde Samuel trabalhava por ter sido o promotor principal na condenação de um grupo de narcotraficantes da América Central. Assim, quando Samuel chegou ao gabinete dele sem se anunciar, Charles o recebeu com bom humor. O gabinete estava cheio de caixas referentes ao seu caso recém-completado e havia pilhas de correspondência na mesa esperando sua atenção. Ele estava sentado na cadeira giratória, com os pés sobre a mesa.

— Oi, Charles. Ocupado como sempre, pelo que vejo — disse Samuel. Ele estava olhando direto para o buraco na sola direita dos sapatos de Charles. O aspecto gasto dos sapatos combinava com o embotamento do terno azul surrado que usava. Estes detalhes despertaram uma certa simpatia em Samuel por seu arrogante amigo.

Um presunçoso Charles disse:

— Você de novo. Faz algum tempo que não aparece. Pensei que talvez o seu caso estivesse encerrado — disse com seu costumeiro ar de superioridade, com uma xícara de café na mão direita.

— Não inteiramente — disse Samuel. — A cada hora fica mais complicado. Lembra do relatório policial de uma só página?

— Sim, aquilo foi uma falta de imaginação — disse Charles. — Simplesmente nos conta o que aconteceu.

— Foi o que pensei no começo, mas descobri que há páginas faltando — disse Samuel.

— É mesmo? — disse Charles, retirando os pés da mesa e sentando aprumado na cadeira. — Como foi que descobriu?

— Falei com o motorista do ônibus e o policial que fez o relatório.

— E?

— O policial é um recruta e passou o relatório para o supervisor. Mas ele se lembrou do acidente, e quando saiu para procurar o restante do relatório já não estava mais no arquivo — disse Samuel.

— Quem era o supervisor dele? — perguntou Charles.

— Maurice Sandovich.

Charles levantou-se de um pulo. Metade do seu café derramou nos papéis sobre a mesa.

— Você deve estar brincando!

— Não estou brincando. Por que você diz isso? — perguntou Samuel.

— Maurice é um dos tiras mais corruptos que investiguei desde que estou neste serviço. Ele está envolvido até o pescoço em extorsões ligadas ao pessoal de Chinatown. Conte-me sobre a única página.

— O motorista disse ao policial que dois chineses poderiam ter empurrado Rockwood na frente do ônibus — explicou Samuel.

— O que Sandovich teve a ver com tudo isso? — perguntou Charles.

— Ele aparentemente aprovaria o relatório e o arquivaria, mas em vez disso duas páginas desapareceram.

— Onde está Sandovich agora? — quis saber Charles.

— Ele voltou para a Delegacia de Costumes.

Charles praguejou.

— Não acredito que colocaram esse idiota de volta na Delegacia de Costumes. Aposto que ele preparou de novo seu caminho para a área de Chinatown, e agora está de volta para trabalhar para os gângsteres de lá. Quem aprovaria essa transferência? Na verdade, não tem nada a ver. O que temos de provar é que ele esteve envolvido e que fez alguma coisa com o relatório. Mas, acima de tudo, temos de imaginar por quê — disse Charles.

— Há alguns dias estou pensando sobre vir falar com você — disse Samuel —, e agora sei a razão.

— E por que isso?

— Porque você sempre faz as perguntas certas — respondeu Samuel.

— Você veio na hora certa. Antes de hoje eu não poderia ter feito nada. Você leu a reportagem sobre mim no jornal desta manhã? — tripudiou Charles.

— Claro — mentiu Samuel, sabendo que Charles reviveria tudo que tinha acontecido com mais detalhes do que o jornal. Ele estava certo. Charles passou a meia hora seguinte dando nova forma a toda a excitação de sua vitória jurídica, enquanto Samuel dava olhadas para o relógio na parede.

— O que fazemos agora? — perguntou Samuel quando Charles finalmente parou de falar.

O advogado desceu de volta à Terra e pensou por um minuto.

— Acredite ou não, temos que tomar cuidado para não pisar nos calos da polícia. Como vê, existe um delicado equilíbrio entre o Departamento de Polícia de São Francisco e o governo federal. Temos de respeitar seu território. Se não, quando precisarmos de alguma coisa deles, não vai ser possível. Penso que a melhor coisa a fazer é irmos ao chefe de polícia e explicar a ele qual é o problema. Claro que se houver uma explicação inocente para o desaparecimento, ou se resultar que o relatório simplesmente se extraviou, então Sandovich vai saber que estamos de olho nele.

— Pelo visto, isso não faz diferença — disse Samuel.

— O que quer dizer? — perguntou Charles.

— Se o cara é tão ruim como você diz, então, se ele não for apanhado por isso, a coisa está rumando para algo mais. Então por que não fazer uma tentativa? Além disso, não é seu departamento que está investigando ele. Esbarrei nisso por acidente. Se houver problema, você pode me culpar.

Charles riu, tirando a mecha de cabelo da testa.

— Gosto da solução. Não há dúvida de que esse cara não presta. Aposto que ele está mais envolvido do que pensamos. Mas temos de ser cuidadosos para não alertá-lo por enquanto, porque ele pode atacar como um escorpião.

*   *   *

Charles deu alguns telefonemas. Poucos dias depois, ele e Samuel tiveram um encontro com o subchefe de polícia, Sandovich e o policial Foley. Charles Perkins iniciou a discussão.

— O Sr. Hamilton está investigando a morte de Reginald Rockwood III. Ele morreu em fins de novembro, atropelado por um ônibus elétrico, tarde da noite, perto do Hospital Geral. O guarda Foley fez um relatório de várias páginas sobre o acidente.

Seu supervisor na época era o sargento Maurice Sandovich, o cavalheiro à nossa frente. Foley entregou o relatório ao sargento e esta foi a última vez que o viu. Quando o Sr. Hamilton entrevistou o policial Foley, e este foi buscar a pasta, só havia a primeira página, o que é o motivo para esta reunião.

— Sargento Sandovich, poderia explicar o procedimento para o Sr. Perkins? — perguntou o subchefe.

— Sim, senhor — respondeu Sandovich. Ele era um homem grande. Tinha o cabelo grisalho cortado rente. As bochechas inchadas e a tez enodoada traíam que era chegado ao copo, mas ele tinha um ar inflexível nos olhos azuis que não podia ser ignorado. Ele pegava tudo, não esquecia nada, e não estava feliz em ser o objeto do interrogatório cerrado que estava em curso.

— É assim que funciona. O guarda de trânsito, o Sr. Foley, estava sob minha supervisão porque era novo na área. Não me lembro particularmente do acidente, portanto devo lhes dizer o que eu geralmente fazia naquela época. Eu repassava o relatório com o policial encarregado da ocorrência e, se achasse tudo em ordem, assinava ao pé da segunda página, ou ao fim de quantas páginas houvesse. — Sua cabeça girou lentamente em torno da sala, de modo que ele tivesse certeza de que fizera contato visual com todos os presentes.

— Espere um pouco — disse Charles. — E se houvesse apenas uma página?

— Isso só aconteceria se alguém telefonasse e não houvesse nenhum policial presente. Neste caso, nenhum supervisor seria envolvido — disse Sandovich. — Num acidente de vulto, sempre haveria pelo menos duas páginas. E sempre haveria um diagrama. Se este foi um grande acidente, vocês podem contar como tendo pelo menos duas páginas. Depois de minha revisão, eu decidiria se o caso precisava de investigação adicional e, se precisasse, entregaria o relatório ao departamento interno apropriado ou o arquivaria.

— Não está no arquivo, sargento — disse o subchefe.

— Talvez eu o tenha passado para um dos departamentos — disse Sandovich. — Qual foi a natureza das lesões?

Charles mirou no alvo:

— O homem morreu, e Foley declara que o motorista do ônibus, um tal Sr. Butler, disse-lhe que Rockwood foi empurrado na frente do ônibus por dois chineses, ou pelo menos o seguraram até o último segundo.

— Não me lembro do incidente nem do relatório — disse Sandovich. — Mas se houve um homicídio em potencial provavelmente passei o relatório para eles — disse friamente, encolhendo os ombros.

— A Homicídios não tem nenhum arquivo sobre este caso, e não há nenhum registro de ninguém os contactando — disse o subchefe, nitidamente entediado.

— Não sei o que lhe dizer, chefe. Não me lembro de nada sobre este caso. Eu estava encarregado de um montão de casos na época — disse Sandovich e empurrou sua cadeira para trás com a atitude de quem começava a ficar aborrecido.

Samuel estivera observando a discussão e notou a maneira fria como Sandovich manipulava a todos, certo de que não poderiam tocá-lo. Tratava a todos com idêntico desdém. Era evidente que sabia mais do que estava revelando, mas agia como se tivesse encoberto seus rastros à perfeição até então e seria difícil pegá-lo. Tamanha impunidade para infringir a lei por alguém cujo trabalho era mantê-la realmente o deixava estarrecido.

— Muito bem, senhores — disse o subchefe. — Policial Foley, leve este relatório de uma página para a Homicídios e explique a eles que há pelo menos uma página faltando, e diga-lhes o que estava escrito nela o melhor que puder se lembrar. Presumo que os informará acerca de tudo que sabe — disse, olhando para Samuel.

— Sempre tenho prazer em ajudar — disse Samuel, controlando a raiva. — Butler fez um depoimento juramentado para os investigadores da Empresa de Transportes Municipal.

O subchefe pediu a Sandovich que permanecesse com ele. E quando todos os outros se foram, Samuel ainda se demorou junto à porta, a pretexto de acender um cigarro, e ouviu parte da conversa.

— Não gosto desta merda, Maurice. Tirei você da Costumes e da área de Chinatown porque estava trapaceando. Você teve uma nova chance, mas isso soa como a mesma velha merda. É melhor pôr em ordem essa confusão e é melhor não fazer jogo duplo, estou lhe avisando.

— Você não tem que se preocupar, chefe. Estou limpo — respondeu ele, lançando ao outro um olhar duro. Ele se levantou e saiu rápido da sala.

*   *   *

Samuel e Charles pegaram um táxi para a Stockton Street, em Chinatown. A rua estava cheia de chineses fazendo compras, mais os ocasionais brancos à caça de pechinchas, ou os grupos de turistas com câmeras penduradas no pescoço. As barracas de vegetais estavam abarrotadas de frutas, legumes brilhantemente coloridos; produtos frescos, incluindo alho-poró, acelga e cogumelos de todas as espécies, para citar só alguns. As vendas de peixe colocavam tanques de água na rua, onde peixes e crustáceos esperavam sua vez. Ao sinal de um freguês, o peixeiro enfiava uma rede e tirava o item pedido. Lagostas gigantes com as tenazes amarradas lutavam como se soubessem o que as aguardava. Nas vitrines dos açougues e restaurantes pendiam patos laqueados e outras iguarias esperando ser comprados para o jantar ou devorados no almoço. Os aromas de gengibre, alho e galinha assada impregnavam o ar.

Samuel havia convidado Charles para experimentar a arte culinária do restaurante de Louie, que ele achava o máximo, principalmente porque não tinha nada com que compará-la. Abriram caminho através da multidão e entraram no restaurante, que àquela hora estava lotado e mais barulhento que de hábito por causa dos gritos da multidão que ouvia as corridas de cavalo pelo rádio. Era parte da atração do lugar, porque a maioria dos fregueses apostava com Louie no resultado.

O proprietário os recebeu calorosamente e os espremeu entre outros fregueses no balcão. Samuel fez o pedido para eles e rapidamente serviram uma variedade de pratos que Charles não soube identificar.

— Entendo o que quer dizer. Sandovich é um mentiroso filho-da-puta. O que vamos fazer a respeito? — perguntou Samuel com a boca cheia.

— Não é tão importante, agora que a verdade veio à tona e o caso está nas mãos da Homicídios. Só fui lá hoje para dar um susto no idiota do Maurice, de modo que ele cometa um erro. O sacana me deve muito e, com um pouco de sorte, serei capaz de enquadrá-lo — disse Charles.

— Eu o achei muito seguro de si. Se soubéssemos quem ele está protegendo, podíamos resolver este caso — disse Samuel.

— O que me interessa é se foi cometido um crime federal. De outro modo, não posso me envolver.

— Dois caras empurrando um homem na frente de um ônibus não é um crime federal. É isso que está dizendo? — perguntou Samuel.

Charles riu.

— Hoje foi um dia cheio, meu chapa. Agora só temos de esperar um passo em falso de Sandovich.

— Se ele é tão vivo, por que tem tanta certeza de que vai cometer um erro?

— Porque conheço o sacana. Ele não consegue manter as mãos longe da propina. E pode apostar que ele foi bem pago para jogar fora aquele relatório — completou Charles. — Agora, quem quer que tenha pago a ele vai querer o dinheiro de volta ou pelo menos uma compensação pelo que foi pago.

Capítulo 10

O Rei de Paus

Roberto, o conde Maestro de Guinesso Bacigalupi, Slotnik da Transilvânia, estava sentado na mesa redonda do Camelot com Melba quando Samuel entrou numa outra tarde de domingo duas semanas depois.

— Que surpresa vê-lo, Maestro Bob. Onde diabos tem andado? — perguntou Samuel.

— Boa pergunta, meu jovem. Eu poderia ficar enrolando, mas vou ser franco com você. Parei de beber — disse Maestro, sem o seu habitual sotaque eslavo.

— Parou de beber? Não fazia idéia de que tivesse esse problema.

Samuel sentou-se ao lado dele. Maestro trajava seu velho terno riscadinho preto e a camisa muito engomada, que já não mais parecia branca, com os punhos levemente puídos. Ele ainda tinha o bigode de pontas viradas, mas o cabelo se tornara completamente grisalho. Samuel achou que ele estava moralmente enfermo ou sofrera algum trauma brutal, um daqueles que deixa o cabelo branco do dia para a noite. Notando a diferença, Samuel apontou para o cabelo dele.

— Você está diferente.

— Simplesmente deixei crescer. Fiquei cansado de tingi-lo. Aprendi bastante sobre mim mesmo lá na Duffy's, a clínica de desintoxicação — disse Maestro com um suspiro.

Excalibur levantou-se de debaixo da mesa e pôs a cabeça entre as pernas de Samuel. Este tentou enxotá-lo, mas o cachorro começou a lamber suas mãos afetuosamente.

— Fora daqui, merda de vira-lata — disse Samuel. Mas como o cão estava tão próximo, começou a coçar-lhe a orelha que faltava.

— Quanto tempo ficou lá? — perguntou Melba.

— Oito semanas.

— Não é muito tempo? — perguntou Samuel.

— Não quando o álcool assume o controle de sua vida — explicou Maestro. — Eu precisava sair dessa e recomeçar a andar no rumo certo.

— Isso deve ter custado uma fortuna — comentou Samuel.

— Felizmente, uma espécie de cliente me ajudou a pagar a conta. Você sabe que eu não conseguiria bancar tudo sozinho — concluiu ele com olhos lacrimosos.

— Quem foi o bom samaritano? — perguntou Samuel.

— Ninguém que você conheça — respondeu Melba, e Samuel notou os olhares que ela trocou com Maestro.

— Estou realmente surpreso. Nunca pensei em você como um bêbado.

— Todo mundo tem seus momentos de treva, meu amigo. Só não consegui conciliar as coisas. Minha mágica não dava para pagar as contas e ninguém me procura como tabelião, por isso comecei a comprar aquele Gallo Tokay barato e logo estava bebendo como um meio de vida.

— Tirando seu cabelo grisalho, você parece ótimo agora — disse Melba. — Está curado?

— Infelizmente, a cura é uma batalha pela vida inteira. Só tenho que cuidar para ficar longe da bebida hoje, amanhã, e depois no dia seguinte — suspirou Maestro.

— Tem certeza de que este é o lugar certo para você, com essa tentação constante? — perguntou Samuel, apontando para as bebidas atrás do bar.

— Isso aqui é quase como minha casa. Não tenho outro lugar para onde ir — disse Maestro. — Até agora, estou bem.

— Estamos aqui para cuidar que você só beba água com gás. Ninguém vai dar qualquer bebida alcoólica a Bob — decretou Melba.

— O que há naquele lencinho preto ali? — perguntou Samuel.

— São cartas de tarô — explicou Maestro. — Aprendi como usá-las quando estava na clínica. São um antigo meio de ler a sorte — disse Maestro desembrulhando as cartas do lenço preto.

— Antigo de quanto tempo? Cem anos? — perguntou Samuel, olhando para as cartas de linda apresentação artística. Ele imaginou ciganas no Velho Oeste exibindo um letreiro do lado de fora de uma barraca decrépita, concordando em ler a sorte por um níquel, um dólar ou o que quer que o interessado pudesse pagar.

— Centenas, talvez milhares de anos — explicou Maestro. — Imaginei, já que meus dois negócios não iam muito bem, que poderia usar meu tempo ocioso aprendendo outra coisa de modo a criar mais uma fonte de renda.

— Quanto tempo estudou? — perguntou Samuel tocando as cartas, movido pela curiosidade.

— Quase todo o tempo em que estive lá. Havia uma cartomante que também estava se desintoxicando. Ela tinha um baralho sobrando e encontrei três livros sobre as origens e o significado do tarô na biblioteca da Duffy. A cartomante ganha a vida cobrando pelas leituras. Ela disse que, com a minha experiência como mágico, eu era feito sob medida. Imagine só. Posso fazer uma leitura em meia hora. Posso fazer dezesseis leituras por dia, fácil, e posso cobrar dois dólares por sessão. É o que farei.

— Isso se você conseguir dezesseis clientes — riu Melba.

— Dois paus, hã? — disse Samuel. — Fará uma leitura a este preço?

— Claro, meu jovem. Vamos sair daqui e ficar longe da multidão.

— Antes de ir embora, Samuel, fale comigo. Tenho novidades para você — interrompeu Melba, levantando-se e seguindo em direção ao balcão do bar.

Samuel e Maestro sentaram-se a uma mesa afastada nos fundos do bar. Maestro embaralhou as cartas de tarô. Elas eram maiores que as de um baralho comum e cada uma tinha uma figura humana ou misto de humano e animal.

— Você entenderá mais enquanto o ajudo a desemaranhar os mistérios de sua vida — disse ele com olhar tão sério que Samuel sentiu que era inevitável ser ludibriado. — Separe-as em três pilhas e embaralhe, não do jeito como se estivesse jogando um carteado, mas gentilmente, de modo a dar a elas um pouco da sua energia — disse Maestro, enquanto tirava o paletó. — Agora tire dez cartas do semicírculo onde as coloquei — acrescentou enquanto ele abria as cartas em leque. — Certifique-se de passá-las a mim na ordem em que as escolheu.

Depois de escolher as cartas, Samuel entregou-as a Maestro Bob, que começou a espalhá-las sobre a toalha de seda.

— Coloque a segunda carta aí em cima e cruzando a primeira carta.

— Existe um processo de interpretar cartas de tarô, Samuel. Cada leitura é uma viagem de descoberta. Só você pode saber o verdadeiro significado do que vemos diante de nós. Aqui sou apenas um facilitador para ajudá-lo.

— Certo — disse Samuel, cético. — Estou ouvindo.

— A primeira carta é o Rei de Paus.

Samuel viu uma figura impressionante vestida num manto vermelho e com uma coroa na cabeça. Estava sentado num trono dourado num pasto verde com uma tocha iluminada na mão esquerda.

— Isso em geral significa um tremendo surto de energia criativa. Ela estava latente debaixo de sua consciência, mas não havia sido formulada — disse Maestro Bob. — Isso faz soar uma espécie de alarme em você?

— Ainda não sei. Continue — disse Samuel, interessado.

— A segunda carta é a carta da encruzilhada.

Maestro apontou para a carta da Torre. Mostrava uma poderosa figura masculina coroada irrompendo do mar com um tridente na mão. Na frente dele estava uma torre feita pela mão do homem sobre uma pequena ilha começando a se esfacelar.

— Esta é a única carta que tem um edifício. Representa o que está impedindo você de obter seus estímulos realmente criativos. Poder ser o seu emprego atual. A idéia é de que aquilo que está fazendo, digamos, em seu trabalho, é estável e constante e você não quer correr o risco de perdê-lo — disse Maestro Bob.

Samuel assoviou. O mágico acertara um ponto sensível. Nunca tinha contado a ele acerca de querer tornar-se repórter, mas parecia que a carta estava se referindo a isso. Vender anúncios no jornal não pagava muito, mas ele se agarrava ao emprego porque pelo menos lhe garantia um contracheque.

— Você tem toda a minha atenção, Maestro — suspirou ele.

— A terceira carta é o Cavaleiro de Ouros. Sigifica que você toca seu negócio de uma maneira diligente e conscienciosa. Eu imaginaria, embora não o conheça bem, que você é como um cachorro que se agarra a um osso e não quer largá-lo. A mensagem mais importante que esta carta dá é de que existe alguém zelando por você que vai ajudá-lo a conseguir o que almeja.

— Qual é a próxima?

— A quarta carta representa a base da matéria — continuou o Maestro. — Esta carta é o Rei de Ouros. Indica que você está numa missão, ou que alguém entrará na sua vida para ajudá-lo a desenvolver o talento especial ou a busca de metas mais altas que possui, mas que andavam adormecidos dentro de você. De fato, eu não me surpreenderia se a mesma pessoa que zela por você também estivesse empurrando-o para mais perto das luzes da ribalta.

Só podia ser Melba, concluiu Samuel com entusiasmo. Quando ele ficasse girando em círculos, sem ver a luz de nenhum dos lados, ela o colocaria no rumo certo.

— A quinta carta é o Três de Copas. Indica influências passadas. Esta é uma carta que deixa vir. Significa que, seja qual for o caminho que esteja seguindo em termos de carreira ou em questões amorosas, você está se deixando ir e disposto a começar uma nova trilha. Vamos dar uma parada aqui. Por favor, peça um club soda para mim.

Samuel acendeu um cigarro e se deslocou para o bar.

— Uísque com gelo e um club soda — pediu a Melba, enquanto olhava seu reflexo no espelho atrás dela. Quando Melba pôs os pedidos sobre o balcão, ele impulsivamente tomou-lhe as mãos nas suas e beijou-as.

— Que diabos deu em você? Está bêbado?

— Você não faz idéia do que as cartas acabaram de me contar! — Ele voltou rapidamente para a mesa. Maestro Bob estava limpando as unhas com um pequeno canivete de bolso. Ele notou que Maestro não tinha mais as unhas polidas. Achou que o mágico havia realmente mudado.

— Está pronto para recomeçar? — perguntou Maestro, enquanto bebia meio copo de soda num só gole. — A sexta carta é o Diabo. Nós a chamamos de a carta das influências por vir.

A carta era ameaçadora. Mostrava uma criatura que era semi-humana e semi-animal, com chifres e cascos, num escuro cenário subterrâneo. A grotesca figura mantinha humanos em rédeas curtas e ao mesmo tempo soprava uma trombeta.

— Não gosto do que vejo — disse Samuel.

— Ela tem diversos significados. Poderia significar entrar em contato com figuras sombrias e corruptas, literalmente do submundo.

— Estou correndo perigo? — questionou Samuel.

— Poderia significar isso, portanto fique alerta. Poderia também significar que há forças conflitantes despertando dentro de você, como aquelas do amor e do sexo.

O que sabia o mágico de seu relacionamento com Blanche? Um conflito entre amor e sexo, dizia a carta azarada. Ele sempre achou que sua atração por Blanche era mais próxima do amor que do desejo, mas tinha de admitir que havia um componente sexual, especialmente na noite em que fantasiou sobre ela.

— O que mais dizem as cartas de tarô sobre esta mulher? — perguntou ansiosamente.

— "Ele não molha os pés e nunca atravessa o rio." É um ditado eslavo. Em outras palavras, você tem de ser mais agressivo se quiser tê-la. Quem é a mulher?

— Nenhuma no momento. Estávamos falando sobre o futuro em termos hipotéticos, não é?

— Sétima carta, o Pajem de Copas. É onde você se encontra exatamente agora. Algo novo está acontecendo na sua vida. Está apenas começando.

Samuel concordou. Com toda a certeza, era hora de uma mudança. Era hora de sair do porão do jornal, e ele precisava de outro encontro com Blanche e também necessitava levar uma vida mais saudável. Fumava e bebia demais, deveria parar de comer aqueles rolinhos e sopas chineses. Resumindo, deveria parar de viver como um animal.

— Diga-me, Maestro, você fala a mesma coisa para todo mundo? — perguntou Samuel, nervoso.

— Eu não falo nada. Você escolheu as cartas e são elas que falam. Elas têm seu próprio significado. São elas que dizem — acrescentou o Maestro —, não eu. Esta aqui é o Quatro de Espadas. Tem a ver com suas esperanças e medos. Mostra você num tempo de tranqüila reflexão... um lugar onde está avaliando as coisas, decidindo que caminho seguir e sem pressa, tampouco. A mim me parece que você está juntando forças.

— Está certo sobre isso. A última carta diz Justiça. O que significa Justiça? — perguntou Samuel, olhando para a mulher de cabelo dourado e coroada, sentada num trono com uma espada numa das mãos e a balança da justiça na outra. — Vou ficar envolvido numa ação judicial?

— Não, não, a décima carta tem a ver com o resultado final. É uma boa carta para você. Isso não significa que vai ser sempre boa; depende. Mas você está prestes a chegar a bons termos com quem quer que o tenha atrasado no passado. É como se você estivesse no fim de um capítulo da vida e pronto a começar um novo.

— O que mais?

— É isso por enquanto — disse Maestro Bob.

— Você ganhou seus dois dólares, e mais um de gorjeta, e mais um club soda — disse Samuel, pondo o dinheiro na mesa e pedindo outra bebida.

* * *

Samuel voltou para a mesa redonda onde Melba estava sentada, olhando com seu costumeiro copo de cerveja na mão, para a paisagem do parque pela janela de vidro laminado e, além dele, para a baía.

— Queria falar comigo, Melba? — perguntou ele, sentando-se junto a ela. Excalibur começou a se levantar, mas Melba o deteve, segurando-o pela coleira.

— Tenho notícias para você — disse ela.

— É mesmo?

— Comenta-se nas ruas que você pegou Maurice Sandovich com as calças na mão.

— Ele está escondendo alguma coisa neste grande caso, Melba. Sumiu com algumas páginas do relatório policial sobre Rockwood. Aquelas páginas mostravam que Rockwood poderia ter sido assassinado.

— Calma, Samuel — disse Melba. — Não fique tão agitado com Maurice Sandovich. Ele é peixe pequeno. Esteve envolvido em subornos em Chinatown por muito tempo. Se ele fez alguma coisa, recebeu ordens de alguém que o tinha seguro pelos bagos, ou está também envolvido em alguma das ilegalidades em que se meteu.

— O que quer dizer com alguma das ilegalidades? — perguntou ele.

— Maurice protege um monte de interesses em Chinatown. Ele está lotado na Delegacia de Costumes. Poderia ser prostituição, drogas, mas provavelmente é jogo. Você não faz idéia da jogatina que ocorre naquela pequena área da cidade. Ele tem uma boa vida fazendo essas coisas. Por isso obtém um monte de favores. Mas a pessoa que você está procurando não é Maurice — explicou Melba. — Por outro lado, procurar em Chinatown não é má idéia.

Beberam em silêncio, ela sua cerveja, e Samuel, o último de seus uísques. Havia prometido a si mesmo que só tomaria dois por dia, e este era o segundo.

— Tem notícias de Blanche? — perguntou Samuel no tom mais casual que conseguiu.

— A partir de amanhã estará aqui diariamente. Ela diz que está disposta a me ajudar até que o caso de Rafael esteja resolvido.

— Para limpar o bar?

— Não. Rafael ainda está aqui, mas não sei por quanto tempo. Há um monte de outras coisas que ele faz que posso não ser capaz de fazer sem a ajuda dele. Preciso de alguém que me apóie. Isto não é trabalho para uma mulher sozinha.

— Pode contar comigo, se eu puder ajudar de algum modo — ofereceu Samuel.

— Sim. Sei que posso contar com você tão logo Blanche apareça — riu Melba.

— Não zombe de mim, Melba. Sua filha me trata como se eu fosse um verme.

— Você tem que mudar o foco, meu chapa. Ouvi dizer que não se saiu bem quando foi correr no parque com ela.

— Ela lhe contou isso?

— Você precisa encontrar um terreno comum que não seja o atlético. Algo que vocês dois apreciem e que não o faça parecer ridículo.

— Ela gosta de música?

— Depende — disse Melba.

— Tem a sinfônica, mas aquilo é intelectual demais — disse Samuel.

— Tem que ser algo que vocês dois gostem. Que tal a Black Hawk, aquela casa de jazz? Dave Brubeck está lá há um tempão, e aquele cara sabe das coisas. E Blanche gosta dele — disse Melba.

— Eu também.

— Você terá que começar de algum lugar, e que não o faça parecer bobo. Há também um cinema de arte ali perto da Larkin que só passa filmes estrangeiros. Tente isso também. Não criei minha filha num deserto cultural, você sabe — disse Melba.

Samuel começou a caminhar para sua toca pensando nas cartas de tarô.

CAPÍTULO 11

A sorte de Rafael desaparece

Hiram Goldberg tirou todos os coelhos que tinha na cartola durante a argumentação final no julgamento de Rafael. Vestiu um terno escuro, usou sua colônia de lavanda e dispensou as correntes e abotoaduras de ouro a fim de despertar a simpatia dos jurados pela classe social do seu cliente. Seu entusiasmo o fez quase levitar e a certa altura chegou tão perto dos jurados que o juiz o avisou de que era proibido sentar-se no colo deles. Hiram lamentou, suplicou, adulou, tentando manejar as provas a favor de seu cliente como um jesuíta faria, chegando ao ponto de abordar o melodrama de sua mãe aleijada, dos irmãos sem um pai e a esposa grávida. Até mesmo chorou; ainda assim, quando tudo foi dito e feito, Rafael foi condenado como receptador.

Rafael não tinha ilusões; sabia de onde vinha e onde sua espécie se situava na comunidade. Além disso, não era um chorão. Fora apanhado com a mercadoria e isto não podia ser mudado. O agente de condicional tentou em vão fazê-lo falar, mas ele não dedurou, de modo que o peixe maior na rede pudesse ser apanhado, em troca de uma sentença mais branda ou retirada das acusações. Todos na sua vizinhança sabiam que, se o tivesse feito, as conseqüências poderiam ser fatais.

Ele permaneceu no cancelo junto ao seu advogado, esperando o juiz pronunciar a sentença. O tribunal estava lotado com seus familiares e amigos. Ele notou que seu irmão Juan aparecera sem o topete característico e a corrente pendendo do cinto, em vez disso vestindo terno e gravata, por certo seguindo instruções do advogado. Sentado com sua mãe e irmãs estava a esposa Sofia, agora esperando bebê. Melba comparecera com a filha, Blanche, e Samuel estava junto a ela. Vários de seus companheiros da vizinhança estavam lá para dar-lhe apoio. Sentiam-se ao mesmo tempo corajosos e nervosos por ter de mostrar a cara, já que viviam sempre tentando escapar da polícia. Para eles, assim como para ele, a honra era mais importante do que as conseqüências de uma aparição pública diante da lei, que era hostil a eles.

— Atenção, atenção, a Corte Suprema do Estado da Califórnia, representando a cidade e o condado de São Francisco, está agora em sessão, presidida pelo honorável Guido Carduloni — anunciou o oficial de justiça.

Um jovem de toga preta saiu de uma das duas portas dos fundos e assumiu seu lugar. Tinha estatura mediana, cabelo preto cortado rente e estava bem barbeado. Tinha a mandíbula forte de um boxeador, mas os olhos eram amistosos. Carduloni havia presidido o processo criminal de Rafael. Ele conhecia todos os detalhes do caso e havia lido incansavelmente o relatório da condicional, que trazia em uma das mãos. Na outra segurava a pasta com todas as suas anotações do processo.

Hiram e Rafael já estavam na mesa da defensoria e o promotor ocupava a mesa perto do recinto do júri.

— Como sabe, Sr. García — anunciou o juiz —, este é o dia marcado para a sentença. Presumo que seu advogado tenha explicado o procedimento e lhe permitido ler o relatório da condicional.

— Sim, excelência — respondeu Rafael, ficando de pé, empertigado.

— Há alguma coisa que queira dizer antes da sentença ser pronunciada?

— Não, excelência.

— Há algum motivo pelo qual a sentença não deveria ser pronunciada agora, advogado?

— Não, excelência, nenhum — respondeu Hiram.

— Muito bem — disse o juiz. — Sr. García, o senhor não deveria estar aqui. Mas os jurados decidiram que o senhor violou as leis deste estado. O promotor se prontificou a concordar com uma redução de sua pena, e francamente eu estava propenso a acompanhá-lo, se você desse alguma informação sobre quem realmente roubou a máquina de raios X, de modo que essa pessoa pudesse ser processada. Mas você se recusou até mesmo a discutir o assunto. Portanto, o Departamento de Condicional e a Promotoria assumiram a posição de que deveria receber a pena máxima. Está ciente das recomendações deles?

— Sim, excelência — disse Rafael.

— Deseja agora dar qualquer tipo de declaração concernente ao envolvimento de outros ou fornecer à promotoria a informação solicitada? Se assim for, darei prosseguimento a esta audiência.

— Posso falar por um momento com meu cliente, excelência? — perguntou Hiram Goldberg.

— Claro — disse o juiz. — Faremos um recesso de cinco minutos. — Ele pôs seus óculos, levantou-se da cadeira acolchoada, pegou as duas pastas e retirou-se do tribunal.

Hiram inclinou-se e sussurrou no ouvido de Rafael:

— Muito bem, Rafael, é isso aí, a última chance de entregar quem o meteu nessa fria. O juiz quer ajudá-lo, mas o promotor quer a informação. É idiotice proteger bandidos. Eles não fariam isso por você.

— Nada feito. Minha vida não valeria merda nenhuma se eu abrisse a boca — retrucou Rafael. — Essas coisas acontecem. Vamos prosseguir com o espetáculo.

Hiram deu de ombros e fez sinal para o oficial de justiça. Logo o juiz estava de volta ao seu lugar.

— Meu cliente nada tem a acrescentar ao que já está nos autos — disse o advogado.

O juiz pôs os óculos de lado.

— O Departamento de Condicional e a Promotoria solicitaram que fosse sentenciado a quatro anos na prisão estadual. Achei um exagero, já que o senhor tem bons antecedentes e em todos os outros aspectos parece ser um bom cidadão. Portanto o condeno a três anos na prisão estadual. Já que não apresentou recurso, será conduzido à prisão, e ordeno que isso seja feito imediatamente.

Houve arquejos de parte da platéia que queria uma sentença mais dura e gemidos dos amigos e familiares que esperavam uma pena muito mais branda.

— Excelência — disse o promotor-assistente —, consideramos a sentença muito leve. Este homem foi condenado e não está demonstrando absolutamente nenhum arrependimento.

— Sei qual é sua posição, Sr. Promotor. A sentença será mantida. Oficial de justiça, pode levar este homem.

— Próximo caso! — chamou o escrivão.

Rafael foi levado. Hiram caminhou lentamente para fora da sala do tribunal em meio aos amigos e parentes de Rafael.

— Foi uma sentença muito dura — disse Melba enquanto tentava confortar Sofia, que tinha a cabeça baixa e estava soluçando.

— Não tão dura quanto poderia ter sido — disse Hiram. — Ele foi pego com a mercadoria e não quis entregar ninguém.

— Há alguma coisa que possamos fazer? — perguntou Samuel, enquanto ele e Blanche permaneciam no corredor, olhando para baixo.

— Ir visitá-lo quando ele for para San Quentin e convencê-lo a dar a informação. Só assim a promotoria concordará em reduzir a pena — disse Hiram.

Samuel ficou contente pelo menos porque Rafael ficaria bem próximo para poder visitá-lo, mas ele conhecia o amigo para supor que jamais revelaria o que a promotoria e a corte queriam dele. Tentou consolar a mãe de Rafael, mas não havia muito que pudesse dizer. O arrimo da família, a pessoa que os mantinha fora da pobreza, havia sido retirado de campo por três anos. Como sobreviveriam durante esse período?

— Por que Rafael iria manter sua palavra quando sabe o que sua ausência significa para todas essas pessoas? — perguntou Samuel.

— Para esses *cholos* é uma questão de honra — suspirou Hiram e foi embora.

* * *

San Quentin já estava se desintegrando em 1961. Tinha mais de cem anos e mostrava a idade. Ficava ao pé da nova ponte Richmond—San Rafael, sobranceiro à baía de São Francisco, principalmente para o sul, de onde se podia ver o lado de trás da península Tiburon e a ponta Richmond olhando para leste. Num dia claro até mesmo Berkeley e Oakland eram visíveis. Que panorama! O único problema era que só podia ser visto por detrás das grades e de cercas de arame farpado.

Rafael estava sentado com mãos e pés algemados no ônibus do sistema penal de São Francisco que seguia pela rodovia 101 no condado de Marin e depois dobrava a leste no bulevar Sir

Francis Drake. Serpenteando a estrada estreita, uma vez deixada a rodovia, seu motor engasgando e a embreagem rangendo, Rafael não pôde evitar a comparação entre o abundante verde das colinas, explodindo com flores silvestres multicoloridas e laranjais em flor, e o estuque amarelo opaco da prisão que via a distância. O ônibus se arrastou até se deter ao aproximar-se do portão principal, e ele viu dois garotos sentados nas pedras, segurando varas de pescar. Observou as plácidas águas da baía quebrando gentilmente contra as rochas enquanto os garotos arremessavam suas linhas e capturavam um grande peixe-serra. Ele pensou que um dia estaria com seu filho pescando como aqueles garotos estavam fazendo.

O motorista, um corpulento assistente do xerife, comentou ao ver a pilha de peixes junto aos garotos:

— É como caçar patos num tanque.

Rafael virou-se e olhou para ele através da grade de arame que os separava. De repente sentiu um soluço bem alto no peito. Cerrou os dentes.

O portão se abriu lentamente. Rafael viu o guarda na torre de vigia acima deles apontando sua arma para baixo e olhando para eles através de binóculos. O ônibus parou em frente ao centro de recepção. Havia dez condenados algemados no veículo, além de três guardas e o motorista. Do lado de fora, mais sete guardas armados até os dentes esperavam pacientemente que as portas do ônibus se abrissem.

Quando foram abertas, os prisioneiros saltaram, da melhor maneira que podiam com as pernas agrilhoadas. Uma vez em terra, foram postos em fila indiana e depois direcionados para a porta do centro de recepção, um de cada vez.

Rafael entrou arrastando os pés e viu-se numa sala com três guardas brancos corpulentos. Havia grades de ferro em todas as janelas e na porta pela qual acabara de passar. Seus grilhões foram retirados e ele revistado e despido por dois de seus captores enquanto o outro ficava de olho em todo o procedimento, com um dedo no gatilho de sua arma. Ele vestiu o uniforme azul de zuarte de prisioneiro de San Quentin com seu número individual gravado nas costas da camisa. Foi fotografado e teve tiradas as impressões digitais.

— Muito bem — disse o enorme sargento por detrás da gaiola de aço de onde veio o uniforme. — Não precisamos lhe dizer onde está, você já sabe disso. Temos regulamentos aqui e, para se dar bem, você terá de segui-los. Entendeu?

— Sim, senhor.

— Aqui está um par de fones de ouvido, lençol, toalha e cobertor. As luzes do pavilhão se apagam às dez, mas não as luzes de sua cela. É desse jeito que ficamos de olho em você — avisou ele, enquanto apontava o dedo para Rafael num ato reflexo que já fizera centenas ou talvez milhares de vezes antes. — Você pode ouvir rádio a noite toda se é um daqueles com consciência culpada que não consegue dormir. Mas amanhã será entrevistado para algum trabalho. E quando você consegue um trabalho espera-se que dê as caras todo dia e pegue no batente. Portanto, não perca toda a noite ouvindo merda. Recolhemos lençol e toalha a cada duas semanas para ser lavados. Se não entregá-los, você está fodido e mal pago. Entendeu até aqui?

— Sim, senhor.

— Espera-se que se comporte bem. Se o fizer, terá alguns privilégios, como exercício no pátio. Se fizer merda, não só perderá o trabalho como ganhará um lugar especial para você, e que não é nada agradável. Entende isso?

— Sim, senhor.

— Vamos colocá-lo junto com outro rapaz mexicano do sul da Califórnia. Desse modo não tem desculpa para essa merda de preconceito racial de que vocês vivem se queixando. Assim, não queremos quaisquer desses problemas com você. Entendeu, seboso? — disse ele, semicerrando os olhos para o prisioneiro e franzindo o cenho.

— Sim, senhor — concordou Rafael com o rosto inexpressivo, olhando direto nos olhos do grandalhão.

— Não gosto desse tipo de desafio. É melhor tomar cuidado. Este sargento aqui vai levá-lo até sua cela. Você entende que será trancafiado quando não estiver trabalhando para o povo do Estado da Califórnia ou não estiver exercendo os privilégios que ganhou por ser um bom garoto?

— Sim, senhor.

— Vá com ele!

O primeiro guarda destrancou uma porta e começou a descer um corredor. Rafael o seguiu. Suas narinas começaram a se encher com o cheiro acre do edifício mofado e de homens vivendo juntos num espaço limitado. Atrás dele ia outro guarda. Nenhum deles estava armado. Caminharam através de vários prédios até chegarem a uma porta de cela gigantesca guarnecida por homens armados num passadiço acima, completamente separados do piso. Eles andavam de um lado para outro no que parecia um meio ambiente à parte; ninguém podia alcançá-los, mesmo se quisesse. Uma campainha eletrônica abria um amplo portão gradeado, e Rafael viu o bloco de celas onde iria viver.

Os dois guardas desceram a ala com Rafael espremido entre eles até que alcançaram a cela 677. Um dos guardas armados no passadiço apertou um botão e outra campainha tocou. O guarda adiante de Rafael então ergueu uma barra da frente da porta da cela e abriu-a com uma chave.

— Esta é a sua casa, *chicano* — disse o segundo guarda. — Você fica no catre de cima. O seu amigo já ocupou o de baixo. Ele estará de volta às quatro e meia. Trabalha na lavanderia. Certifique-se de que vão se dar bem. Quaisquer perguntas, trate de anotá-las. Mas não faça uma lista longa demais. O diretor não tem tempo para babaquices. Sacou?

— Sim, senhor — disse Rafael. Voltando-se, ele pôs o lençol e o cobertor no catre, pendurou sua toalha junto à pequena pia com uma peça metálica acima dela que substituía um espelho decente e ligou os fones de ouvido no aparelho de rádio sobre uma das duas pequenas mesas na cela.

— Você faz a barba todo dia? — perguntou o primeiro guarda.

— Sim, senhor.

— Irá ganhar uma lâmina a cada manhã. Não conte com água quente. Isto aqui não é hotel, portanto vai ter que se barbear com água fria. A lâmina será recolhida tão logo você acabe, por isso não alimente idéias. Só pode usar a lâmina para se barbear. Se tentar cortar alguém com ela isto vai significar perda dos privilégios, entendeu? — disse o maior dos dois homens, mascando um naco de fumo. Sua barriga pendia sobre o cinto e ele tinha alguma dificuldade de movimento.

— Sim, senhor — disse Rafael.

* * *

A porta da cela bateu. Ele viu a barra de aço baixar e ouviu o estrondo produzido. Depois eles se foram. Ele agarrou firme as barras e olhou para fora até os nós dos dedos embranquecerem, mas não pôde ver muita coisa. Podia ouvir o som das outras celas se abrindo ou fechando; não tinha certeza se era uma coisa ou outra, já que seus ouvidos ainda não estavam acostumados. Havia sons de passos no passadiço acima, que só podiam ser dos guardas, e presumiu que teria de se acostumar a ouvi-los noite e dia. Podia ouvir também os sons abafados de pessoas conversando, mas não entendia uma palavra do que era dito.

Voltou para o seu catre, deitou-se e observou o teto durante um bom tempo. Pensou em Sofia e no bebê. Lágrimas de raiva e desespero fluíram por sua face até as costeletas, em seguida pelos lóbulos das orelhas, molhando o travesseiro. Quinze minutos depois, ele se levantou, enxugou o rosto e assoou o nariz num pedaço de papel higiênico. O vaso sanitário ficava num canto, em plena vista da frente da cela, uma vasilha de porcelana, uma alça cromada e nenhum assento. Ele jogou o papel no vaso, deu descarga e voltou a deitar-se no catre, olhando para o teto. Jurou que nunca mais derramaria outra lágrima pelo resto de sua vida.

Às 6h35, passos se aproximaram da cela. A campainha soou, houve o som da barra se abrindo e uma chave sendo inserida na fechadura. Um mexicano baixo com cabelo preto cortado rente e os olhos evasivos de um coelho foi conduzido por um guarda. Tinha pele escura e usava um bigode. As mangas da camisa de detento estavam arregaçadas acima dos cotovelos e seus antebraços eram cobertos de cicatrizes e tatuagens.

— *Órale pues, carnal, me llamo* Pancho Alarcón. *Soy* de Canta Ranas. Eles me falaram de você, o *vato* de São Francisco, certo?

— É. Meu nome é Rafael — disse ele, estendendo a mão. — Onde fica Canta Ranas?

— Está brincando. Vocês *vatos* do norte não sabem nada. Canta Ranas fica bem ao lado de Los Nietos, logo à saída de Los Angeles. Dizem que você foi grampeado com uma máquina de raios X. *Que cabrón.* Que porra estava fazendo, dirigindo por aí com uma *pinche máquina* tão grande como um elefante em plena luz do dia?

— Onde você soube toda essa merda sobre mim? — perguntou Rafael, notando um enorme ponto azul tatuado na bochecha de Pancho, perto do olho direito.

— *Oh, alalva, carnal*, aqui não há segredos, exceto para os molestadores de crianças, e nós cuidamos deles. Todo mundo sabe que você é um bom *vato*. Você assumiu a porrada para os outros *cabrones*, e nunca chiou. Isto soma ponto, *mano*.

— Também me deixa vivo — completou Rafael, rindo.

Ele conversou um longo tempo com Pancho naquela tarde e à noite, e recebeu as dicas de como sobreviver no ambiente hostil no qual se encontrava. Ele refletiu que não diferia muito do ambiente lá fora, exceto que, se ele fizesse alguma merda, sempre saberiam onde encontrá-lo. Pancho era um veterano e sabia dar seus passos por ali. Valia a pena ouvi-lo.

No dia seguinte Rafael foi encaminhado ao comitê de emprego da prisão. Disseram-lhe que se qualificava para três diferentes funções. A primeira era para a oficina onde fabricavam as placas de veículos para o estado. A segunda era trabalhar na biblioteca da prisão, e a terceira foi a que mais o interessou: trabalhar no consultório médico.

Rafael aceitou o serviço médico. Gostava da idéia de lidar com homens que necessitavam de ajuda para seus padecimentos físicos. Ele iria, de fato, tornar-se o pau-pra-toda-obra do médico. Rafael se encarregava de marcar consultas e administrar primeiros socorros. Também tinha acesso à biblioteca médica. Muito embora as publicações fossem na maioria ultrapassadas, ele podia lê-las no seu tempo vago. E, ao fim da sentença, ele se veria com experiência suficiente para matricular-se num curso e formar-se como enfermeiro. Mas não podia fazer planos de longo prazo, concluiu.

O médico gostou dele de imediato. Rafael se apresentou bem, e ser mexicano era uma vantagem. Ele se daria bem com a crescente população de detentos hispânicos, muitos deles sem falar inglês. Trabalharia com uma enfermeira negra que vinha de fora e, juntos, representariam etnicamente a maioria de seus pacientes.

Rafael também conheceu o padre, que já sabia do bom relacionamento de Rafael com a igreja por ter recebido uma carta elogiosa do seu pároco. Rafael prontificou-se a ajudar o padre na missa e a ensinar catecismo, ou de qualquer outro modo em que pudesse ser útil. Como o padre não ia todos os dias a San Quentin e tinha confiança em Rafael, treinou-o para cuidar das crises espirituais dos reclusos na sua ausência.

* * *

Após várias semanas, Rafael caiu na rotina de trabalhar no consultório médico e ajudar o padre a cuidar do seu rebanho. Não fez nenhum amigo de verdade além de Pancho, preferindo em vez disso estudar os velhos textos médicos e ler livros da biblioteca ou qualquer romance que lhe chegasse às mãos.

Seu companheiro de cela não era particularmente inteligente, mas Rafael gostava dele, já que o considerava leal, além de Pancho ter lhe dado informações inestimáveis acerca de como a instituição funcionava. Sempre havia uma reviravolta, algo novo a aprender.

Uma noite após o jantar, os dois estavam conversando na cela quando houve um retinido nas grades da cela vizinha e uma voz gritou:

— Ei, Pancho, Cerdo está chamando você.

— Obrigado, *carnal* — disse Pancho. Ele levantou-se de seu catre, caminhou até a porta da cela e pegou um pequeno espelho em seu bolso.

— O que está fazendo? — perguntou Rafael.

— Me comunicando com os irmãos, *carnal*.

— Com esse espelho?

— É. Olhe.

Pancho pegou o espelho e movimentou-o com dois dedos para que ficasse paralelo ao piso. Observou o espelho atentamente até obter a resposta ao sinal que estava procurando de uma cela corredor abaixo. Então recolheu o espelho e o recolocou no bolso.

— Pensava que espelhos fossem ilegais — disse Rafael.

— E daí? Quem se importa com isso, *carnal*? Este é um país livre não é?

— É, acho que sim.

— Quer um pouco de *yesca*?

— Não, obrigado. Não uso isto — disse Rafael.

— Você não se importa se este *vato* aqui der algumas tragadas, não é?

— Fique à vontade, *carnal*, você também mora aqui.

Pancho tirou o sapato e bateu na parede atrás do vaso três vezes com o salto. Depois ergueu o colchão e pegou um cabide de arame, retorceu-o e criou um gancho na sua extremidade.

Rafael começou a dizer alguma coisa, mas Pancho o interrompeu.

— Psiu, está quase acontecendo. — Ele correu até a privada e enfiou o cabide nela o mais rápido que pôde, a ponta do gancho primeiro. Ele levou o dedo à boca pedindo silêncio. Ambos ouviram a descarga de um sanitário acima deles e em dois segundos a mão experiente de Pancho puxava uma pequena bolsa à prova d'água de dentro da latrina. Estava amarrada a um comprido cordão. Ele espremeu o máximo de água que pôde do cordão, depois o enrolou em sua toalha e espremeu de novo. Em seguida, pendurou o cordão atrás do catre para secar, de modo a não ser visto do lado de fora da cela.

Abriu a bolsa e sentiu a maconha entre os dedos. Levou-a até o nariz e cheirou.

— Isto é uma boa merda, *carnal*. Tem certeza de que não quer fumar um pouco com seu *compadre*?

— Não, obrigado, *mano*, esta não é a minha praia — disse Rafael.

Pancho pegou um papel de seda da sua pequena mesa, enrolou um baseado e acendeu. Reclinou-se no seu catre apreciando cada minuto enquanto a fumaça subia até a cama de Rafael e até o teto.

— A vida é boa, *carnal* — disse ele após três tragadas.

Capítulo 12

Alguma coisa acontecendo

Xsing Ching estava descansando no confortável sofá de Virginia Dimitri depois de terem feito amor. Sua camisa estava desabotoada em cima, expondo parte de seu peito liso. Parecia totalmente relaxado, algo raro para uma pessoa tão precavida como ele. Virginia entrou na sala vestida com uma calça boca-de-sino azulescura. Usava uma camisa branca leve, as abas atadas num nó à frente, expondo apenas o suficiente de seu ventre para excitar qualquer espectador.

— Posso pôr gelo no seu drinque, Xsing? — perguntou ela.

— Não, obrigado. Estou bem.

— Mathew chegará a qualquer minuto. Ele já está atrasado. — Ela sentou-se ao lado dele e deu-lhe uma pancadinha no joelho.

— Como está Ren?

— A crise passou, como você sabe. O Dr. Roland está preparado para fazer o transplante de medula óssea quando necessário. Não sei como algum dia poderei lhe pagar pelo que fez por meu filho, Virginia.

155

— Não tente, Xsing, nem tudo tem um preço. Às vezes a gente tem apenas que se resignar por estar em débito — brincou ela, beijando-o no pescoço.

Ela ouviu uma chave abrindo a porta da frente. Mathew caminhou decidido pelo corredor até o vestíbulo do apartamento, enquanto Fu Fung Fat permanecia silenciosamente à porta da cozinha, observando-o.

— Vou querer um bourbon com soda — disse-lhe Mathew.

Ele beijou Virginia no rosto e estendeu a mão para Xsing Ching.

— Perdoe o meu atraso. Coisas demais acontecendo no meu mundo. Mas estou certo de que vocês dois não sentiram a minha falta. Virginia me disse que você queria falar comigo, Xsing.

— Sim, Sr. O'Hara, temos que conversar. O senhor sabe que precisamos ser discretos.

— Aqui podemos falar livremente. Virginia é minha sócia.

— É claro, não estava me referindo à Srta. Dimitri. Como o senhor sem dúvida sabe, já mantive contato com outros clientes e recebi algumas propostas. Seria uma descortesia de minha parte ignorá-las.

— Sim, mas creio que convenci o Sr. Ching a negociar conosco, Matt — disse Virginia. — Quanto menos gente souber do embarque, menores são os riscos.

— Concordo com Virginia. Isto faz o maior sentido — disse Mathew. — Eu e o senhor somos empresários, Sr. Ching. Não vai haver quaisquer problemas. Ambos temos experiência e sabemos que a discrição é indispensável nesses casos. Asseguro-lhe que ninguém jamais saberá de onde vieram esses artigos ou como chegaram aqui. Em geral não vendo todo o embarque para uma pessoa. Tento ser cuidadoso para que não chegue muita mercadoria ao mesmo tempo à mesma parte do país — explicou Xsing.

— Entendo suas preocupações, mas insisto em ficar com todo o embarque. Virginia lhe explicou meus motivos e acho que você concordou — disse Mathew.

— Sim, decidi vender-lhe todo o embarque. Quero enfatizar que estou fazendo isso porque parece ser muito importante para a Srta. Dimitri. Estou em débito com ela. Por causa dela, a vida de meu filho pôde ser salva.

— Claro!

— Ela sabe melhor do que ninguém o que isto significa para mim, porque também perdeu um filho — disse Ching, pondo a mão sobre a de Virginia.

— Virginia? Um filho? — Mathew parecia perdido.

— Não vamos falar sobre isso. É uma perda que ainda não fui capaz de superar — interrompeu Virginia, disparando um olhar de aviso para Mathew.

— Devemos ser cautelosos — disse Ching, nervoso. — Sabe que tive de pagar muito dinheiro para manter tudo isto abafado?

— O que quer dizer? — perguntou Mathew.

— Chantagem.

— É impossível!

— Minha organização foi abordada por uma fonte anônima que sabia que um grande embarque seria entregue para os Estados Unidos. Tivemos que comprar seu silêncio. Trabalhamos nos bastidores para descobrir quem era o responsável pela chantagem. Felizmente, essa pessoa foi tirada do caminho. Mas você deve entender que estamos preocupados com que outras coisas possam estourar.

— Como posso saber que esta pessoa é carta fora do baralho? — perguntou Mathew, muito abalado.

— Nossa fonte é confiável. Se eu lhe disser que o caso foi resolvido, pode acreditar em mim.

— Não estou satisfeito com isso, Sr. Ching. Gosto que meus negócios sejam limpos, sem complicações. Preciso saber se não vai haver algum problema com um intruso. Quem era essa pessoa, de qualquer modo?

— Nunca descobri quem era o chantagista, mas ele não nos incomodará mais. Tem a minha palavra, Sr. O'Hara.

— Há quanto tempo foi isso? — perguntou Mathew.

— Tempo bastante para sabermos que não houve nenhuma repercussão.

Esta complicação representava novos riscos que Mathew precisava considerar. Chantagem? Quanto essa pessoa sabia? Como Ching a havia eliminado? O negócio não só não estava tão limpo agora como se encontrava ainda nebuloso. Agora vinha a parte difícil: acertar o preço.

— Entendi corretamente que me venderá todo o embarque por trezentos mil dólares?

— Oh, não, Sr. O'Hara, o preço sempre foi setecentos mil!

Mathew pulou imediatamente.

— É mais do que o dobro do que entendi que seria! — exclamou.

— Foi mal-informado, Sr. O'Hara. São setecentos mil. Quando vir as peças concordará que elas valem muito mais — respondeu Ching, fazendo um esforço para controlar a raiva.

— Consulte seu pessoal. Diga-lhes que irei até trezentos e cinqüenta e nem um centavo a mais — ofereceu Mathew. — Eles têm alguns dias para pensar. Nós nos encontraremos aqui de novo no sábado à noite.

— Levarei sua mensagem para eles, mas lhe asseguro que não podemos aceitar um preço tão baixo — disse Xsing Ching. — Lembre-se de que tivemos de pagar muito dinheiro pelo silêncio do chantagista.

— E quer me repassar isso?

— Temos outros compradores que estão muito interessados — replicou Xsing.

— Talvez possa conseguir mais ao dividir a mercadoria, Sr. Ching, mas isso será também mais arriscado e mais difícil para você. E lembre-se: levará muito mais tempo. Como diz o ditado, mais vale um pássaro na mão do que dois voando. Além disso, comigo terá uma coisa segura. Podemos fazer negócios no futuro, uma vez que sei que não são os únicos objetos que pretende vender neste país, certo?

— Não posso discutir isso com você. Como pode imaginar, não depende só de mim.

— Minha proposta é esta. É pegar ou largar — disse Mathew.

* * *

Após a partida de Xsing Ching, Mathew exibiu sua irritação.

— Do que diabos você estava falando, Virginia?

— Menti para ele, é claro. Para amaciá-lo, contei que havia perdido um filho — replicou ela.

— Não estou me referindo a isso. Que negócio é este de chantagem?

— Não sei. Foi a primeira vez que ouvi falar disso. Ele disse que foi resolvido, não é?

— E acredita nele? Não podemos ter certeza.

— Ele disse que podíamos aceitar sua palavra. Ele está correndo um risco maior do que nós e tem mais a perder. Não me surpreende que tenha cuidado pessoalmente do chantagista.

— Ele disse que não sabia quem era — rebateu Mathew.

— O que você queria? Que ele nos desse nome e sobrenome?

— Não sei, Virginia. Isso está me cheirando mal. Não podemos prosseguir se houver espiões por aí ameaçando nos entregar — disse Mathew, secando a testa com as costas da mão.

— Acalme-se e tente pensar com clareza, Matt. O esquema de chantagem lhe dá uma certa vantagem, porque Ching se sente exposto. Não faz sentido para ele procurar novos clientes, mas sim livrar-se da mercadoria. Tire vantagem do que aconteceu para negociar o preço, mas não vá longe demais. Não podemos recuar agora, há muita coisa em jogo — disse ela secamente.

* * *

Mathew O'Hara perdeu o sono por vários dias. Ficava fechado em seu escritório e dava centenas de telefonemas, falando com todos os seus contatos para tentar descobrir a pessoa ou pessoas que ameaçavam interferir com seus negócios e como tinham planejado isso com tanto cuidado. Levou três dias para conseguir alguma coisa. A partir de sua rede, estabelecida ao longo de muitos anos envolvido em negócios ilícitos, por fim pôde encontrar um informante que tinha ligações com Chinatown. Combinou de encontrá-lo no Camelot às seis da tarde de sexta-feira.

Mathew chegou cedo e ficou sentado irrequieto no bar, com um drinque na mão. As seis horas chegaram e se foram e ninguém apareceu. Ele terminou seu drinque e pediu outro, conversou brevemente com Melba. Finalmente, às 19h15, um chinês baixo vestindo um terno cinza trespassado confeccionado em Hong Kong, com um chapéu quase lhe cobrindo os olhos, entrou. Apesar da luz opaca e seu chapéu, ele se destacava, não só por ser o único asiático no local, mas também porque seu rosto era severamente marcado de cicatrizes. Podia ser de queimadura ou um caso grave de varíola, concluiu Mathew. Era o homem que havia esperado por uma hora e 15 minutos.

Mathew observou-o enquanto caminhava na sua direção, mas Excalibur reagiu rapidamente, exibindo os dentes e atacando o intruso. Rosnava ferozmente e estava a ponto de arrancar um naco do estranho quando Melba o agarrou pela coleira e puxou-o para debaixo de seus pés.

O homem, furioso, proferiu um monte de palavrões em chinês e retirou-se rumo à porta. Ele tinha pernas arqueadas e pés voltados para dentro. Mathew o parou na porta e identificou-se. O homem endireitou o paletó, recolheu o chapéu que perdera na fuga e, ainda inflamado de raiva, seguiu Mathew até o escritório de Melba.

— Não lhe disse que Excalibur era um grande cão de guarda? — disse Melba sem soltar o cachorro, que continuava a se mexer enquanto ela o segurava pela coleira.

Uma vez no escritório, Mathew fechou a porta e acendeu as luzes. O homem perscrutou cuidadosamente cada canto, e só quando concluiu que não havia ninguém no local nem quaisquer microfones visíveis, sentou-se na cadeira indicada por Mathew.

— O que você sabe? — perguntou Mathew sem rodeios.

— Onde está o dinheiro? — perguntou o chinês.

— Há tempo de sobra para isso. Primeiro, vamos ver o que você sabe.

— Sem dinheiro, nada de informação.

— Como vou saber se tem a informação que me ajudará? — indagou Mathew.

A resposta foi um encolher de ombros desdenhoso. Estavam estudando um ao outro. O chinês enfiou um dedo no ouvido e coçou-o meticulosamente, depois examinou na unha o material ceroso extraído. Ele não parecia ter pressa. Mathew notou que suas mãos enormes estavam fora de proporção com o restante do corpo e concluiu que era um gângster. Imaginou se era um daqueles caras durões que são contratados barato em Chinatown para todo tipo de trabalho sujo. Ele parecia bronco, e muito pouco sofisticado para ser um trapaceiro. Mathew tirou um envelope do bolso e o estendeu. O homem o pegou, abriu e começou a contar as notas de cem dólares. Contou-as duas vezes e as pôs no bolso do terno, empurrou o chapéu para trás e sorriu. Tinha dentes muito ruins. Aquele rosto cheio de cicatrizes e aqueles dentes medonhos assustariam o mais valente dos homens. Mathew estremeceu. Não estava acostumado a lidar com gente assim.

— Houve um homem que causou um bocado de encrenca para um mercador chinês. Homem branco alto que vestia smoking. Pagou um monte de dinheiro para silenciar ele — disse com um riso que soou como latido de cachorro.

— Que quantidade de dinheiro? — quis saber Mathew.

— Cinqüenta mil dólares!

Mathew recuou e seus olhos se arregalaram de surpresa. Fora mesmo muito dinheiro. Se Xsing Ching dispôs-se a pagar tal soma, a situação era ainda mais séria do que imaginava. Significava que o chantagista poderia provar que sabia de todos os detalhes do contrabando.

— Homem ficou muito ambicioso. Não é mais problema agora — disse o chinês, riscando um dedo diante do próprio pescoço.

— O que isso quer dizer? — perguntou Mathew. — Que você o matou?

— Encontro acabou, boa noite, senhor. — O chinês abriu a porta e caminhou bruscamente para a porta da frente, deixando Mathew sem ação. Recuperando a compostura, ele disparou atrás do homem de pernas tortas e alcançou-o do lado de fora do bar.

— Espere aí, parceiro. Preciso de mais duas respostas.

— Se quer mais, paga mais.

— Esse homem agia sozinho ou com outros? — perguntou Mathew.

— Cem dólares — respondeu o chinês, estendendo a mão.

— Isso não era parte do acordo. Paguei por informação sobre quem era o chantagista.

— Você teve informação. Homem de smoking. Se quiser mais, você paga mais!

Furioso, Mathew percebeu que se o homem desaparecesse, nunca o veria de novo.

— Tudo bem — disse enquanto puxava mais cinco notas de vinte do maço que carregava.

O chinês contou-as rapidamente e enfiou-as no mesmo bolso. Mathew virou a cabeça só para o caso do sujeito querer exibir os dentes de novo.

— Homem agia sozinho. Nunca com ninguém, nunca contactou ninguém. Eu o segui muitas vezes.

A esta altura Mathew havia ligado a informação à morte de Reginald Rockwood. Ouvira falar de sua morte, mas perguntou mesmo assim:

— O que aconteceu com o sujeito do smoking?

— Cuidaram dele. Fora de circulação. Nosso negócio acabou. Boa noite — disse ele e desapareceu na escuridão da noite primaveril.

Aquele Reginald sacana, pensou Mathew. Como podia saber da existência de Xsing Ching? Preciso descobrir como ele conseguiu essa informação. Aquele idiota!

* * *

Mathew chegou cedo ao seu apartamento na Grant Avenue. Tinha bolsas sob os olhos. Foi até a sala de estar e gritou por Virginia.

— Você sabia que Reginald chantageou Xsing e conseguiu cinqüenta mil dólares?

Virginia arqueou a sobrancelha esquerda.

— Nem sabia que eles se conheciam.

— Segundo minha fonte, parece que Xsing mandou cuidar dele.

— Isso significa que o mataram? — perguntou Virginia com um sobressalto.

— Digamos que ele não é mais um problema. Prefiro até não saber mais.

— O que representa esta descoberta para o fechamento do negócio? — questionou ela.

— Depende de que tipo de garantia Ching pode me dar de que não há ninguém mais envolvido — disse Mathew.

Nesse momento a campainha da porta tocou e, segundos depois, Xsing entrou. Usava um terno cinza com uma gravata e um lenço amarelo combinando.

— Boa noite para vocês dois — disse ele e sentou-se numa poltrona diretamente em frente ao sofá onde estava o casal. Se estranhou a aparência desleixada de Mathew não fez nenhum comentário.

— Este incidente da chantagem complicou nosso negócio — disse Mathew, tentando controlar o mau humor e os nervos.

— Não há necessidade de complicações, Sr. O'Hara. Está tudo em ordem, asseguro-lhe.

— Fiz minha própria investigação sobre isso, e desconfio de que há alguém mais envolvido. Soube que você pagou uma fortuna. O dinheiro nunca foi recuperado, foi?

— Um detalhe infeliz. Minhas fontes olharam em toda parte. Considerando o valor total da transação, digamos apenas que foi uma comissão sobre vendas — disse Ching com sarcasmo. — Soube que o governo recuperou uma parte dele, mas ninguém sabe onde está o restante. Por que isso deveria preocupá-lo?

— Como sabe o que os federais recuperaram?

— Como lhe disse, minhas fontes estão bem situadas.

— Vamos mudar de assunto — disse Mathew. — Falou sobre minha proposta com seu pessoal?

— Sim. Eles dizem que ficarão satisfeitos em vender a mercadoria por seiscentos mil dólares. Não pode se queixar, Sr. O'Hara. É uma boa redução.

— Não é o que ofereci — disse Mathew. — E agora que há um homem morto no meio de tudo isso, não estou bem certo de que quero ir adiante com este negócio.

Virginia ouvia atentamente a conversa dos homens e fazia anotações em sua mente. Mathew estava a ponto de perder a cabeça. Ela chamou Fu Fung Fat e pediu-lhe que trouxesse bebidas para todos. A pausa e o álcool acalmaram o ambiente, e as negociações recomeçaram num tom mais leve.

— Eis o que estou disposto a fazer, Xsing. Estou disposto a chegar a quatrocentos e cinqüenta mil.

— Receio que não seja o suficiente — respondeu Xsing.

— Isso não me adianta de nada. Quanto eles realmente querem? — perguntou Mathew, novamente começando a ficar impaciente.

— Terei que dar um telefonema — disse Xsing Ching. — Posso usar seu telefone?

— Sim, claro — respondeu Virginia. — Pode usar aquele no quarto lá atrás, onde terá mais privacidade.

Xsing saiu da sala.

— Não o estou reconhecendo, Mathew. Você não costuma ser tão impulsivo.

— Não tenho todos os cordões em minhas mãos. Não sei o que está acontecendo às minhas costas. Esses caras jogam duro. Qual é o prazo final deles?

— Parece que, pela primeira vez, encontrou jogadores tão bons quanto você. Relaxe, você tem apenas que blefar, como no pôquer, e você é um mestre nisso, Mathew. Use Rockwood como seu trunfo.

— Como?

— É óbvio que eles o mataram. Como eu lhe disse, Xsing Ching fará todo o possível para encerrar este negócio e cair fora daqui. Você, por outro lado, pode ganhar tempo. Deixá-lo nervoso — concluiu ela.

Após um breve instante, Xsing Ching retornou do quarto. Sua face inexpressiva não transmitia nada, mas Virginia aprendera a adivinhar seu estado mental. Ela pegou-lhe a mão e o conduziu até a mesa de jantar.

— Vamos comer alguma coisa — disse, tocando a campainha de jade.

— Seria melhor eu terminar isso primeiro — disse Xsing Ching.

— Oh, não. Há tempo para apreciar o jantar — disse Mathew, sorrindo, tirando a gravata e lançando-a nas costas de uma cadeira.

Virginia os convidou a sentar e em poucos minutos Fu Fung Fat trouxe o primeiro prato: linguado cozido em endro e vinho branco, enrolado em folhas de bananeira. Ele serviu muito bem com apenas um braço, mas teve de fazer várias viagens à cozinha para servir os pratos um por um. Em seguida serviu o vinho. Ele já sabia que Xsing só bebia Chablis. Virginia prolongou o jantar por mais quarenta minutos ao conversar banalidades, enquanto Xsing ficava cada vez mais tenso, tal como ela havia calculado. Ele recusou a sobremesa, mas teve de sentar-se pacientemente enquanto os outros dois saboreavam devagar o sorvete.

— Tomaremos café na sala de estar — decidiu ela.

Xsing Ching estava prestes a ter um colapso nervoso. Ela fez um sinal discreto para Mathew e ele voltou ao assunto.

— O que seu pessoal diz sobre minha proposta?

— Diz que não é suficiente.

— Quanto mais eles aceitarão? — perguntou friamente, sentindo-se outra vez no comando.

— Quinhentos e cinqüenta mil dólares. Como lhe expliquei, perdemos cinqüenta mil na chantagem, que poderia ter sido evitada se as pessoas não tivessem falado tanto sobre o negócio.

— O que está insinuando? Isso é uma acusação?

— Estou simplesmente declarando os fatos, Sr. O'Hara. Tampouco lhe ajudaria se o assunto fosse tratado fora destas paredes. Quinhentos e cinqüenta mil é o preço final.

— É muito — disse Mathew.

Virginia intercedeu:

— Mathew está disposto a fazer a compra, Xsing, mas ele tem seus limites. Com o que aconteceu, e aqui refiro-me a Rockwood, Matt terá despesas que de outro modo não teria. Ele terá de aquietar rumores e impedir qualquer investigação potencial. Felizmente, em São Francisco sempre é possível arranjar essas coisas. Você entende, não é?

— Está certo — acrescentou Mathew. — Teremos que encobrir isso e molhar muitas mãos, e vai nos custar muita grana.

Ao fim da noite, eles acertaram um preço, quinhentos mil dólares. Mathew calculou que sua impaciência e desconforto haviam lhe custado vários milhares de dólares, para não mencionar o dinheiro que teve de pagar ao gângster. Felizmente, Virginia tinha se comportado como uma autêntica jogadora. Sua sócia valia seu peso em ouro. Ele estava satisfeito. Já tinha compradores em vista para a mercadoria a quase o dobro do preço que pagara por ela.

* * *

O encontro estava marcado para a quarta-feira seguinte, às nove da noite, no Píer 12, no distrito industrial, ao sul da Market. Xsing Ching concordou em ter a mercadoria encaixotada, separada de acordo com as especificações de Mathew, tornando fácil o transbordo para onde quer que fosse e para quem quer que fosse. Xsing avisou que poderia não estar presente por causa de outros compromissos, mas deu o número da conta do banco em Hong Kong onde queria o dinheiro depositado via banco Western Union, tão logo Mathew verificasse a autenticidade das peças. Depois de feita a transferência, os vasos pertenceriam a ele e poderia fazer negócios em separado para escolhê-los.

Mathew passou o dia inteiro nervoso. À noite, foi ao Camelot para tomar algumas doses e se acalmar antes de seguir para o Píer 12. Embora não lhe fosse habitual, sentou-se à mesa redonda em frente ao bar e logo Melba se juntou a ele. Ficaram ali conversando e observando a névoa invadir lentamente a baía. Mathew calculou que a temperatura ia cair e só trajava um paletó de linho. A névoa já bloqueava a vista da ponte e pouco a pouco as luzes da cidade foram ficando borradas.

— Esta deve ser a única cidade do mundo onde se treme de frio o ano todo — disse Mathew enquanto estalava os nós dos dedos.

— Não gosta da névoa? Parece algodão — disse Melba.

— Prefiro o sol.

— Você deveria morar na Mission — acrescentou ela. — Por que está tão nervoso? Estive observando-o nos últimos dias e você tem agido de modo estranho.

— Há um monte de coisas em andamento, Melba. Em breve tudo terminará e levarei a família para umas férias no Havaí.

— Vi você falando com um chinês mal-encarado na outra noite. Espero que ele não faça parte no negócio em que você está envolvido.

— Não, muito pelo contrário. Eu só estava comprando informação. Consegui o que queria.

— Você me deixou preocupada. Ele não era o seu típico cidadão de bem. Notou o rosto dele? Parecia queimado por ácido.

— Nem sempre podemos escolher com quem fazemos negócio, Melba.

— Vejo que terminou seu drinque. Gostaria de mais um? É por conta da casa.

Mathew hesitou, calculando o quanto outra dose poderia afetar seu discernimento.

— Que diabo, ainda tenho tempo — decidiu, recostando-se no assento. — Você fez deste lugar um verdadeiro sucesso, Melba. Eu deveria lhe dar um bônus — acrescentou ele.

— Não há necessidade disso. Tenho o suficiente para viver e o trabalho é bem melhor do que era lá na Mission.

Ela agitou dois dedos no ar. O barman captou o gesto e logo levou para a mesa um bourbon com gelo e uma cerveja.

— Onde está o rapaz mexicano que costumava abastecer o bar? Qual o nome dele? Não o tenho visto ultimamente — disse Mathew.

— Você se refere a Rafael. O pobre sacana está em San Quentin.

— Sério? Por quê?

— É uma longa história. Principalmente porque ele não dedurou os cúmplices — explicou ela.

— Não é por causa de nada violento, é?

— Rafael? De jeito nenhum. Ele é o cara mais pacífico do mundo.

— Quando ele sai? — perguntou Mathew.

— Não por um bom tempo. Na verdade, mal acabou de entrar lá.

Mathew não estava mais prestando atenção. Olhou para seu relógio e percebeu que eram oito e meia, hora de ir. Levantou-se, terminou o bourbon em dois goles e virou para cima o colarinho do paletó, preparando-se para a noite fria.

— Vejo você amanhã, Melba.

— Certo, Mathew, dirija com cuidado na névoa — recomendou ela.

* * *

O Píer 12 ficava no cais de São Francisco ao sul da Ponte da Baía. Era agora um armazém portuário dilapidado, antes utilizado para desembarque e depósito para vários carregamentos trazidos pelos navios. Embora ainda usado para depósito, seus dias de grande atividade haviam acabado. A maior parte dos descarregamentos tinha mudado para Oakland.

Era uma noite escura e havia névoa pesada, e a visibilidade estava limitada. O Packard de Mathew aproximou-se da entrada e os faróis iluminaram uma cerca de alambrado e um portão com três cadeados. Através dos elos de arame, Mathew pôde ver o contorno de um prédio ao fundo com uma única luz no topo de sua esquina norte, que iluminava o piso do cais abaixo.

Havia uma guarita a poucos passos do portão, do lado do motorista. Um italiano largo como um armário, com barba de vários dias, saiu da guarita com uma lanterna na mão. Usava um gorro de lã que lhe cobria as orelhas e vestia uma japona. Enquanto ele se aproximava do carro, o chofer de Mathew, que o servia lealmente havia 15 anos, baixou o vidro da janela.

— Estamos aqui para encontrar algumas pessoas e dar uma olhada numa mercadoria — explicou o chofer.

— Sei. Quem mandou vocês? — perguntou o guarda.

O chofer virou-se para Mathew, já que não tinha uma resposta.

— Xsing Ching — rosnou Mathew impaciente do banco de trás.

— Não fique nervoso comigo, moço. Só estou fazendo o meu trabalho. Vá botar banca lá com sua turma. — Ele abriu os três cadeados e empurrou o portão para dentro, prendendo ambos os lados para o carro passar. — Eles disseram que esperam vocês na porta número 3. Terão que dirigir um bom trecho até lá. Tenham cuidado. Não tem luzes no caminho. Daqui até lá só tem uma. Não vem muita gente aqui à noite.

— Certo, amigo. Obrigado pela ajuda — disse Mathew, esticando o braço por sobre o ombro do chofer e dando ao guarda uma gorjeta. — Isto é por suas aporrinhações.

— Obrigado, moço. Cada gorjeta ajuda. Quando quiser sair, chegue até o portão e buzine. Mantenho ele fechado. Ordens do patrão!

Depois que o carro cruzou os portões, o guarda os fechou e trancou os cadeados. O chofer ligou os faróis altos mas só conseguia ver a névoa, de modo que baixou os fachos e aproveitou a luz da esquina do prédio para guiá-lo depois de acionar os limpadores de pára-brisa.

O carro rastejou pelo píer. Mathew inclinava-se à frente no banco de trás com as mãos aferradas ao encosto do banco dianteiro. Semicerrou os olhos para ver o contorno das portas do armazém enquanto o carro prosseguia. De várias partes da baía podia ouvir as buzinas de nevoeiro gemendo sua litania.

— Péssima noite para estar aqui — comentou ele.

— É mesmo, senhor — replicou o chofer.

— É aqui, pare.

O chofer parou diante da porta número 3, que estava parcialmente aberta. Mathew saltou cuidadosamente do carro nas pranchas de madeiras gastas e desniveladas do cais antiquado. Espiou por dentro da porta e pôde ver o que parecia uma luz de lanterna movendo-se em torno do outro lado do depósito a uns cem metros de distância.

— Olá! Tem alguém aí? — gritou.

— Por aqui — respondeu uma voz e a única luz no prédio brilhou em sua direção.

— É seguro caminhar daqui para aí? — perguntou Mathew.

— Fique aí, irei buscá-lo — respondeu a voz, que começou a ficar mais alta à medida que se aproximava do lugar onde Mathew estava esperando. Ele observou a luz da lanterna refletindo as teias de aranha nas vigas enquanto oscilava acima e abaixo com os movimentos da pessoa.

Quando a voz chegou perto, Mathew viu um homem em capa de chuva e um chapéu que parecia chinês. Tudo a sua volta estava uma escuridão total. Havia um silêncio soturno, só quebrado por uma ocasional buzina de nevoeiro soando ao longe.

O homem se apresentou em inglês perfeito:

— Como vai? Sou Wing Su, o representante do Sr. Ching. É um prazer finalmente conhecê-lo. Todas as nossas conversas foram pelo telefone. É difícil enxergar aqui, por isso é melhor me seguir. Estive removendo parte da embalagem, de modo que possa examinar a mercadoria. Vai apreciá-la.

Mathew esforçou-se para ter um vislumbre da face do homem, mas não havia luz suficiente.

Com o homem guiando-o com a lanterna na mão, eles caminharam lentamente através de fileiras de cargas empilhadas aleatoriamente no enorme espaço, nenhuma pilha tendo mais que 1,20m de altura. Quando chegaram do outro lado, onde Mathew vira inicialmente a luz, havia três operários vestidos com macacões, dois com pés-de-cabra e outro com um martelo, retirando peças de madeira dos cerca de vinte caixotes espalhados por uma área de 30m². O homem com capa de chuva recebeu ordem de direcionar sua lanterna para um dos caixotes parcialmente abertos por um dos operários. Sob a luz Mathew viu um jarro delicadamente esculpido.

— Tem mais de mil anos — disse Wing Su. Ele pegou um e o pôs em cima de um caixote, enquanto outro homem o iluminava. Mesmo naquela luz fraca, Mathew podia apreciar sua translucidez, riqueza de cor e forma requintada. As figuras retratadas na peça quase pularam na direção dele enquanto representavam os afazeres domésticos triviais da vida diária na antiga China com tal perfeição que pareciam prestes a se mover.

— Já viu alguma coisa tão bela? — perguntou a Wing Su.

Ele então puxou outro vaso ainda mais antigo do que o primeiro e fizeram uma luz brilhar sobre ele. Mathew não era um especialista nem colecionador, mas a beleza daqueles objetos produziu-lhe tal emoção que mal podia falar.

— O Sr. Ching quer valorizar seu dinheiro. Eis aqui uma lista do inventário — disse Wing Su, passando-lhe uma pasta. — Ele pede que se certifique de que todas as peças estão aqui e em bom estado. Claro que o senhor entende que antes que elas possam ser entregues, terá que transferir o dinheiro.

— Sim, entendo — disse Mathew, ainda confuso com as palavras.

— Fará o depósito de quinhentos mil dólares esta semana, não é? — perguntou Wing Su.

— Não posso discutir esses detalhes com você — respondeu Mathew. — Só posso dizer que cumprirei o prometido até o fim da transação.

— Por enquanto é só isso, Sr. O'Hara. Agora tenho que informá-lo de que está preso por tráfico ilegal de arte da China Comunista.

— O que é isso? De que merda está falando? — exclamou Mathew.

— Repito. Está preso. Ponha as mãos atrás das costas. Tenho que algemá-lo.

— Isso é absurdo.

— Faça o que mandei. Não queremos ser rudes com o senhor.

Mathew saiu do torpor que inicialmente havia enfraquecido suas pernas, virou-se com rapidez e empurrou o homem com a capa de chuva, derrubando-o sobre um dos caixotes, e com quatro passadas rápidas perdeu-se na escuridão. Três agentes federais surgiram das sombras com lanternas e foram atrás dele. Enquanto se aproximavam, ele começou a correr. Alcançou a porta de entrada e passou pelo Packard, que tinha apenas as lanternas acesas, e disparou pela doca deserta com os federais em sua perseguição. Estava ganhando uma força que nunca imaginara ter até que por fim eles o imobilizaram. Foram necessários os três para imprensá-lo contra a parede do depósito vazio, onde ele continuou a lutar e a proferir palavrões.

— Seus putos, vocês não sabem com quem estão se metendo! — gritou enquanto continuava a se debater. — Quero falar com o prefeito imediatamente. Isto é uma violação dos meus direitos constitucionais...

De repente, ele pareceu acalmar-se. Tentou explicar que devia ter havido algum equívoco. Ele era um homem honrado e bem-conceituado na cidade. Recitou uma lista de gente importante: senadores, banqueiros, o governador, todos testemunhariam a favor dele. Aquilo tudo poderia ser resolvido entre amigos; não havia necessidade de escândalo. Ele tinha recursos e podia ser generoso.

— Tenho meus direitos — insistiu. — Exijo falar com meu advogado!

Então outra figura surgiu das sombras no pequeno círculo de luz criado pelas lanternas dos federais. Era Charles Perkins.

— Boa noite, Sr. O'Hara. Gostaria de apresentá-lo ao agente Tong. — Apontou para o homem em capa de chuva. — Bom trabalho, Sr. Tong. Foi muito convincente no seu papel de Sr. Wing Su. E o mais importante é que arranjou tudo de modo que o Sr. Ching jamais suspeitasse de que havia infiltrado sua organização.

— Sim, mas não o capturamos. Ele deveria estar aqui esta noite, mas escapou.

— Não importa. Quando ele tentar fazer outro negócio nos Estados Unidos, e certamente tentará, nós o pegaremos. Mas isso levará tempo, porque a organização dele está desarticulada e lhe custará uma boa grana colocá-la de volta nos eixos. Temos as obras de arte e o Sr. O'Hara. Tenho certeza de que isso lhe garantirá uma promoção, agente Tong.

— Obrigado, Sr. Perkins. Agora é a sua vez de processar o Sr. O'Hara. Ele tem muita influência e dinheiro. Espero que não escorregue de suas mãos.

Mathew tirou vantagem do breve momento de distração, livrou-se e recomeçou a correr cegamente pelo píer, agora aos tropeções, caindo e se levantando, com três agentes do FBI em furiosa perseguição.

— Não atirem nele — gritou, das sombras, a voz autoritária de Charles Perkins.

Fachos de lanterna giravam para cima e para baixo e o som de pés golpeavam a madeira enquanto perseguiam Mathew sobre as pranchas escuras. De repente, houve um espadanar e todos souberam que ele pulara ou caíra na água.

Charles gritou de novo:

— Chamem os bombeiros e peçam que tragam cobertores. E um de vocês pule na água atrás dele. Esse homem não vai agüentar muito tempo nesta água fria. Temos que tirá-lo de lá.

Mathew estava de fato lutando. Estava congelando. Começou a nadar sob as estacadas, mas suas roupas ficaram ensopadas e as pernas pareciam pilares de chumbo. Começou a afundar e pensou que estava tudo acabado, por isso gritou:

— Aqui! Desisto! Estou me afogando!

Tão logo souberam onde ele estava, um dos agentes pulou na água. Quando chegou ao lado de Mathew, disse:

— Pare de se debater ou nós dois vamos para o fundo.

Os dois outros agentes apontaram suas lanternas para os homens na água e Charles Perkins, a voz autoritária, surgiu no píer com uma lanterna e iluminou-os.

— Traga-o para cá!

— Não posso fazer isso sozinho, chefe — disse o agente do FBI na água.

Antes que Charles pudesse tomar a iniciativa de mandar outro homem se molhar, o motorista do Packard passou correndo pelos outros e pulou na baía para resgatar seu patrão. A esta altura Mathew estava sem forças. Entre seu fiel motorista e o agente do FBI, eles foram capazes de trazê-lo para um lugar de onde Mathew pudesse ser puxado para terra. Logo em seguida ouviram as sirenes dos bombeiros junto ao portão de entrada. Juntos, eles o arrastaram para a praia e começaram a estapeá-lo nas costas quando um carro dos bombeiros apareceu no portão.

Charles gritou para o guarda do portão:

— Abra a porra do portão! É a polícia!

Ele obedeceu e, um minuto depois, o local ficou repleto com as luzes do caminhão dos bombeiros. Três dos bombeiros pularam com cobertores. Um deles começou imediatamente a ressuscitar Mathew, que engolira um bocado de água, enquanto os outros se certificavam de que os três resgatados molhados fossem bem aquecidos para não sofrerem de hipotermia. A ambulância levou 15 minutos para chegar e a esta altura Mathew já se recuperara. Ele foi algemado, enrolado em cobertores e continuava trêmulo.

*   *   *

Enquanto Mathew O'Hara passava aquela primeira noite algemado na enfermaria de presos do hospital, Xsing Ching voava para o Extremo Oriente num Boeing 707 da Pan Am, sentado na primeira classe do novo jato com a esposa e os filhos. Achava que havia simplesmente completado o mais lucrativo negócio da sua vida e o dinheiro estaria esperando por ele quando chegasse em Hong Kong. Talvez a única coisa que faltava para torná-lo completamente feliz era Virginia Dimitri, mas sabia que não poderia ter tudo.

Ele apertou o botão de chamada e disse para a comissária de bordo:

— Poderia, por favor, trazer uma garrafa do melhor champanhe? Queremos comemorar algo muito especial.

Capítulo 13

Chinatown de luto

SAMUEL SOUBE DA PRISÃO de Mathew O'Hara pelo jornal e viu que Charles Perkins estava envolvido. Telefonou para ele da cabine nos fundos do Camelot.

— Alô, Charles, aqui é Samuel.

— Já sei. Pensa que não me dizem quem é que está ligando? — respondeu ele, arrogante.

— Esse foi um golpe e tanto!

— É, também achei. Levou tempo, mas foi só no último minuto que consegui a dica que resolveu o caso.

— Que tipo de dica? — perguntou Samuel, procurando seu maço de cigarros.

— Não posso discutir com você os detalhes de um caso em andamento, Samuel, sinto muito.

— Só um segundo — disse Samuel, tossindo enquanto acendia um cigarro. — Você acha que O'Hara teve algo a ver com a morte de Reginald?

— Por que pensa isso?

— Eles se conheciam. Reginald vinha ao bar de O'Hara quase toda noite. Eu os vi conversando em mais de uma ocasião — explicou Samuel, soprando a fumaça pela porta aberta dos dois batentes da cabine.

— Isso é interessante — declarou Charles. — Mas não vejo qualquer ligação ainda. Vasculhamos tudo nos apartamentos de O'Hara e não encontramos nada que apontasse nessa direção.

— Ah, é mesmo? Que apartamentos?

— Um na Grant e outro no sul da Market, um daqueles lofts no antigo setor industrial da cidade. Por que ele tinha tantos apartamentos? Essa é a questão.

— Portanto, nenhuma ligação com Rockwood?

— Não até aqui, mas continuamos investigando. Nunca se sabe até onde as pistas podem levar — replicou Charles e desligou.

Samuel continuou na cabine remoendo sobre o que haviam conversado e decidiu que não acrescentava muito. Supôs que Charles estivesse obcecado em conseguir provas que condenassem O'Hara. Era um escândalo suculento e representaria um progresso em sua carreira se conseguisse condená-lo. Também sabia que Charles guardaria a maioria das pistas para si. Quando muito, isso só servira para ele fornecer suas informações de bandeja para Charles.

Ele voltou à mesa redonda no bar deserto, pediu uma xícara de café, pegou um jornal jogado fora em uma das mesas vagas e começou a fazer as palavras cruzadas que encontrou na última página. Estava no meio delas quando Melba chegou. Ela estava elétrica, alerta, e vestia uma horrenda pantalona azul de náilon cuja única virtude era combinar com a cor dos seus olhos. Excalibur a seguia de perto.

— Tome um café comigo, Melba.

Ela foi para trás do bar, abriu uma cerveja e voltou para sentar-se perto dele.

— Blanche não veio hoje? — perguntou ele, tentando parecer casual.

— Ela teve de sair para pegar um pedido de bebida que não foi entregue. Você fez algum progresso com ela?

— Não sei se você pode chamar de progresso, Melba, mas pelo menos ela concordou em sair comigo amanhã — respondeu ele, enrubescendo a contragosto.

— Boa sorte. Você vai precisar, meu querido.

— Esta coisa com O'Hara me golpeou como um soco, Melba — disse Samuel para mudar de assunto. — Acho que isso cria problemas para você. Ele não é seu sócio no bar?

— Não me afeta em nada. Tudo continua o mesmo.

— Por que um sujeito com tanto dinheiro como ele se envolveria em algo assim?

— Às vezes as pessoas querem dar um passo maior do que a perna.

— Ele esteve envolvido em negócios escusos antes?

— Bem, isso é evidente. Eu suspeitava de alguma coisa. Duas semanas atrás ele se encontrou aqui com um gângster chinês. Mal botei os olhos nele, soube que cheirava a encrenca — disse Melba.

— Por quê?

— Tenho faro para esse tipo de gente. Ele parecia que matava pessoas como meio de vida. Tem o rosto muito marcado. Parecem cicatrizes de varíola ou queimaduras. Com certeza não é flor que se cheire.

— É mesmo? — perguntou Samuel, pensando na descrição de um dos homens que empurrara Reginald. — Quando foi isso?

— Duas semanas atrás. Quando ele chegou aqui, Excalibur quase o mordeu. Fiquei surpresa, porque ele nunca atacou ninguém no Camelot.

— Exceto eu — lembrou-lhe Samuel.

— Não seja tolo. Ele só rosnava para você, nunca tentou mordê-lo.

Samuel levantou-se de um pulo. Se Melba disse algo mais, ele não ouviu. Correu de volta à cabine telefônica e ligou para Charles.

— Acho que tenho uma pista sobre o cara que empurrou Reginald na frente do ônibus. — E prosseguiu explicando o que tinha acabado de descobrir.

— Essa é uma boa informação. Mas não adianta perguntar a O'Hara agora. Ele tem um advogado esperto, Hiram Goldberg, e está se negando a responder a qualquer pergunta — replicou Charles.

— Há alguma coisa que possamos fazer?

— Tenho uma idéia — acrescentou Charles. — Vou falar com a Homicídios. Lembra-se do nosso velho amigo Sandovich? Eles podem convocá-lo para interrogatório e gente do meu gabinete também vai estar lá. Devo cumprimentá-lo, Samuel. Você é um filho-da-puta persistente.

— Acho que está perdendo seu tempo. Melba me disse que ele é peixe pequeno, não nada junto com os peixes graúdos — disse Samuel.

— Pode ser, mas temos de começar de algum lugar. Você conhece o velho ditado: se não sacudir a árvore, você tem de esperar a fruta cair. Vamos sacudir aquele puto.

— Por mim, tudo bem — disse Samuel. — Me mantenha informado. — E desligou.

* * *

Depois de muito implorar a Charles, Samuel conseguiu assistir ao interrogatório de Sandovich através de um espelho falso. A sala onde o depoimento foi tomado era pequena e sem ventilação. Havia várias pessoas presentes: um detetive da Homicídios, Charles Perkins e um agente do FBI representando o governo federal, bem como Sandovich. Na mesa havia um gravador e vários cinzeiros cheios de guimbas de cigarro, que faziam a qualidade do ar ficar péssima. O espaço atrás do espelho onde Samuel estava observando era menor e mais sufocante. Tinha duas cadeiras velhas, uma mesa lateral, um cinzeiro, um jarro de água com um copo sujo. As paredes eram à prova de som, de modo que o ruído não pudesse sair; e graças a um alto-falante acima do espelho opaco, uma pessoa sentada na sala podia não só observar as coisas em andamento como também ouvir. Samuel lutou contra a ânsia de fumar, porque naquela clausura não podia controlar sua tosse, que nas últimas semanas tinha piorado muito.

— Maurice, meu nome é Charles Perkins, da promotoria federal. Já nos encontramos antes.

Sandovich assentiu. Trajava seu uniforme azul com as divisas de sargento destacando-se em ambas as mangas. Ele pôs sobre a mesa o seu quepe. Samuel notou que havia gotas de suor em sua testa.

— Este cavalheiro a minha direita é do FBI. Temos algumas perguntas a lhe fazer.

Sandovich olhou em volta, desconfiado, em especial para o espelho, e enxugou a testa com o lenço.

— Referem-se à morte de Reginald Rockwood. Você se lembra de nossa última visita, não lembra?

— Sim, senhor. Não sei o quanto posso ser útil, além do que já lhes contei — disse ele em tom desafiador. Acendeu um cigarro e alisou o corte de cabelo com a mão esquerda suada.

— Temos informação nova, Maurice, e queremos prosseguir com você — disse Charles.

— É, claro. Não tenho nada melhor a fazer — disse Sandovich com um riso seco.

Samuel notou o tom amistoso que Charles estava usando e riu consigo mesmo. Conhecia o velho truque. Se não pode assustar, seduza.

— Vê isto, Maurice? — Mostrou-lhe uma foto de arquivo policial de um chinês com um rosto nitidamente marcado de varíola. — O Sr. Butler, o motorista do ônibus, acha que esse parece o homem que empurrou o Sr. Rockwood na frente do veículo. E posso lhe garantir que ele não está cem por cento seguro.

— Está perguntando ao cara errado, promotor. Eu não estive lá. Meu trabalho foi aprovar o relatório e passá-lo adiante, e foi o que fiz — disse ele. Mas começou a relaxar, à medida que via que as suspeitas de Charles não eram direcionadas a ele.

— Você sabe quem é este sujeito, não é, Maurice?

— Nunca o vi antes em toda a minha vida — replicou Sandovich. — Podem me arranjar uma xícara de café? Parece que vou ficar aqui algum tempo.

Charles ignorou o pedido e sentou-se na beirada da mesa junto a Sandovich. Uma de suas pernas balançava sobre a outra. A perna da calça subiu, expondo uma de suas meias sem nenhum elástico em cima.

— Deixe-me contar algo sobre ele. É um notório pistoleiro de aluguel. Faz todo o tipo de trabalho sujo para os elementos criminosos de Chinatown. Chama-se Dong Wong. Já ouviu este nome antes?

— Não em público. A maioria das pessoas em Chinatown nunca dariam o nome de alguém que poderia lhes causar algum problema. Eles têm medo demais de represálias. Ouvi rumores de que esteve envolvido nesta ou naquela barra pesada, mas nunca oficialmente através da Delegacia de Costumes, onde trabalho. Sei que outros departamentos estiveram tentando pegá-lo por algumas coisas, mas nunca foram capazes de botá-lo em cana.

— Você conhece Mathew O'Hara? — perguntou Charles.

— Só do que leio no jornal. Não lido muito com caras brancos no meu setor.

— Quer dizer, Maurice, que nunca conheceu este cavalheiro? Isto é correto?

— É correto, promotor. Eu não o distinguiria do próximo cara rico sentado a meu lado no bonde se não tivesse visto a foto dele no jornal — disse, e um débil sorriso apareceu no seu rosto balofo.

— E quanto a Xsing Ching? — perguntou Charles, mostrando-lhe outra fotografia.

Sandovich olhou casualmente para ela.

— Também nunca botei os olhos nele. Só sei o que leio no jornal.

— Algum dia ouviu o nome dele mencionado no seu setor?

— Olhe, sujeitos como O'Hara e Xsing Ching estão fora da arraia-miúda que atua nesta área. Se eles estão envolvidos em negociatas, nunca foi pessoalmente, e por certo seus nomes jamais foram citados por nenhum de meus contatos — disse Sandovich.

— Vamos falar dos seus contatos. Você nos deixará entrevistá-los? — perguntou Charles.

Sandovich riu.

— Está brincando, não está? Isso é como dar a eles uma sentença de morte. Eles estariam acabados, teriam que deixar o país. Não estou com medo, promotor.

— Certo, tenho mais uma pessoa sobre a qual gostaria de perguntar-lhe, Maurice. — Ele puxou outra fotografia, desta vez de uma mulher. — Reconhece-a?

Sandovich olhou para a foto por cerca de um minuto.

— Uma tremenda gata. Quem é?

— Virginia Dimitri — respondeu Charles.

185

— Nunca a vi nem ouvi falar no seu nome. O que conseguiu sobre ela? — indagou.

— Nada, francamente — disse Charles. — Mas é uma namorada de O'Hara, por isso pensamos em perguntar.

— São essas as perguntas que vocês têm? Tive uma tarde atarefada — disse Sandovich. Levantou-se da cadeira e colocou seu quepe de policial.

— Por enquanto é isso, Maurice. Mas manterá seus olhos e ouvidos abertos para nós, não é? — disse Charles.

— Pode contar com isso, promotor. — Ele apertou as mãos do agente do FBI e de Charles e saiu da sala.

Samuel, sentindo-se enganado, observava o pequeno grupo de homens do outro lado do espelho.

— Não conseguimos merda nenhuma desse babaca mentiroso — disse o agente do FBI.

— Engana-se. Eu não estava procurando respostas — replicou Charles. — Se meus instintos estão certos, ele espalhará a notícia acerca do que ouviu hoje. Teremos de esperar e ver quanto tempo leva para ser filtrada na vizinhança e quem reage a ela.

Samuel soltou uma risada. Havia subestimado Charles.

*   *   *

Quando Mathew não retornou ao apartamento na noite em que foi preso, Virginia não perdeu tempo. Foi até o quarto, subiu numa escada de mão, removeu um painel do teto e pegou duas caixas de dinheiro que Mathew deixara com ela. Em seguida repôs o painel no lugar. Era impossível ver onde se situava a fenda no teto, porque ela se confundia com o papel de parede. Ela contou os maços de notas de cem dólares para assegurar-se de que havia meio milhão de dólares. Nunca imaginou que teria de manipular tanto dinheiro. Era uma transação em espécie e seu sócio tinha de confiar que ela faria o depósito quando chegasse a hora. Ela pegou um rolo de papel de açougue e barbante e começou a arrumar o dinheiro em pacotes, enrolando cada um com elástico e atando com um nó perfeito, de modo que não abrisse. Ao terminar, pôs os pacotes em duas sacolas de lona e as fechou com corda e outro nó.

Na manhã seguinte, ela mandou Fu Fung Fat ao Sr. Song com instruções para depositar os pacotes no recipiente que tinha lá tão logo a loja abrisse. Disse a ele para alugar um jarro extra em seu nome, já que não caberia tudo no que possuía.

O maneta teve que fazer duas viagens. Ele pôs a primeira sacola nas costas, equilibrou-se e seguiu para seu destino; depois veio buscar a outra. Após terminar, entregou a Virginia os dois tíquetes e duas chaves. Ela os escondeu atrás do mesmo painel no teto, colando-os à viga com fita adesiva, e esperou calmamente pelo desenrolar dos acontecimentos, já prevendo que viriam.

Não levou muito tempo para as autoridades aparecerem no apartamento da Grant Avenue. Ela recebeu os agentes sem alvoroço quando foi presa e considerou a viagem no camburão da polícia como um evento social. Foi submetida a horas de interrogatório por Charles Perkins e pelo FBI. Eles já sabiam que Xsing Ching passava momentos com ela, inclusive quantas vezes e em quais datas, mas Virginia lhes disse que não sabia de muita coisa, e por certo nada contou de seu próprio envolvimento. Deduziu facilmente que a tinham mantido sob vigilância. Ela admitiu que havia sido amante de Mathew O'Hara, mas já fazia algum tempo que apenas trabalhava para ele. Seus interrogadores acharam que Virginia possuía todos os atributos para agradar um homem tão rico e refinado como O'Hara e sentiram um pouco de inveja. Ela usava uma blusa de seda verde com o botão de cima aberto, e Charles e o agente do FBI estavam tendo dificuldade em se concentrar nas perguntas.

— Que discussões teve com o Sr. Ching relativas à entrega da mercadoria? — perguntou Charles.

Virginia se empertigou levemente e sorriu de modo sedutor, fitando Charles direto nos olhos. Seus mamilos em relevo na seda.

— Talvez eu não tenha sido clara. Não estava ciente da entrega de qualquer mercadoria, ou seja lá como preferem chamar. Apenas jantei com os senhores Xsing e O'Hara. Foi um evento social. Era minha função entreter pessoas de Hong Kong ou quaisquer outras que faziam negócios com o Sr. O'Hara. Eram relações públicas, nada mais. Ele estava sempre lá, e nunca tratei de negócios com nenhum deles. Na verdade, nem fazia idéia do que estavam discutindo. O Sr. O'Hara jamais me confidenciou qualquer coisa.

— Havia outros, além de Xsing Ching, nesses encontros? — perguntou Charles.

— Não, apenas ele.

— E quanto às ocasiões em que o Sr. Ching vinha ao seu apartamento quando o Sr. O'Hara estava ausente?

— Ele tinha um filho doente e eu estava tentando arranjar-lhe ajuda médica aqui em São Francisco. Verifiquem com o Dr. Rolland, do Centro Médico da Universidade, se não acreditarem em mim.

Eles não tiveram absolutamente nenhuma sorte ao interrogarem Fu Fung Fat ou o cozinheiro. Ambos alegaram que mal falavam inglês. Ambos disseram não saber nada mais que as visitas de Mathew a Virginia, e só o admitiram por ser de conhecimento geral que ele era o dono do apartamento. Os dois se lembraram de que Xsing Ching estivera lá para jantar, mas não se recordavam de nenhum dos detalhes. Sua patroa e o Sr. O'Hara recebiam muitos convidados, acrescentaram.

Quando as autoridades vasculharam o apartamento, olharam em todos os lugares de praxe: debaixo das camas, no fundo dos armários, atrás das cabeceiras de cama. Reviraram os tapetes persas para ver se havia alçapões escondidos, e tiraram todos os quadros das paredes em busca de cofres secretos. Procuraram até mesmo nos vasos chineses antigos, porém nada encontraram.

* * *

— Gostaria de ir assistir a um filme no Larkin esta noite? Li no jornal que estão passando *Rififi*, um filme francês — disse Samuel para Blanche.

Ele vestia seu melhor terno, e exibia um novo corte de cabelo. Combinaram de se encontrar no Camelot. Blanche também fez um esforço. Em vez da calça jeans e dos habituais tênis, trajava uma saia primaveril e uma blusa branca. Para Samuel ela parecia mais linda do que nunca, embora esta nova Blanche mais feminina e coquete o intimidasse.

— É uma boa pedida, gosto da idéia, só que não vamos entender uma palavra do filme — disse ela.

— Ele é legendado, claro. Depois podemos esticar na Black Hawk. Dave Brubeck está na cidade.

— Como soube que sou fã dele? — perguntou Blanche, surpresa. — Tenho todos os seus discos.

Durante o filme, as coisas não foram inteiramente como Samuel esperava. Depois de meia hora, ele imaginou que poderia pôr o braço no encosto da poltrona de Blanche e dez minutos mais tarde deixá-lo cair casualmente para os ombros dela. Ela o olhou de esguelha mas não se moveu. Teria sido melhor se a pegasse pela mão, mas ela se ocupava com um saco de pipocas como se fosse um salva-vidas. Não restavam muitas opções para Samuel, que ousadamente tentou aconchegar-se a ela cabeça com cabeça. Blanche, rígida na sua poltrona, não facilitava as coisas. Samuel espichou o pescoço o máximo que podia, porém ela era mais alta que ele, e Samuel só conseguiria alcançá-la se ficasse ereto no assento. Não poderia manter tal posição por muito tempo, de modo que empurrou delicadamente a cabeça de Blanche em direção a ele, mas com tamanha falta de sorte que seus óculos se prenderam no cabelo dela. Ele tentou puxá-los, mas Blanche não conseguia parar de rir e seu volume continuou se elevando enquanto ele pelejava para libertar os óculos, praguejando em pânico. O público começou a se queixar e logo veio uma voz que exigiu silêncio. No processo, ela começou a rir mais alto e ele ficou mais confuso. Neste exato momento, o som do filme parou. Dois, três, cinco minutos e nada senão silêncio e sussurros para Blanche se calar. Com um suspiro de alívio, Samuel recuperou os óculos e logo Blanche se acalmou. Dez minutos se passaram e o filme era só silêncio e estava ficando mais escuro.

— É melhor falar com a gerência, há alguma coisa errada com o som — sugeriu Blanche.

Samuel levantou-se e saiu por um momento voltando para explicar que *Rififi* tinha vinte minutos de silêncio total.

— Oh, suponho que é uma moda francesa. Tenha paciência — disse ela, tentando não fazer barulho com seu saco de pipocas porque a platéia parecia absorta.

Quando o filme terminou, Samuel estava preocupado. Primeiro, porque não havia entendido, segundo, porque Blanche não tinha gostado, e finalmente por ele ter feito papel de bobo. Foi caminhando ao lado dela, arrastando os pés.

— Ainda gostaria de ir à Black Hawk? — perguntou, apreensivo.

— Sim, claro — disse Blanche. Mas seu tom era menos entusiasmado do que antes.

Andaram por um quarteirão e meio até a Black Hawk. Ele pagou a consumação e sentaram-se a uma mesa nos fundos da boate. Ele pediu uísque com gelo e Blanche uma Coca.

190

Enquanto ouviam o piano de Dave Brubeck acompanhado de seu conjunto, Samuel a observava com o canto do olho, feliz por não conversarem porque ele não conseguia pensar em nada para dizer. Fez sinal para a garçonete.

— Gostaria de outro uísque com gelo — disse nervosamente. Engoliu a bebida em dois goles e logo em seguida pediu outro.

— Não acha que já bebeu demais? — observou Blanche.

— É, acho que tem razão — falou com voz enrolada. — Vamos sair daqui.

Ele chamou um táxi na porta da boate e pediu ao motorista para levá-los até a casa de Blanche na Castro Street. Durante a corrida, ela ficou em silêncio e com o rosto pétreo, permanecendo o mais afastada dele possível.

— Está querendo dizer alguma coisa, Blanche?

— O que você quer que eu diga? Você tinha que beber demais. Francamente, estou desapontada, porque, até chegarmos à boate, eu estava tendo uma noite maravilhosa.

— Você gostou do filme? — perguntou ele, surpreso.

— Claro que gostei.

Chegaram diante da casa de Blanche. Samuel gastou seu último dólar pagando a corrida.

— Sinto muito, Blanche — disse ele, embaraçado.

— Me desculpe também, Samuel. Vá para casa e durma bem. E não beba tanto quando estiver perto de mim. Boa noite — disse ela enquanto se virava e subia as escadas, sem olhar para trás.

As mãos de Samuel estavam enfiadas nos bolsos e ele tinha os ombros caídos. Humilhado, começou a caminhar os vinte quarteirões até seu apartamento perto de Chinatown. Ele pensava que não só estava duro como um poste como também nem tinha dinheiro para comprar um maço de cigarros, mas, acima de tudo, que havia detonado sua oportunidade de causar uma boa impressão a Blanche. Concluiu que suas habilidades de paquera precisavam de um polimento, como Melba com freqüência sugeria. E também precisava de um emprego que pagasse melhor.

* * *

Após alguns dias, Samuel ficou ansioso por conversar com Charles. Queria obter o máximo de informação possível a respeito de quaisquer pistas que Charles pudesse ter conseguido ligando Mathew O'Hara com a morte de Reginald Rockwood. Pediu dinheiro emprestado a Melba, com a promessa de pagar na semana seguinte, e convidou Charles para almoçar no restaurante chinês de Louie. Era o único restaurante que podia bancar.

Chegaram ao meio-dia e o local estava quase vazio, mas sentaram-se no balcão, o lugar preferido de Samuel.

— Onde está sua mãe? Esta é uma das poucas vezes que não a vejo no seu canto — comentou Samuel.

— Foi consultar a astróloga. Ela não gosta da noiva do meu irmão.

— E o que a astróloga pode fazer?

— Talvez possa provar que eles são incompatíveis. Isso deixaria minha mãe muito feliz — disse Louie.

— Você se lembra do meu amigo Charles Perkins? Ele é promotor federal.

— Prazer em revê-lo, Sr. Perkins. E você, Samuel? Ultimamente só o vejo andando com graúdos. Espero que não esqueça seus velhos amigos e que continue a apostar comigo — disse o chinês, rindo.

— Talvez não seja boa idéia — replicou Samuel. — Não ganhei uma aposta com você nos últimos três anos.

Charles ocupava a última banqueta junto à caixa registradora onde geralmente Louie ficava a postos, e Samuel estava a sua esquerda. Ambos foram atraídos para os movimentos dos peixes tropicais no aquário gigante bem à frente deles. Os maiores caçavam os menores nas caixas de tesouro e buracos nas rochas de lava onde podiam se esconder. Goldie estava imóvel em um canto no topo de um monte de areia. Samuel achou que estava deprimida, tal como ele.

— Vão querer o especial de hoje?

— Claro — disse Samuel feliz, sabendo que seria barato, já que ele estava pagando.

— Para mim, tudo bem — disse Charles.

Louie gritou alguma coisa em cantonês para a cozinha.

— Vazou alguma coisa nas ruas que possa ser atribuída ao interrogatório de Sandovich? — perguntou Samuel.

— Nem uma palavra — disse Charles —, o que é surpreendente. A esta altura, eu achava com certeza que teria vazado e produzido alguns resultados.

— Eu lhe disse isso antes que você o interrogasse. Melba disse que ele era fichinha — replicou Samuel.

— E quem é essa pessoa?

— Apenas uma amiga. Mas ela sabe de tudo que ocorre nesta cidade. Eu realmente gostaria de pegar quem matou Rockwood. Ele era meu amigo.

— Só isso? Não quer conseguir uma promoção no jornal e tornar-se repórter? — perguntou Charles.

— Mais ou menos isso também — admitiu Samuel, enrubescendo.

— Já lhe disse que isso me coloca num apuro se eu lhe der qualquer informação confidencial. Mas você me ajudou em outras ocasiões e quero dar um empurrão na sua carreira, de modo que tenho uma espécie de solução feita nas coxas. Eu lhe darei informação em caráter não-oficial. Se alguém tentar descobrir sua fonte, faça-se de bobo. Em outras palavras, você nada conseguiu de mim. Concorda? — propôs Charles.

— Está ótimo. Você me contará tudo, então, e não digo uma palavra.

— Não, tudo não, mas o suficiente de modo que você poderá ter um apanhado de toda a história. Isto é, se algum dia puder imaginar o que seja.

Nesse exato momento, Samuel relanceou para o aquário e viu o reflexo de dois chineses de pé na entrada. Havia algo estranho na atitude deles e alguma coisa reluzente em suas mãos. A mente de Samuel demorou a fazer a ligação por uma fração de segundo do que seus olhos tinham visto. Era uma metralhadora Thompson e estava apontada diretamente para ele. Reagiu por instinto.

— Abaixe! — gritou e empurrou Charles da banqueta para o chão, caindo em cima do amigo no exato momento em que as balas vieram voando, despedaçando o balcão onde estiveram sentados, bem como o aquário e a caixa registradora onde estava Louie. Eles terminaram bloqueando a pequena passagem que levava à cozinha.

Louie não soube o que o atingiu. Levou seis balaços no peito e na cabeça e já estava morto antes de cair no chão atrás do balcão.

O pandemônio se instalou no pequeno restaurante. Os poucos fregueses se enfiaram debaixo das mesas ou ficaram paralisados e gritando de pavor. E a água do aquário, misturada com o sangue de Louie e os peixes tropicais, inundou todo o chão. Os atiradores recuaram enquanto disparavam e se perderam em Chinatown. O tiroteio levou somente poucos segundos, mas pareceu durar um tempo infinito.

Depois, Samuel lembrou daquilo como uma fotografia, cada qual no seu lugar para a eternidade. Vários minutos se passaram antes que as pessoas compreendessem que o incidente estava encerrado e então pudessem reagir. Samuel sacudiu Charles, que continuava debaixo dele.

— Você está bem? — perguntou, tão logo pôde falar.

— Estou, estou bem — disse Charles, trêmulo. Sua mente ainda não tinha avaliado tudo.

— Louie! — gritou alguém nesse momento, e várias pessoas correram até o local onde ele estava.

Samuel, o mais próximo a ele, correu até o corpo morto que jazia atrás do balcão, uma massa sangrenta de carnificina.

Miraculosamente, ninguém na cozinha foi atingido, mas as balas ocasionaram uma confusão. As duas pessoas que ainda permaneciam lá estavam histéricas e o restante havia corrido aos gritos para a porta dos fundos. Alguém chamou a polícia e logo ouviram as sirenes das radiopatrulhas.

Charles se recompôs e conseguiu arranjar um telefone. Ligou para o FBI.

— Chamem uma ambulância! Chamem uma ambulância! — gritava Samuel enquanto tentava desesperadamente reviver seu amigo morto.

— Esqueça, Samuel, ele morreu — disse Charles, abaixando-se e gentilmente afastando o homem que chorava do corpo.

Nos poucos minutos seguintes uma multidão se aglomerou à porta, todos se espremendo para ver o que havia acontecido. A polícia, o FBI e a ambulância, todos chegaram ao mesmo tempo. Os patrulheiros afastaram os curiosos do restaurante e começaram a bloquear a rua, enquanto um jovem agente com bloco e lápis na mão tentava falar com potenciais testemunhas. Dois paramédicos tentaram pôr Samuel na ambulância. Foi difícil convencê-los de que o sangue não era dele, mas de Louie. Charles mostrou-lhe sua identidade, pegou Samuel pelo braço e arrastou-o para a saída. Quando passaram por uma radiopatrulha, estacionada com as luzes piscando, Charles disse a um policial que chamasse o médico-legista porque havia um homem morto do lado de dentro.

— Ele está ferido? — perguntou o tira, apontando para Samuel.

— Não. Mas precisa ir para casa — disse Charles, novamente se identificando.

Os policiais o conduziram para outra radiopatrulha. Charles disse ao motorista para onde ir e o veículo partiu lentamente com a sirene ligada, abrindo caminho entre a multidão.

— Quem fez esta porra? — perguntou Samuel, ainda em choque, olhando para suas roupas e mãos cheias de sangue.

— Não está vendo? Aqueles idiotas estão atrás de nós! — exclamou Charles.

— Esta era a mensagem que você esperava quando interrogou Sandovich?

— Está ficando louco, porra? Se eu tivesse previsto isso, me certificaria de que a merda não chegasse a Chinatown — sibilou Charles, ainda abalado.

— Eles mataram Louie! Ele não tinha nada a ver com o caso — murmurou Samuel, com a cabeça entre as mãos.

* * *

A morte de Louie lançou uma nuvem de tristeza sobre Chinatown; ele era um membro popular e vibrante da comunidade. Samuel não conseguia se perdoar pelo que havia acontecido. Sentia-se em parte responsável. Achava que se não tivesse tido a péssima idéia de ir almoçar no restaurante aquele dia, seu amigo ainda estaria vivo.

Tentou fazer contato com a mãe de Louie para dar-lhe os pêsames, mas ela não queria vê-lo. Quem atendia à porta dizia-lhe que a velha senhora o culpava pelo assassinato do filho. Ela sempre achara que o cabelo ruivo de Samuel era um símbolo do demônio, e os eventos vieram a confirmar isso. Ele descobriu que o restante da família morava em Waverly Place, mas ele não conseguia reunir a coragem para descobri-los naquele labirinto de ruas.

O domingo seguinte foi marcado para prantear a morte de Louie. Samuel não podia enfrentar aquilo sozinho, portanto convidou Melba e Blanche para o encontrarem na capela da Green Street, em North Beach, o bairro italiano. As mulheres vieram ambas vestidas de preto e usavam pequenos chapéus da mesma cor, ao passo que Samuel trajava seu único terno, que foi, para variar, caprichosamente passado. Ele o usava com uma camisa branca limpa e uma gravata listrada em vermelho. Seus olhos vermelhos podiam ser notados mesmo a distância.

— Bem, bem, criança, você está muito bonito — brincou Melba, ajeitando sua gravata.

— Sinto muito pelo seu amigo — disse Blanche, comovida pelo óbvio pesar de Samuel.

— Por que está acontecendo numa capela italiana? — perguntou Melba.

— A maioria dos negócios é com chineses. O dono da capela funerária não se importa com a raça à qual sua freguesia pertence — explicou Samuel.

— Há uma banda à porta da capela? — perguntou Blanche.

— Era a Banda de Marchas Chinesa. Agora é chamada de Banda Funerária da Green Street. Ela toca na maioria dos funerais chineses — disse Samuel.

— Mas não há nenhum chinês naquela banda — observou Blanche.

— É porque os chineses não quiseram se filiar à Ordem dos Músicos local, de modo que os brancos tomaram conta — explicou Samuel, com lágrimas nos olhos. — Isso não importa para Louie. Ele adorava a música da banda. Sempre que um cortejo fúnebre passava por seu restaurante, ele me levava até a beira da rua e me mostrava a banda com orgulho. Ele me disse que só se podia conseguir este tipo de recepção no bairro chinês de São Francisco, em nenhum outro lugar do país.

A capela fúnebre ainda estava com a decoração italiana: reproduções de pinturas de santos renascentistas nas paredes e suas estátuas sobre pedestais em encraves de cada lado da área de assentos, um ambiente da Igreja católica para clientes budistas. No alto em frente estava o caixão fechado de Louie sobre um cavalete com várias coroas de flores diferentes em tripés, cada qual com uma fita vermelha com escrita chinesa ajustada em diagonal. A capela estava repleta de dignitários e pessoas comuns. O prefeito e o chefe de polícia estavam sentados junto à viúva de Louie e os três filhos. A mãe do falecido sentada na primeira fila continuava imóvel, muda, e não derramava uma lágrima. Após um longo sermão em chinês e um mais curto em inglês, os pranteadores saíram pela porta da frente, cada um pegando um pedaço de doce para ajudar a afastar o gosto da morte, como explicou Samuel. A multidão seguiu para um lado das escadas que levava à rua enquanto a banda se posicionava do outro.

Quando o caixão chegou ao topo das escadas, um toque de tambor começou e os carregadores levaram o caixão escadas abaixo e o puseram no carro fúnebre. Foram seguidos por um grupo de dez mulheres, todas vestidas de preto com véus cobrindo os rostos, soluçando incontrolavelmente.

— Pobre coitado — comentou Melba, comovida. — Ele deixou uma família grande?

— Esta não é sua família. São carpideiras, contratadas pelos familiares para chorar por eles. Os chineses não gostam de expressar seu pesar abertamente, por isso pagam para que façam isso por eles — disse Samuel.

Depois das carpideiras chegou a família e, mais atrás, o restante da multidão. Alguns estavam carregando casas, carros e até mesmo uma ponte, feitos de papel ao descerem os degraus da capela.

— Para que tudo isso? — perguntou Melba.

— São coisas de que ele precisará do outro lado. Eles as queimarão no local da sepultura. É um meio de liberá-las de modo que o falecido possa levá-las com ele — explicou Samuel.

— Pensei que ele fosse budista — disse Blanche, quando a banda começou a tocar um hino cristão.

— Ele era, mas os chineses de São Francisco gostam que a banda toque hinos cristãos e façam o máximo de barulho — disse Samuel. — Isso expulsa os maus espíritos.

Diante do carro fúnebre, porém atrás da banda, estava um Cadillac vermelho conversível com sua capota branca recolhida e, no banco de trás, uma enorme fotografia de um Louie sorridente. Atrás do carro fúnebre, limusines transportando a família saíram do lugar, e então os carros do restante dos pranteadores, incluindo o surrado Ford cupê de duas portas de Melba. O cortejo desceu a Green Street para a Columbus e então dobrou à direita para a Stockton. Quando atravessaram Chinatown, uma chuva de papel-moeda foi lançada sobre o cortejo fúnebre.

— Olhem para isso! — exclamou Melba.

— É falso. É chamado de dinheiro-espírito. Tem uma fenda no meio, de modo que os fantasmas e espíritos impertinentes passem através dela e se dispersem. Assim não podem impedir o morto de chegar aonde está indo — explicou Samuel. — Vocês verão também que isso só acontece quando o cortejo entra em Chinatown. Porque é contra a lei sujar as ruas de São Francisco, mas é permitido em funerais chineses, desde que seja feito no bairro deles.

As multidões não interromperam as compras enquanto o cortejo descia a Stockton e dobrava na Clay, e depois de novo na Grant Avenue, a rua principal da velha Chinatown, com seus exagerados pagodes falsos e reluzentes portas vermelhas ou verdes. O cortejo manobrou até chegar a Waverly Place, onde parou. Uma enorme multidão se aglomerava de ambos os lados da rua. A banda não perdia uma nota. A batida do tambor pareceu se intensificar e o toque dos címbalos ficou mais alto. Uma explosão de dinheiro-espírito choveu por toda parte, como confetes sobre um desfile de carnaval.

A banda fez uma última parada em frente ao restaurante de Louie Chop Suey para dar-lhe uma chance de se acostumar ao fato de que ele não mais vivia. Naturalmente, o espírito ficaria perturbado por uns poucos dias após a morte, de modo que uma última viagem ao antigo lar lhe dava tempo para ajustar-se ao seu novo estado. Depois poderia seguir seu caminho, explicou Samuel a Blanche e Melba.

— Foi por isso que abriram a porta do restaurante para o carro fúnebre? — perguntou Blanche.

— Exatamente. E é por isso que jogam o dinheiro-espírito para distrair os espíritos novamente.

Samuel examinou a multidão e notou policiais por toda parte, alguns com câmeras, tirando fotografias dos circunstantes. Reconheceu o Sr. Song e seu leal assistente bem como a jovem sobrinha dele, todos de cabeça baixa, apresentando seus respeitos. Viu também um homem maneta em pé num caixote de laranjas anotando cada detalhe do que estava acontecendo, mais interessado em observar a multidão do que acompanhar o cortejo fúnebre.

A música ficou tão forte que fez a rua vibrar.

— Parece mais um desfile de carnaval do que um cortejo fúnebre — comentou Melba.

— De certa maneira, é — explicou Samuel. — É uma celebração da vida, mas destinada a ajudar Louie a chegar ao outro lado.

— Se conseguir, é um meio tão bom quanto qualquer outro — disse Melba. — Boa sorte, Louie, e boa passagem!

* * *

Charles Perkins estava num estado de espírito sombrio. Sentava-se a uma mesa lateral de seu escritório abarrotado, com seu paletó azul reluzente pendurado no encosto da cadeira e as mangas da camisa branca enrugada arregaçadas até os cotovelos. Seu cabelo louro estava mais oleoso do que de hábito. Um agente federal armado conduziu Samuel. Ele removera para o lado pilhas de papéis com manchas de café, abrindo uma clareira no tampo verde de couro para um jogo de dominó. Estava observando as pedras desabando umas sobre as outras até que finalmente todas as peças foram derrubadas.

— Feliz por derrubar todas? — perguntou Samuel, procurando um lugar para sentar-se em meio ao caos.

— É. Antes fosse — disse Charles, reparando pela primeira vez no seu visitante. — Passei anos na promotoria federal. Processei um monte de criminosos, alguns deles realmente da pesada. Mas nenhum, Samuel, repito, nenhum, tentou me matar até agora. Isso é assustador — acrescentou, com um ar de angústia no rosto.

— Sei o que quer dizer — disse Samuel. — Eu também não tenho dormido bem. — Ele tirou o amarrotado maço de Philip Morris e o aproximou da boca, puxando um cigarro igualmente amarrotado com os lábios. — Fiquei quebrando a cabeça, tentando imaginar se algum detalhe de informação que você deu a Sandovich pudesse ter estimulado esses putos a virem atrás de nós.

— Ele tossiu várias vezes, pondo a mão sobre a boca.

— Voltamos lá e o imprensamos por seis horas, mas ele não abriu o bico — disse Charles.

— Você está no comando, Charles — disse Samuel, acendendo o cigarro. — Mas acho que está jogando fora o seu esforço. Sandovich não correria o risco de envolver-se em alguma coisa como esta e perder o que estava conseguindo.

— Eu sei, Samuel, mas a questão não é a nossa perda de tempo em acusar o estimado sargento, mas, sim, obter os nomes de todas as pessoas com quem falou depois de nosso encontro duas semanas atrás. Ele alegou não ter falado nada com ninguém, e que a única pessoa a saber que ele estava lá, à exceção daqueles presentes, era o seu superior. O capitão responsável pela Costumes em Chinatown tem uma reputação impecável, mas, por via das dúvidas, ficaremos de olho nele — disse Charles. — Começamos por grampear o telefone de Sandovich. Vamos ver no que isso dá.

— E quanto a ter uma visão mais ampla disso? — sugeriu Samuel. — Melba lembrou-me da bolada que Reginald guardava com o Sr. Song. O que diz de tentarmos descobrir quem mais sabia disso? Embora neste exato momento eu não possa, juro pela minha vida, imaginar quem poderíamos ter exposto. Acha que foi essa pessoa quem quis nos tirar do caminho?

— Deixarei isto por sua conta. No momento já estou assoberbado com Mathew O'Hara. O advogado dele quer fazer um acordo — replicou Charles.

— Que tipo de acordo?

— Ele está disposto a confessar-se culpado por um delito menor — explicou Charles.

— Isto significa que ele não vai para a prisão? — perguntou Samuel.

— Não, aquele almofadinha vai no devido tempo. Descobriremos como a outra metade dele vive — disse Charles, gesticulando para Samuel com seu dedo indicador. — Por quanto tempo, depende do que ele nos der.

CAPÍTULO 14

Mathew tenta negociar

HIRAM GOLDBERG ESTAVA com aquele habitual ar otimista enquanto batia com sua agenda na calça do terno marrom risca-de-giz com duas fileiras de botões. O cheiro de sua loção pós-barba seguia-o por toda parte. O guarda na mesa de recepção da Prisão do Condado de São Francisco, um irlandês robusto com suas divisas de sargento costuradas nas mangas do uniforme azul desbotado, sorriu com a impaciência dele.

— Está aqui para ver o Sr. O'Hara, doutor? Deve ser importante — disse ele, exibindo um grande espaço entre os dois dentes da frente.

— Apenas mais um dia monótono — replicou Hiram, dando-lhe um maço de Lucky Strike. — Meu cliente está sendo bem tratado?

— Claro, doutor. Não só bem tratado como também protegido pelo bando de irmãos.

— Isso é verdade. Vocês irlandeses são unidos — comentou Hiram.

— Mais do que isso, doutor. Quando um de nós se dá bem na vida, como o Sr. O'Hara, ficamos orgulhosos e queremos que tudo acabe bem para ele — explicou o sargento, ficando mais loquaz com os cigarros.

— Em que lugar estou na lista de visitas?

— É o terceiro. Só há duas salas para advogados. Calculo que levará meia hora. Se tiver outras coisas para fazer, guardarei sua vaga.

— Obrigado. Tenho de fazer uma verificação no Departamento 16. Logo estarei de volta.

O guarda se levantou. A camisa mal continha sua barriga. Ele tinha o aspecto de um urso, mas a mão que estendeu a Hiram era flácida.

— Vejo você depois — disse Hiram com um firme aperto.

Uma hora mais tarde, Hiram estava sentado diante de Mathew O'Hara. A porta tinha uma pequena janela, que permitia a entrada de uma nesga de luz solar na sala do corredor. Só havia duas cadeiras dobráveis e uma mesa da mesma cor que as paredes cinzentas de concreto.

Mathew estava com a cara fechada e tinha bolsas sob os olhos cor de avelã. Seu cabelo castanho continuava cortado rente e ele havia se barbeado. A cor opaca do uniforme de presidiário não diminuía em nada a autoridade que sempre tivera.

— Não tem dormido bem? — perguntou Hiram.

— Quem é que pode dormir nesta merda de lugar?! — replicou Mathew. — Além disso, minha mulher diz que quer se divorciar. É tudo que me faltava exatamente agora!

— Você arranjou os melhores advogados de divórcio da cidade. Isso deveria fazê-lo se sentir melhor.

— É — escarneceu Mathew. — Contratei os cinco melhores, de modo que ela não possa recorrer a nenhum deles. Você

204

sabe o que é conflito de interesses, não sabe? Mas e daí? Isso não me ajuda a sair da merda em que estou. De qualquer modo, você não veio aqui para me falar desse lixo. Por que estou nesse buraco de merda? Este não é um caso federal?

— Os federais têm um acordo com São Francisco. O pessoal local abriga os prisioneiros deles por algum tempo enquanto os casos estão pendentes.

— Quando saio daqui? — perguntou Mathew.

— Quando fizermos um acordo ou você for absolvido — disse Hiram.

Mathew riu cinicamente.

— Isso é besteira. Você sabe tão bem quanto eu que não posso sair impune dessa. Eles me pegaram em flagrante. O que de melhor posso esperar? — perguntou ele.

— Provavelmente seis anos mais uma multa de quarenta mil dólares e cinco anos de condicional. Isso se você apelar e der a eles alguma coisa que possam usar.

— Não sei se tenho alguma coisa que possam usar — disse Mathew. — Eles já sabem a respeito de Xsing Ching. Foi assim que me pegaram. Posso confirmar que é com ele que fiz negócio.

— Eles querem algo mais. Por exemplo, alguma informação sobre quem em Chinatown tentou matar o promotor federal que está cuidando do seu caso.

— O quê! — exclamou Mathew.

Hiram viu o ar de surpresa surgir no rosto de Mathew e especulou se era autêntico.

— E eles pensam que tenho algo a ver com isso? — perguntou Mathew. — Não sou um assassino!

— Sei disso, homem. Acalme-se. Eles estão investigando para descobrir se a morte daquele tal Reginald esteve de alguma forma ligada ao seu negócio. Eles querem tudo que você sabe que possa ligar os dois casos.

— Refere-se a Rockwood? — interrompeu Mathew.

— Esse mesmo. O cara que costumava circular por aí de smoking. É verdade que ele morava num armário de material de limpeza? — perguntou Hiram.

— Isto é sigilo advogado-cliente, não é?

— Acertou em cheio. Nada vai sair desta sala, a não ser que você queira — devolveu Hiram.

— Francamente, não sei muita coisa sobre o cara. Ouvi dizer que vivia num armário em seu local de trabalho. Eu o via com freqüência no Camelot e cheguei a oferecer-lhe um drinque de vez em quando. Paguei a um informante para descobrir um chantagista e foi assim que soube que era Rockwood.

— Que tipo de informação conseguiu? — perguntou Hiram.

— Alguém soube que arte chinesa contrabandeada estava à venda; e como eu era um dos que a estava comprando, só iria adiante com o negócio se não houvesse nenhuma chance de ser descoberto. Isso foi muito para mim — disse com um dar de ombros. — Meu informante era chinês. Posso dar-lhe uma descrição. Melba estava no bar na noite em que ele veio, e tenho certeza de que ela pode identificá-lo. Não esqueceria um tipo com aquela aparência! Mas acho que você deveria falar com Samuel Hamilton. Creio que é corretor de anúncios num jornal. Ele era unha-e-carne com Rockwood. E se alguém sabe o que está acontecendo em ligação com sua morte, só pode ser ele.

— Se você lhes der tudo que sabe sobre a morte de Rockwwod e seu acordo com Xsing Ching, e se concordar em cooperar, eles chegarão a seis anos — disse Hiram. — Você poderia sair com três, com crédito pelo tempo cumprido e bom comportamento. Mas se acharem que teve algo a ver com a morte dele, aí você está fodido. Temos de ser cuidadosos no modo de apresentar esta informação.

— E se eu não lhes der nada? — perguntou Mathew.

— Presumindo que sejam apenas as obras de arte e que você vá a júri, se for condenado vai pegar dez anos e levar uma multa de setenta mil dólares.

Mathew não teve que pensar muito. Ele agora estava sentado com os braços cruzados.

— Arrisquei uma fortuna na porra desse negócio. Para pagar essa multa, terei de vender o estoque que quero manter. Veja se pode fazer um acordo sem me deixar mais encrencado do que já estou.

* * *

Depois de várias tentativas infrutíferas de falar com Charles Perkins por telefone, Hiram Goldberg marcou hora para vê-lo pessoalmente no escritório. Finalmente conseguiu, após ser revistado por um dos três agentes federais que protegiam Charles, que ficara paranóico desde o atentado no restaurante de Louie Chop Suey.

Quando entrou, viu Charles com os pés sobre a mesa e recostado na cadeira, lendo o jornal. Hiram não pôde ver-lhe o rosto. Viu apenas as muitas pilhas de processos sobre a mesa com um espaço aberto para Charles pôr os pés. Ao lado estava uma mesa forrada de couro verde onde peças de dominó jaziam entre os vários grupos de documentos semeados no seu tampo. No canto do escritório havia caixas de documentos com o nome dos casos. Reconheceu vários deles.

— Sou Hiram Goldberg, Sr. Perkins. Vim para discutir o caso O'Hara. Sou o advogado dele.

— Sei quem você é — disse Charles, baixando o jornal e retirando os pés da mesa. Ele dobrou o jornal e guardou numa gaveta já abarrotada. — Desculpe, eu estava apenas me atualizando com as notícias. Você está tentando falar comigo há vários dias, não é? O que tem em mente?

— Quero ver se podemos chegar a um ponto comum sobre o caso do Sr. O'Hara.

— Depende do que ele botar na mesa — disse Charles.

Hiram pôs no chão a pasta de couro preto com suas iniciais estampadas em ouro e afrouxou com um dedo o colarinho para ganhar fôlego. Charles notou as gotinhas de brilhantina no seu cabelo encaracolado e sentiu a forte fragrância da colônia de Hiram.

— O Sr. O'Hara não sabe muito sobre o estranho caso que você está investigando. Refiro-me àquele tal de Rockwood — explicou Hiram. — O máximo que pode fazer é dar-lhe uma descrição do homem que disse que o cara do smoking tinha sido eliminado. Mas isso foi apenas cerca de uma semana antes que ele fosse preso.

— E o que ele fazia com esse homem?

— Tentava obter informação. Parece que o tal Rockwood estava chantageando Xsing Ching.

— Como Rockwood descobriu sobre a transação das obras de arte?

— É exatamente isso que meu cliente gostaria de saber.

— O'Hara pagou Xsing Ching?

— De modo algum, o negócio não foi adiante. Caras como ele sempre se protegem. Você deve saber disso. Meu cliente só ia soltar a grana depois que as peças estivessem em seu poder.

— Sabemos que ele sacou meio milhão do banco — disse Charles. — Onde está esse dinheiro?

— Por que supõe que isso esteja relacionado ao caso?

— Não me tome por idiota, Sr. Goldberg.

— Não creio que seja ilegal ele se recusar a dizer o que faz com seu dinheiro. Posso garantir que Xsing Ching não o levou.

Olhe, mesmo se ele for condenado por todas as acusações, o que poderia servir de atenuante?

— Veremos — disse Charles. — Conte-me sobre a garota.

— Quem?

— Você sabe a quem me refiro: a tal Dimitri. Como ela entra nessa história?

— A imprensa disse que era amante de O'Hara, mas ele me garantiu que a relação era apenas comercial. Ela entretinha seus clientes — disse Hiram.

— E você acredita neste conto de fadas?

— Por que não? O'Hara não é o tipo de homem que deixa um interesse sexual interferir nos negócios. Seja como for, quando a esposa dele leu isso nos jornais, entrou com uma ação de divórcio. Isso é tudo que vai obter contra Dimitri: ela é uma destruidora de lares — concluiu Hiram com uma risada sarcástica.

— Preciso dar mais uma olhada nisso. E se o que você diz se confirmar, levarei o caso ao procurador-geral.

— Meu cliente precisa saber o que o aguarda.

— Aquilo que falamos antes. Quarenta mil dólares de multa e seis anos de cana — disse Charles. — Isto é, se tudo for provado.

— Quando vai me dizer?

— Ainda esta semana.

Capítulo 15

Dois centavos de cada um

Samuel ENTROU na MIL ERVAS CHINESAS DO SR. SONG. O sino acima na porta anunciou sua chegada e continuou retinindo enquanto se aproximava do balcão laqueado de preto. O assistente do herborista saiu de detrás das fileiras de contas balouçantes e espichou o pescoço tentando identificar o visitante.

— Gostaria de falar com o Sr. Song — disse Samuel.

O homem desapareceu atrás da cortina de contas e logo o Sr. Song apareceu. Samuel ficou de novo atônito pela estranha aparência do albino chinês vestido numa bata cinza com intrincados desenhos bordados entrelaçados em todo o tecido até o colarinho de mandarim. Ele vestia calças pretas e um gorro preto. Aproximou-se do balcão e inclinou levemente a cabeça numa mesura discreta. Havia reconhecido o visitante.

— Vim buscar ajuda para o meu problema de fumo — disse Samuel.

O Sr. Song pediu que o assistente se aproximasse e sussurrou-lhe algo no ouvido. O homem deixou rapidamente o recinto e o

Sr. Song ofereceu a Samuel uma das duas cadeiras disponíveis. Samuel sentou-se enquanto o albino o examinava com seus olhos vermelhos e com tal intensidade que ele não podia se mexer.

Samuel não tinha dúvida de que o chinês logo perceberia que por trás do seu pedido de tratamento para largar o cigarro havia um pretexto para ver se obtinha mais informação. O mais provável era que estivesse perdendo seu tempo. Não era pouca coisa extrair qualquer informação daquele homem reservado que não falava uma palavra de inglês, embora Samuel suspeitasse de que ele entendia mais do que deixava transparecer.

Logo o empregado retornou com a sobrinha do Sr. Song. Samuel mal reconheceu a garota dentuça. Ela não estava usando o uniforme da escola batista e seu cabelo preto estava aparado num corte mais curto com mechas. Ela saudou o tio e voltou-se para Samuel.

— Meu honrado tio está à sua disposição. O que ele pode fazer por você? — perguntou ela.

— Voltei aqui para pedir-lhe ajuda para parar de fumar — disse ele com um rosto firme mas num tom hesitante.

Ela explicou o objetivo da visita ao Sr. Song. Ele assentiu, sabiamente, e replicou em cantonês:

— Ele veio ao lugar certo. Diga a ele que me acompanhe.

O herborista então atravessou a cortina de contas e a manteve com um braço aberta para que Samuel e a garota pudessem segui-lo. Ele os conduziu aos fundos da loja e apontou para uma poltrona em frente a uma pitoresca tela chinesa com cena de montanha. Samuel foi convidado a sentar-se sob um refletor.

A dentuça explicou:

— Ele irá hipnotizá-lo a fim de ajudá-lo a parar de fumar. Depois lhe dará ervas chinesas para reforçar o tratamento.

— Quanto isso irá me custar?

O Sr. Song exibiu dois dedos.

— Dois dólares por consulta — disse a garota —, e terá de vir diariamente por uma semana.

— Mesmo no sábado e domingo?

— Claro. Este é um tratamento sério — explicou ela.

Samuel viu os olhos cor-de-rosa do Sr. Song olhando intensamente para ele por sobre os aros dos óculos enquanto enrolava uma delicada corrente com um medalhão de ouro em volta de seus dedos longos e pálidos.

— O Sr. Song diz que você se tornou muito conhecido em Chinatown — traduziu a garota.

— O que ele quer dizer com isso? — perguntou Samuel na defensiva.

— Ele diz que as pessoas comentam que você era um bom amigo de Louie.

— Vi você e o Sr. Song na rua, prestando seus respeitos no dia do funeral de Louie. Diga a ele que era a mim e ao promotor que estavam realmente tentando matar.

— Ele já sabe disso — informou a garota.

— E ele sabe *por que* tentaram nos matar?

— Ele disse que talvez vocês estivessem metendo o nariz onde não deviam.

Samuel sentou-se empertigado. Mal podia acreditar que o Sr. Song estivesse saindo de detrás da sua inescrutável fachada disposto a oferecer informação.

— Ele quer dizer que a gente estava chegando muito perto do negócio de Xsing Ching com a arte chinesa?

O herborista tossiu levemente e acendeu o cachimbo de argila. A ironia não passou despercebida a Samuel, uma vez que ele estava lá para parar de fumar.

— Ele diz que não se trata de Xsing Ching, ele é apenas um homem de negócios, mas algo muito mais... — Ela parou abruptamente e teve uma extensa discussão com o Sr. Song em cantonês.

Samuel ficou ouvindo eles trocarem a mesma palavra de lá para cá com ênfase. Finalmente ela dirigiu-se a ele: — Você conhece a palavra *sinistro*?

— Claro. Por quê?

Eles tiveram outra breve conversa na qual a mesma palavra chinesa foi usada várias vezes.

— Meu honrado tio não tem nada mais a dizer sobre o assunto. Ele só quer saber se está pronto para começar o tratamento — disse ela formalmente.

— Claro — disse Samuel, remoendo a palavra *sinistro* em sua mente, enquanto observava o medalhão de ouro pendendo da corrente, balançando de lá para cá na mão do Sr. Song, até que perdeu a noção do tempo.

* * *

Samuel não fazia a menor fé no bizarro tratamento a que se submeteu por toda a semana na loja, mas não perdia uma sessão. Tentou motivar o herborista a falar de novo, várias vezes durante o tempo que ficavam juntos, mas Song se retirara para trás de seu escudo de silêncio. Como a garota não estava presente para traduzir, a consulta era conduzida em linguagem de sinais, com um dedo apontando para Samuel consumir as pilhas de ervas prescritas. Para seu espanto, por volta do sexto dia, ele não só sentia-se levemente nauseado à idéia de fumar um cigarro como também o cheiro de tabaco o incomodava. Decidiu que agora era seguro aparecer no Camelot.

Excalibur começou a balançar o rabo num ritmo alegre com a chegada de Samuel. Este se sentiu bem recebido, feliz por estar mais uma vez com sua família. Melba sorriu largamente de seu poleiro no bar e fez sinal para ele sentar-se ao lado dela, enquanto esmagava o cigarro no cinzeiro já repleto de guimbas com a marca de seu batom. Ela soprou a fumaça na direção de Samuel, que teve de esperá-la se dissolver antes de sentar-se, de repente com o estômago enjoado. Melba pôs um uísque com gelo no balcão, mas ele recusou, pedindo em vez disso um club soda.

— Onde diabos você andou? — perguntou Melba. — E o que aconteceu com seus dedos?

— Você não vai acreditar, Melba, parei de fumar — replicou ele, olhando para as pontas dos dedos enroladas em fita adesiva.

— O diabo que parou! Por que iria fazer uma coisa dessas?

Samuel deu um riso nervoso e alisou as mangas do seu novo casaco cáqui sem quaisquer queimaduras de cigarro. Ele havia comprado de segunda mão, mas parecia quase novo.

— A fita me impede de roer as unhas. Minhas unhas parecem que passaram por um moedor de carne.

— Então, você não fuma mais e também parou de roer as unhas.

— Mas agora só tento quando realmente quero um cigarro. Faz uma semana. O Sr. Song é responsável por esse milagre. Você deveria tentar.

— Parece que a cura é ainda pior do que a doença. — Ela alcançou seu maço de cigarros, depois pensou melhor e o colocou de volta na mesa, batendo nele com o indicador e os dedos do meio. — Perguntou ao Sr. Song se ele cura também o vício de roer as unhas?

— Sim, mas ele disse que custaria mais do que parar de fumar e, de qualquer modo, o vício provavelmente vai embora por si mesmo — disse, dando de ombros.

Melba riu.

— Que alívio. Meu Deus, existem tantas complicações que nem vale a pena tentar.

— Preciso falar com você — disse Samuel, relanceando para cada canto do bar. — Mas primeiro: Blanche está na cidade?

— Claro. Ela chegará a qualquer momento. Ouvi dizer que você agiu como um verdadeiro babaca na Black Hawk.

— Ela lhe contou? É verdade. Bebi demais. Estava um pouco nervoso. Ela deve estar furiosa comigo.

— Blanche não guarda rancores. Ela lhe dará outra chance.

— Ótimo — disse Samuel, mordendo o lábio inferior. — Parar de fumar foi uma espécie de efeito colateral benéfico. Na verdade, fui procurar o Sr. Song para ver se conseguia informação.

— Informação sobre o quê?

— Sobre Reginald e a morte de Louie. O Sr. Song começou a falar, mas rapidamente se calou, como se tivesse falado demais. O restante da semana foi tudo hipnotismo e nenhuma conversa. No primeiro dia, a sobrinha serviu de intérprete e perguntei a ele à queima-roupa se as pessoas que tentaram nos matar estavam ligadas a Xsing Ching e à arte chinesa. Song começou a responder, mas então ele e a sobrinha se pegaram numa palavra e ficaram indo e vindo. Era como se estivessem disputando um cabo-de-guerra, do modo como falavam um com o outro.

— Que palavra?

— Sinistro.

— Ele usou a palavra *sinistro*?

— Sim, usou. Em chinês, é claro. Ele disse que era algo muito mais *sinistro* do que arte chinesa ilegal. Eis por que tentaram matar Perkins e eu.

— Bem, nesta cidade todos sabemos que até mesmo a polícia está envolvida em todos os tipos de crimes e corrupção. Imagine como são as coisas lá em Chinatown — disse Melba, pegando outro cigarro com uma das mãos e coçando o gorro azul e branco com a outra. Pôs o cigarro na boca, mas não o acendeu.

— Depois disso, Song não tocou mais no assunto. Eu o vi diariamente por uma semana e não consegui arrancar nenhuma outra palavra dele. Agia como se tivesse falado demais na primeira vez.

— Você me contou que a loja dele é como um banco. Isto significa que Song sabe tudo que acontece em Chinatown, mas claro que não pode lhe dizer. A segurança do negócio e da clientela depende da discrição dele — afirmou Melba.

— Fundi minha cuca e não tenho uma pista. Eis por que vim procurá-la.

— O atentado no restaurante de Louie e a morte de Reginald têm que estar ligados — declarou ela por fim. — A palavra *sinistro* indica que essas coisas são parte de uma trama mais complicada do que vocês jamais imaginaram.

— Escute, Melba, não estamos no cinema.

— Não seja ingênuo, Samuel. Estamos falando de crimes. Se você quer resolvê-los, tem de pensar no pior e contemplar todas as possibilidades. Você tem de ampliar seus horizontes, ver o todo. Sabe o que quero dizer? — perguntou ela.

Ele ficou calado por um momento, sugando o gelo em seu copo e lutando contra o desejo de roer as unhas. Naquele momento Blanche surgiu à porta da frente vestida de top e calça de corrida, carregando um engradado de cerveja que depositou atrás do balcão. Tinha gotas de suor na testa e, como de hábito, seu cabelo estava puxado para trás num rabo-de-cavalo, amarrado com o habitual elástico. Ela bateu afetuosamente na sua cabeça de cabelo ruivo ralo e perturbou uns poucos flocos de caspa, que flutuaram gentilmente para as ombreiras de seu casaco novo.

— Oi, bonitão. Oi, mãe — disse ela calorosamente. — Corri o caminho todo até Nob Hill.

— Por quê? Alguém estava seguindo você? — perguntou Samuel, tentando fazer média.

— Vou contratar alguém para substituir Rafael — disse Melba, dando uma força ao caso.

— Entre para me ver quando terminar aqui, Samuel — disse Blanche com um sorriso que deixou Samuel encantado.

Ela foi desfilando rumo ao escritório, cumprimentando os fregueses enquanto caminhava, ignorando apenas Maestro Bob, que estava absorvido num livro de espiritualismo. Os olhos de Samuel a seguiram com uma expressão de desespero no rosto.

— Vá. Carregue esse seu esqueleto até lá e bote um pouco de vida nele — ordenou Melba.

Exacalibur sentiu que seu novo amigo estava a ponto de ir embora e tentou segui-lo, mas Melba o agarrou.

— Fique aqui, cachorro idiota. Ele está apaixonado por alguém mais.

* * *

Samuel entrou no pequeno e apinhado escritório, onde terminavam as pretensões de elegância do bar. O lado externo da porta era de mogno polido, tal como a cabine telefônica em frente a ela, mas o interior era feito de compensado e tinha um reforço pregado em diagonal em toda a sua extensão. Uma mola de aço a mantinha fechada. A parede dos fundos tinha caibros verticais e nada a cobria senão o papel alcatroado. Blanche sentava-se em uma cadeira giratória diante de uma escrivaninha, de costas para Samuel. Estava inclinada sobre pilhas de comandas e recibos, iluminados por uma pequena luminária com três círculos de renda cor-de-rosa uniformemente colocadas em torno do quebra-luz. Uma velha cadeira de cozinha junto à escrivaninha e um arquivo de quatro gavetas completavam o mobiliário da sala.

Ele ocupou timidamente o assento vago. A luz suave da luminária só caía sobre mesa, de modo que os rostos de ambos ficaram na penumbra. Uma aragem de seu doce cheiro, de transpiração e sabonete, um aroma que havia sido bloqueado principalmente pelo hábito de fumar, atingiu suas narinas com tanto poder sexual que lhe tirou o fôlego.

— Você se machucou, Samuel? — perguntou ela, apontando para seus dedos.

— Não, só parei de fumar — replicou ele numa voz vacilante.

— Oh, que bom! — exultou ela. — Fumar é um péssimo hábito. Por que a fita adesiva?

Samuel remexeu-se no assento.

— Para parar de roer as unhas. É apenas temporário.

— Talvez você inspire minha mãe a largar o cigarro. Ela o admira, você sabe.

— Não sabia disso — disse Samuel, muito surpreso.

— Sim. Ela está convencida de que você vai ser um repórter famoso. Acha que você é corajoso por investigar a causa da morte de Reginald, depois de quase ter sido morto.

— Bem, tenho outras más notícias — ele deixou escapar. — O Sr. Song, você sabe, o herborista albino sobre o qual lhe falei, diz que a tentativa de matar a mim e ao promotor é apenas a ponta de um iceberg. Faz parte de uma trama muito mais *sinistra*.

— Não me diga!

— Eles pegaram Mathew O'Hara por contrabando. Mas Perkins, o promotor federal, descobriu que mataram Reginald porque ele estava chantageando Xsing Ching, o homem que contrabandeou as obras de arte da China.

— Mathew não é um assassino! — disse ela.

— Eu não falei que era. Ele deu ao promotor uma descrição do gângster de Chinatown. Ele veio até o Camelot para falar com Mathew e sua mãe o viu. Pela descrição, parece muito com o sujeito que empurrou Reginald na frente do ônibus. Ele disse que tinha cuidado de Reginald.

— Puxa. E Reginald chantageava o tal Xsing Ching? — perguntou ela.

— Parece que ele conseguiu milhares de dólares.

— E onde está todo esse dinheiro? — perguntou Blanche, tomando um gole do seu copo d'água. — Quer um pouco? — disse ela distraidamente, empurrando o copo na direção de Samuel.

— Obrigado. — E ele cuidadosamente pousou os lábios onde estiveram os dela. — Encontraram a bolada de Reginald na loja do Sr. Song, mas não ficou claro se era o dinheiro da chantagem.

Blanche ficou calada por um momento e depois sorriu.

— Lembra do filme que você me levou para ver? Aquele em que parecia haver algo errado com o som?

— Como eu poderia esquecer? Foi o nosso primeiro encontro — disse Samuel, grato por ela não poder vê-lo enrubescer novamente. Esperava que ela não recordasse os vexames que ele dera naquela noite. — Os vinte minutos de silêncio foram inéditos na indústria cinematográfica, um retorno aos velhos tempos do cinema mudo.

— Não é a isso que me refiro — disse Blanche. — Minha opinião é que os ladrões queriam roubar dinheiro, por isso foram ao lugar onde ele estava guardado: um cofre. Você tem o mesmo tipo de problema; é como uma adivinhação. Você tem de descobrir onde o chantagista pôs o dinheiro. Onde fica o cofre dele?

— É — disse Samuel, pondo a mão direita com dedos cobertos de fita adesiva no lado do rosto e sentindo o restolho da barba. — Talvez não esteja nem no cofre dele, e sim no de outra pessoa.

— Procure por ele — sugeriu ela.

Samuel não tinha ido ao escritório para falar sobre isso e decidiu que era melhor ser direto.

— Eu gostaria de levá-la para jantar na próxima semana — conseguiu dizer, levantando-se. Permaneceu nas sombras. Blanche girou na sua cadeira e também se levantou. Estavam quase se tocando.

— Eu gostaria — replicou ela.

Samuel imaginou enlaçá-la com os braços, ficar na ponta dos pés e beijá-la apaixonadamente nos lábios. Em vez disso, ele recuou o mais que pôde no espaço exíguo.

— Você pode escolher o restaurante. Posso até levá-la a um vegetariano, onde servem cenouras — brincou ele.

Ela deu meia-volta, agarrou-o pelo casaco, puxou-o para si e o abraçou. Samuel sentiu os joelhos bambos.

— Senti sua falta, Samuel — disse ela, soltando-o tão rapidamente quanto o agarrou. Ele quase caiu.

— Também senti sua falta — gaguejou ele.

— Se fomos jantar, terá de ser antes de quarta-feira. Vou passar alguns dias em Tahoe — disse Blanche.

— Espero que não demore muito — disse ele roucamente, chocado com sua própria audácia. — Que tal às seis na terça-feira? E onde eu pego você? Aqui ou em casa?

— Aqui, tenho de ajudar minha mãe. Ela fica perdida sem Rafael.

Trocaram um aperto de mãos e uma das fitas adesivas espetou Blanche. Samuel abriu a porta de madeira compensada e sentiu-se levitando quando saiu.

* * *

Maestro Bob chamou Samuel quando ele passava e o convidou para sentar-se. Seu enorme bigode de pontas viradas para cima, não mais tingido de preto, o tornava mais velho. Ele pôs o livro sobre espiritualismo perto de uma sacola de papel pardo amarrotada e ergueu seu copo vazio.

— Faz muito tempo que não me consulta, filho.

— Sinto muito, Maestro, andei assoberbado com um negócio muito sério.

— Não me surpreende. Lembre-se de que li suas cartas de tarô.

— O de sempre? — perguntou Samuel.

— Água gasosa, infelizmente — suspirou o sumo sacerdote do oculto.

Samuel foi pegar a bebida e depois instalou-se à mesa. Ainda estava nas nuvens.

— O que tem na sacola? Um petisco?

— De modo algum. Agora sou o orgulhoso dono de um objeto de raro valor: uma bola de cristal. Uma pessoa que se dedica seriamente ao oculto deve possuir muitos recursos.

— Tudo ajuda. O que você pode fazer com uma bola de cristal? — perguntou Samuel, divertido.

— Vou pedir a Melba para nos deixar usar o escritório por um instante. A bola trabalha melhor num local reservado. Isto é, se você está interessado em conhecer seu destino.

— Quanto vai me custar?

— O mesmo que meus outros serviços. Mas, se não tiver, eu lhe darei crédito.

— Não vai ser necessário. Vendi dois anúncios e posso até pagar parte do que devo a Melba.

— Será melhor no escritório. A escuridão atrai os espíritos.

— Melba, podemos usar seu escritório por um instante? — gritou Samuel em direção ao bar.

— Claro — respondeu ela. — Mas não me quebrem nada.

Maestro deixou o livro na mesa com o marcador na página que estava lendo. Ele pegou a sacola de papel e seu copo e seguiu o amigo até o apinhado escritório. Samuel foi até a mesa e acendeu a luminária com as fitas cor-de-rosa no quebra-luz, ainda pensando no seu doce encontro com Blanche que havia ocorrido no mesmo lugar.

— Cenário perfeito — disse Maestro. Ele enfiou as mãos na sacola e puxou uma bola branca alojada numa base circular de madeira.

Samuel começou a rir.

— Só falta a casa e o pinheiro. Esta é uma daquelas bolas de Natal que você sacode e começa a nevar.

— Nem tudo é o que aparenta, meu jovem.

— Quanto tempo isto vai nos tomar?

— Uma pergunta bastante freqüente. Essas coisas não podem ser cronometradas. Vai depender de os espíritos estarem livres e depois se eles querem falar conosco. Se não nos conectarmos, nada cobrarei de você — respondeu Maestro muito sério. Ele pôs a bola de cristal sobre uma peça de seda preta debaixo da luminária acesa.

— Por onde você quer começar?

— Estou empacado — disse Samuel e resumiu os acontecimentos das poucas semanas anteriores. — Quero saber onde procurar por novas pistas.

Maestro começou a murmurar palavras numa antiga língua morta enquanto acariciava a bola branca com seus dedos compridos.

— Os espíritos estão resistentes hoje — disse ele após várias tentativas.

— Resistentes? Como assim?

— Eles não querem nos dar muita coisa.

— Algum dia eles deram alguma coisa, afinal? — perguntou Samuel, irritado.

— Claro. Agora eles só me dão o nome de Mathew O'Hara.

— Mathew O'Hara? — repetiu Samuel.

— Apenas o nome, nada mais. Ah, eles também dizem que sua vida amorosa está melhorando — disse Maestro.

— Isso é certo? Ou foi só porque me viu sair daqui com Blanche?

Samuel vasculhou na sua calça baggy cáqui e entregou a Maestro duas notas amarrotadas. O mágico pôs uma no bolso e devolveu a outra.

— Não fui capaz de ajudá-lo muito — disse ele à guisa de explicação.

— Você pode responder a esta pergunta sem consultar a bola de cristal, já que passou um bocado de tempo neste bar e é um observador arguto. Diga-me: O'Hara e Reginald se conheciam bem um ao outro?

— Eram apenas conhecidos. Às vezes tomavam um drinque juntos, como Mathew fazia com muitos fregueses.

— Acha que Mathew poderia ter ordenado o assassinato de Reginald?

— Não — disse enfaticamente Maestro.

* * *

Para matar o tempo, Samuel começou a tirar as bandagens de seus dedos pouco a pouco, muito embora estivesse longe de controlar sua ânsia de roer as unhas. Ele aguardava no Portão Leste da Prisão de San Quentin. Era um domingo e estava sendo avaliado para poder visitar seu amigo Rafael García. Estava fazia quase uma hora e meia no pequeno prédio junto ao portão de ferro, de pé na fila com outras pessoas que tinham intenções similares. Ele mostrou sua carteira de motorista, preencheu o formulário de frente e verso, foi aprovado e finalmente encaminhado para o prédio de tijolos vermelhos a uma distância de duzentos metros que era pelo menos tão velho quanto a própria prisão.

Uma vez lá dentro, foi relegado a um cubículo com uma larga peça de vidro que separava as visitas dos presos. Era tão arranhada que em alguns lugares não se podia ver o outro lado. Sentou-se numa cadeira de metal onde havia um telefone para preso e visitante se falarem. O cheiro forte de desinfetante e o ranço de fumaça de cigarro permaneciam no ar, criando uma névoa invisível que deixou Samuel tão nauseado quanto daquela vez em que Song o hipnotizara. Quando Rafael chegou do outro lado do vidro, Samuel quase não o reconheceu. O cabelo preto estava cortado e ele usava um bigode. Também recordava dele magro. Agora tinha desenvolvido músculos.

— Andou fazendo halterofilismo? — perguntou Samuel.

— É, alguma coisa para passar o tempo. Não há muita coisa para fazer aqui, por isso tento me manter ocupado.

— Ouvi dizer que você tinha dois empregos e nunca parava.

— Esse sou eu — disse Rafael. — Mas não esqueça: passo aqui as vinte e quatro horas do dia. Nada de esposa, nada de crianças, apenas um bando de vagabundos para aturar.

— Eu lhe trouxe alguns pastéis mexicanos, e *enchiladas* — disse Samuel. — Mas eles não permitem que as visitas tragam qualquer coisa desse tipo, portanto terei um banquete esta noite. Mas aceitaram as novelas românticas que Melba lhe mandou. O guarda vai entregar a você mais tarde.

Rafael ficou vermelho como uma lagosta cozida.

— Não se preocupe — disse Samuel. — Tomei todas as precauções. Ninguém ficará sabendo.

— Obrigado por ter vindo, Samuel.

— Você tem visitas?

— Sim, Sofia e minha mãe vêm sempre.

— Melba mandou lhe dizer que realmente sente sua falta e está esperando você voltar. Você vai ter um emprego tão logo saia — disse Samuel.

— Diga a Melba que realmente aprecio a ajuda financeira que está dando a minha família e Sofia. Estão todos gratos pelas visitas semanais de Melba. Diga a ela que estou estudando para ser enfermeiro, portanto ao sair daqui terei um bom emprego e poderei pagar a ela.

— Duvido que ela espere isso, Rafael — replicou Samuel.

— Bem, é desse jeito que ajo, amigo.

— Como pode estudar aqui?

— O doutor me deixa assistir a todas as consultas e leio bastante acerca de reconhecer e tratar isto ou aquilo. Você ia ficar surpreso ao ver o quanto aprendi. Mas já chega de falar de mim. O que tem feito, Samuel?

— Estive tentando descobrir quem matou Reginald Rockwood. Lembra-se dele?

— Refere-se ao cara que costumava ir ao bar vestido de smoking? O cara atropelado pelo ônibus elétrico?

— Esse mesmo. Alguns gângsteres chineses o empurraram, mas não pudemos descobri-los. Maestro Bob olhou na bola de cristal no outro dia e me disse para investigar Mathew O'Hara.

— Bola de cristal? — riu Rafael.

— Você conhece bem Mathew O'Hara? — perguntou Samuel, não querendo entrar nos métodos de Maestro Bob.

— Não muito bem. Eu apenas o vi no tribunal. Mas ele está vindo para cá na próxima semana para passar parte do verão.

— Para San Quentin? Como você sabe?

— Aqui sabemos de tudo que acontece.

— Sério? Eu soube que ele pegou seis anos, mas não pensava que o mandariam para uma prisão estadual por um delito federal.

— Oh, não, ele não vai ficar. O boato é que ele vai se mudar para o Arizona no mês que vem. Maestro poderia estar certo — disse Rafael.

— Certo sobre o quê?

— Eles se conheciam, o cara do smoking e O'Hara.

— Claro, Reginald vivia no bar e O'Hara sempre aparecia por lá — confirmou Samuel.

— Não, quero dizer que eles eram os melhores amigos do mundo. Uma vez, no ano passado, Melba me mandou entregar umas caixas de bebida no apartamento de O'Hara na Grant Avenue, para uma festa de arromba que ele estava dando. Cheguei tarde lá, quando a festa já tinha começado, e o cara do smoking estava presente, na maior intimidade com O'Hara e uma dama muito classuda.

— É mesmo. Isso pode ser importante. Lembra do endereço?

— Fica na Grant Avenue, 838, 5º andar. Com certeza. Tenho boa memória para coisas desse tipo.

— Quantas vezes você o viu lá?

— Apenas uma vez.

— E por que acha que eram amigos tão chegados? — quis saber Samuel.

— Eles agiam como se fossem amigos de longa data, muito à vontade um com o outro.

— Esse número que você mencionou me parece familiar — disse Samuel, tentando se lembrar de onde tinha visto ou ouvido 838 antes.

O apito soou, indicando que a visita estava encerrada. Samuel despediu-se do mexicano com a promessa de retornar.

* * *

Durante a viagem de volta para São Francisco, Samuel não parou de pensar no endereço na Grant Avenue que Rafael lhe dera. Ativara alguma coisa em sua mente, mas não conseguia identificar o que era. Tão logo chegou em casa, começou a vasculhar suas anotações até que encontrou. O endereço de O'Hara era o número no recorte de jornal que estava enrolado em volta de parte do dinheiro encontrado no jarro de Rockwood guardado na loja do Sr. Song. No dia seguinte tentou localizar Charles por telefone, porém não teve sorte. Então foi vê-lo pessoalmente. Disse à secretária que era urgente e ela o deixou entrar. Charles tinha dois guarda-costas na porta e ficou óbvio que ele ainda estava assustado. Samuel falou sobre a visita e o que soubera através de Rafael.

— Tem certeza de que os números coincidem? — perguntou Charles.

— Verifiquei minhas anotações. Uma vez que Rafael disse ter visto Reginald no apartamento de O'Hara, talvez devêssemos checar os convites da Engel's para ver se alguma coisa aparece — sugeriu Samuel.

— Não é má idéia. O problema é que estou com um processo. Tenho ido ao tribunal nas últimas duas semanas e não me sobra um minuto. — Charles apertou as têmporas com o dedo do meio e o polegar numa tentativa de diminuir o latejar da sua dor de cabeça.

— Isso é importante, cara. Sabia que O'Hara foi mandado para San Quentin?

— Não vai ficar lá muito tempo.

— Se conseguirmos nova informação sobre a ligação deles, podemos interrogá-lo antes que vá para outro estado. Se for para o sistema federal, não estará disponível sem uma disputa — disse Samuel.

Charles tirou os óculos, fechou os olhos e coçou o alto do nariz. Estava muito cansado.

— Eis aqui o plano: você vai à sala de provas e verifica as coisas da Engel's para ver se há alguma coisa interessante que deixamos escapar. Se descobrir uma ligação com O'Hara, podemos ir lá e interrogá-lo antes que se vá.

— Quando posso dar uma olhada nisso? — perguntou Samuel.

— Providenciarei para que seja agora mesmo — disse Charles, pegando o telefone.

Logo um delegado federal apareceu à porta e o promotor deu ordem para que levasse Samuel à sala de provas a fim de que examinasse alguns arquivos sem levar nada.

— Apenas anote o que descobrir e fale comigo — disse para Samuel, dispensando-o.

O delegado levou Samuel até o compartimento gradeado onde ficavam as provas, que era uma ampla sala com prateleiras metálicas que iam do chão ao teto, com números e nomes colocados em lugares visíveis para que os arquivos pudessem ser facilmente encontrados. O delegado consultou um fichário e procurou o nome Rockwood, depois seguiu até a prateleira correspondente, retirou três caixas e as colocou sobre a mesa de metal no centro da sala.

Samuel vasculhou a pasta marcada com AS MIL ERVAS CHINESAS DO SR. SONG até encontrar o recorte de jornal que havia sido enrolado em volta do dinheiro de Reginald. Nele viu o número 838. Comparou-o com o que estava impresso nos outros convites na caixa de sapatos trazida da Engel's. Verificou o que havia previsto; o número 838 estava gravado exatamente no mesmo tamanho e estilo das centenas de convites que tinha visto vários meses antes.

Continuou mexendo na caixa metodicamente, mas não viu nenhum convite com o nome ou o endereço de Mathew O'Hara, o que o deixou intrigado. Concluiu que o número 838 no mesmo estilo significava que um convite provavelmente no mesmo estilo existia em algum lugar, mas onde?

Não havia mais nada a fazer ali. Ele agradeceu ao delegado e foi para o Camelot.

* * *

No dia seguinte, ele estava na Engel's antes mesmo que abrisse e teve de esperar por 15 minutos. O metódico Sr. Engel foi quem chegou para abrir a porta da frente. Samuel aproximou-se dele.

— Lembra-se de mim, senhor? Sou Samuel Hamilton.

O homem semicerrou os olhos ao sol e protegeu-os com a mão direita, tentando identificá-lo.

— O nome não me ocorre. Em que posso ajudá-lo?

— Estive aqui meses atrás investigando seu funcionário Reginald Rockwood. Posso lhe fazer algumas perguntas?

Estavam agora na área de recepção.

— Vocês chegaram a alguma conclusão sobre o que aconteceu com aquele jovem desafortunado?

— Estamos a caminho, senhor — disse Samuel.

— Não estou certo de que possa ser de alguma ajuda para vocês. Os federais levaram tudo relacionado ao Sr. Rockwood.

— Sei disso, mas há uma peça do quebra-cabeças faltando, e é por isso que estou aqui.

— Bem, seja breve — disse o Sr. Engel. — Tenho um dia trabalhoso pela frente.

— Estou procurando um convite para uma festa no apartamento do Sr. O'Hara no número 838 da Grant Avenue. Pode olhar nos seus arquivos e ver se ainda tem um?

— Em geral eu não daria esse tipo de informação, mas sei quem você é e o que está tentando fazer, portanto venha comigo.

Deixaram para trás os quadros de Piranesi e desceram um longo corredor até uma porta de carvalho com um vidro gravado em água-forte na metade superior. Engel abriu a porta e deixou Samuel entrar primeiro. Uma parede da sala estava repleta de fichários da mesma cor da porta. Do outro lado da sala, havia uma mesa e três cadeiras.

O Sr. Engel foi até um fichário e procurou entre os documentos.

— Aqui está. — Ele puxou o que estava envolto numa capa de plástico e pôs na mesa para Samuel examinar. Estava escrito:

Grant Avenue, 838, 5º andar, São Francisco

Mathew O'Hara cordialmente convida para um coquetel exclusivo em homenagem a Xsing Ching, renomado especialista em arte oriental, que está visitando o país em uma viagem de palestras.

Quinta-feira, 10 de junho de 1960, das seis às nove da noite RSVP. Tel. 4-1878

— Raios me partam — disse Samuel. — Então eles se conheciam antes mesmo de tudo isso começar!

— Como disse? — perguntou o Sr. Engel.

— Posso levar isto? — replicou Samuel.

— Receio que não. Este é o único registro que tenho da transação — disse o Sr. Engel com firmeza.

— Tudo bem, mas não deixe nada acontecer com ele — replicou Samuel.

— Aqui no meu estabelecimento isso nunca ocorrerá.

— Eu me sentiria mais tranqüilo se o senhor tirasse do arquivo e o deixasse trancado — disse Samuel. — Pode ser importante.

— Tudo bem — disse o Sr. Engel. — Eu o trancarei. Há algo mais que eu possa fazer por você? — perguntou com um sorriso impaciente porém polido.

— Não, já me deu mais do que eu esperava — disse Samuel.

Capítulo 16

Rafael e Mathew

MATHEW O'HARA ESTAVA acostumado às coisas boas da vida, a estar cercado por um séquito de bajuladores e a conseguir tudo que queria; não exatamente as amenidades que San Quentin oferecia. Tudo o que tinha era a melancolia e um número, sozinho numa cela. Estava no mesmo piso e na mesma galeria de Rafael, mas ficava semi-isolado dos outros detentos. O guarda no passadiço acima tocou a campainha e o que acompanhava Mathew ergueu a barra e abriu a portinhola.

— Você tem um quarto particular, como num hotel — brincou o guarda.

— Por quê?

— Porque você é mercadoria importante. Se algum desses caras descobrisse onde você está, não poderíamos garantir sua segurança. Neste aqui temos algum controle sobre quem possa querer pegar você — disse o guarda musculoso.

Mathew se retraiu.

— Acha que tem alguém aqui querendo me apagar?

— Eu não me surpreenderia — disse o guarda. — É um mundo diferente daquele com que estava acostumado.

— Mas você sabe de alguma ameaça específica? — insistiu Mathew.

— Não que eu saiba. — Ele voltou à sua lista do "confere", depois bateu a portinhola e baixou a barra de aço e Mathew foi deixado sozinho com seus pensamentos.

O cheiro de comida pairava através da galeria e as narinas de Mathew tremeram e seu estômago roncou. Ele se deu conta de que estava faminto e especulou quando seria a hora de comer e o que iriam servir. Tinha um estômago delicado e cuidava do seu peso. Podia ouvir os ruídos dos prisioneiros conversando, cantando e gritando, misturados com o bater de portas das celas, tudo tornado mais alto pelo tamanho cavernoso do prédio.

Que merda de confusão, pensou. Disseram-lhe que só ficaria em San Quentin por cerca de uma semana, mas ele só se deu conta da fria que era quando chegou lá. Parecia que ia durar muito tempo. Ele nunca imaginou que seria lançado num cubículo com apenas um catre dobrável, uma mesa de metal e uma cadeira, um vaso sem assento e uma chapa de aço à guisa de espelho.

Vinte e três horas por dia naquela pocilga "para sua própria segurança". Sabia que era levado para fora por uma hora, às cinco da tarde, mas não tinha meio de saber as horas. Desenganchou as correntes que prendiam o catre à parede, baixou-o e sentou-se no colchão nu, olhando para o lençol e o único cobertor cinza que jaziam sobre a mesa. Notou a ironia das listras das roupas de cama correndo perpendiculares às barras da cela. Tentou calcular a hora pela posição das sombras no chão, mas em vão.

* * *

O tempo passou lentamente para Mathew O'Hara até que afinal ouviu a barra sendo erguida. A porta se abriu e dois guardas entraram na cela.

— Venha conosco, é hora de exercício — ordenou um deles.

Algemado e escoltado entre eles, Mathew foi conduzido ao longo de corredores compridos, através de portas gradeadas e trancadas e depois empurrado para um pátio de uns 60m². Nos dois lados, um dando para a baía ao sul, e o outro para a Ponte Richmond a leste, havia cercas de alambrado com arame farpado encaracolado no topo delas. A oeste havia um paredão de blocos de concreto cinza com cerca de três metros de altura. De onde estava Mathew não podia ver o outro lado, mas imaginava que tinha de ser o pátio de exercícios para os demais prisioneiros da galeria. Podia ouvir um coro de vozes vindo daquela direção. Uma torre de guarda avultava ao sul, do outro lado da cerca de alambrado. Dois homens empunhando fuzis estavam dentro de uma pequena guarita de vidro. As algemas de Mathew foram retiradas.

Mathew contou cinco homens a fazer-lhe companhia no pátio e presumiu que estavam separados por motivos de segurança máxima. Eles caminhavam em círculo ou se exercitavam calados, sob o olhar dos guardas. Nenhum percebeu sua presença. Ele inspirou fundo. Não estivera ao ar livre por quase dois meses e sentia falta disso. Fazia-lhe bem. Pensou no seu barco, nas preguiçosas manhãs velejando pela baía e na sua casa de praia em Stinson. A tarde era ventosa e ele podia ver ondas de crista espumosa na baía através da cerca e do arame farpado. Observou cargueiros navegando para o norte debaixo da ponte a caminho de portos tão distantes quanto Sacramento e Stockton, e pequenos barcos pesqueiros chegando do sul de volta do Delta, abarrotados de esturjão e espadarte para os mercados de peixe de São Francisco.

O sol ainda estava a razoável distância do cume do monte Tamalpais e o ar era fresco e revigorante. Ele caminhou lentamente em volta do perímetro do pequeno pátio, no sentido horário, primeiro junto às cercas de modo que pudesse apreciar o sol e a brisa. A parte perto do paredão de três metros ficava na sombra e assim, quando o atravessou, ele moveu-se mais rapidamente. Repetiu o círculo quatro vezes, acelerando o passo. Finalmente, podia esticar as pernas. Começou a correr, erguendo os joelhos e enchendo os pulmões de ar. Ele não sabia se era permitido conversar, por isso nem olhou para os outros prisioneiros ao passar por eles.

Na quinta volta, quando estava se aproximando do paredão, houve uma súbita e alta explosão que fez o solo estremecer. Mathew não teve tempo de entender o que havia acontecido. A força da onda o ergueu e arremessou para trás vários metros. Ele voou em meio a blocos do paredão que pareciam se desintegrar como se estivessem em câmera lenta. Pousou e o entulho caiu ao redor, soterrando-o. Uma nuvem de poeira cobriu o pátio. Não ouviu gritos, não sentiu qualquer dor e não tentou se mover. Não havia ar suficiente para respirar. Fechou os olhos e mergulhou na escuridão.

Quando a poeira começou a baixar, ele foi engolfado por um silêncio soturno como no fundo do mar. Jazia ali semiconsciente e apático. Devo estar morto, pensou, com uma espécie de fascinação. Mas deu-se conta de que podia abrir os olhos e sentir a boca cheia de fragmentos de concreto.

Não ouvia as sirenes, os tiros ou gritos, porque a explosão o deixou apático e temporariamente surdo. Abriu a boca e tentou gritar, mas pareceu que nenhum som saía de seus lábios. Estou morto, ele repetia, mas então uma dor lancinante no lado esquerdo de seu corpo devolveu-lhe alguma lucidez. E se lembrou disso como num sonho: a prisão, o pátio, o paredão. Com um esforço hercúleo, conseguiu mover a cabeça e erguer os ombros para fora do entulho, mas não conseguiu mexer o restante do corpo. A essa altura ele viu a parte inferior da perna esquerda. Estava retorcida num ângulo impossível, com dois ossos se projetando e sangue escorrendo da ferida aberta. Vou sangrar até a morte, pensou com indiferença. Desmaiou de novo.

O inferno se instalou na prisão. Mais tarde iriam descobrir que um míssil havia sido disparado de algum lugar na Torre Oeste. Mas naqueles primeiros momentos ninguém sabia o que acontecera, ou o que fazer. Vários guardas corriam numa total confusão, gritando ordens que ninguém seguia, enquanto aqueles ao sul da cerca de alambrado, não envolvidos na explosão, saíram da sua plataforma e começaram a disparar para o ar, pensando que aquilo de algum modo poderia restaurar a ordem, mas que só serviu para aumentar o caos. Eles olharam na direção da torre a oeste, supondo que a coisa que atingira o paredão viera dali, mas a reação deles se resumiu a isso. Se um guarda de outra torre tivesse disparado alguma coisa, eles pensaram, deveria haver uma boa razão.

Rafael, que estivera fazendo seus exercícios do outro lado do paredão, foi um dos primeiros a reagir. Abriu caminho na pilha de destroços e entrou no outro pátio. Viu cinco prisioneiros e dois guardas que estavam começando a se levantar depois de terem sido derrubados pela explosão e percebeu que não estavam feridos. Então notou o homem esmagado debaixo do entulho e a enxurrada de sangue escorrendo dele. Frenético, começou a jogar entulho para um lado a fim de libertá-lo.

Quando percebeu que podia retirar o homem ferido, Rafael reconheceu, para seu espanto, que era seu ex-patrão, Mathew O'Hara. Bastou uma olhada para perceber que ele precisava com urgência de primeiros socorros. Viu que o sangue escorria de sua perna num ritmo que avaliava ser o do batimento cardíaco de um ser humano. A artéria parecia ter sido cortada. Tentou parar o sangramento com os dedos, mas ficou imediatamente óbvio que era necessário um torniquete. Sem hesitar, ele rasgou a própria camisa, improvisou um e tentou reduzir o sangramento pressionando a ferida com o pé. Enrolou o tecido em torno da coxa de Mathew e torceu. O fluxo de sangue diminuiu mas não parou. Por sobre o ombro ele viu seu colega de cela, que, como ele próprio, tinha vindo do outro pátio.

— Pancho, *ayúdame*! Este cara está morrendo.

— O que quer que eu faça, *carnal*?

— Arranje um pedaço de pau! Preciso apertar o torniquete! Depressa, *vato*!

Pancho assobiou e dois outros mexicanos apareceram nos escombros.

— Cortem um pedaço de lenha, de uns quinze centímetros! — ordenou Pancho, medindo o tamanho com as mãos.

Um dos homens olhou em volta, viu que estava fora de visão da torre, e puxou um estilete do bolso da calça. Foi até uma das mesas de piquenique. Enquanto o outro o protegia para que não fosse visto, ele cortou um pedaço da madeira da mesa e devolveu o estilete ao bolso. Jogou a madeira para Pancho, que o pegou em pleno ar e correu com ela para Rafael. Ele então ajudou Rafael, que inseriu o pedaço de madeira na tira de camisa e o retorceu até o sangramento parar. Rafael percebeu que Mathew estava em choque e começou a sacudi-lo e estapeá-lo.

— Acorde, Sr. O'Hara! Faça um esforço! Vamos! Pancho, vá pedir ajuda! — gritou e Pancho correu.

Finalmente o homem ferido abriu as pálpebras. Seus olhos pareciam apáticos e vidrados no rosto coberto de poeira. Ele gritou de dor.

— Está chegando ajuda — disse Rafael, mas mesmo se Mathew pudesse ouvir não teria entendido as palavras. Estava tonto demais.

Apenas uns poucos minutos tinham se passado, mas já havia guardas armados em ambos os pátios, gritando para os detentos recuarem. Um deles se aproximou de Rafael e apontou a arma para sua cabeça.

— Não me ouviu, seu puto? Levante as mãos!

— Não posso largar o torniquete, senhor. Este homem precisa de ajuda imediata — tentou explicar.

— Porra, você não me ouviu? — gritou o guarda, dando-lhe um chute no traseiro e jogando-o em cima de Mathew.

— Deixe-o em paz — soou uma voz de um alto-falante da Torre Sul. — Ele é a única ajuda que temos no momento para o prisioneiro ferido.

O guarda recuou, ainda apontando a arma. Rafael, novamente ajoelhado, percebeu um ar inexpressivo e assustado nos olhos do homem, algo que reconheceu devido à sua experiência nas ruas de seu bairro turbulento. Isso significava que qualquer coisa podia acabar com o delicado equilíbrio no qual se encontravam e ele começar a ser alvejado. Os outros prisioneiros do lado de Rafael no pátio também perceberam isso e começaram a se deslocar em massa na direção do portão da galeria para entrar antes que um dos guardas perdesse o controle.

Nesse momento, da multidão, uma faca veio voando arremessada por mão perita que ninguém viu, indo em direção de Mathew e Rafael. Talvez Rafael tivesse visto o metal reluzindo no ar, ou então agiu por puro instinto. Sem pensar, numa fração de segundo, moveu-se à frente e a faca o atingiu no pescoço. Ele caiu de novo em cima de Mathew.

A ação foi tão rápida e silenciosa que vários segundos se passaram antes que alguém reagisse. O guarda junto a Rafael o viu cair e hesitou, confuso. Inclinou-se sobre ele e viu a faca em seu pescoço. Moveu Rafael com o joelho e só então percebeu que ele estava morto. O guarda praguejou e, num gesto automático, pressionou o gatilho da arma. As balas penetraram no solo, erguendo fragmentos de asfalto e concreto.

O pânico irrompeu no pátio da prisão. Os detentos correram para alcançar o edifício, em completa desordem. Os guardas os chutavam e golpeavam com os canos das armas, enquanto os alto-falantes berravam para que ficassem imóveis e levantassem as mãos. Ninguém se recusou. Todos os alarmes foram acionados e uma fileira de homens em equipamento de combate surgiu do prédio e ocupou o pátio, golpeando à esquerda e à direita com cassetetes. Vários deles correram até Rafael e Mathew.

— O que aconteceu? — perguntou um sargento.

— Não sei de porra nenhuma — replicou o pálido guarda.

Por fim a equipe médica chegou. Mathew O'Hara estava inconsciente. Ninguém imaginava que seu empregado mexicano lhe salvara a vida duas vezes num intervalo de 15 minutos.

* * *

Mathew ficou no hospital por várias semanas antes de recuperar a consciência, entorpecido pelos medicamentos e pairando entre a vida e a morte. Depois, ainda havia a possibilidade de perder a perna. Concreto pulverizado contaminara os ferimentos e havia grave dano vascular às fraturas. Mas a equipe médica do Hospital Geral de São Francisco de plantão na enfermaria do presídio, para onde ele foi levado, incluía uma médica descendente de japoneses que assumiu o caso dele como um desafio pessoal. Ela queria provar a seus colegas que era tão boa quanto o melhor deles. Durante a Segunda Guerra Mundial, passara quatro de seus anos de adolescência em um campo de concentração para nipo-americanos. Quando tudo mais fracassou, ocorreu-lhe a idéia de usar gusanos para combater a gangrena que se havia instalado, e depois lixiviadores para limpar o sangue coagulado.

A equipe médica havia fixado internamente as fraturas com placas e parafusos de aço, mas não puderam fechar o ferimento porque não havia tecido vivo em torno dele. Enquanto os outros médicos falavam em amputação, ela insistia numa técnica de enxerto para evitar osteomielite.

Três semanas depois, o ortopedista-chefe pôde realizar uma cirurgia para reconstrução da perna machucada, na qual a perna boa de Mathew foi aberta com um bisturi na panturrilha e ligada cirurgicamente à parte ferida da perna quebrada. Era esperado que, após cerca de seis semanas, os tecidos das pernas se fundissem; então uma nova cirurgia seria feita, cortando da panturrilha a parte que tinha se unido ao local lesionado, literalmente transplantando-a. Depois seriam necessários apenas enxertos de pele.

Neste ponto do tratamento, Charles Perkins e Samuel Hamilton foram visitar Mathew. Um delegado federal armado escoltou-os até o quarto com grades nas janelas no sexto andar. Mathew tinha ambas as pernas elevadas por um sistema de roldanas, a direita cruzada no topo da tíbia esquerda, onde as pernas foram suturadas juntas, ambas cobertas por bandagens. Uma enfermeira estava massageando as pernas e os pés de Mathew, numa tentativa de estimular a circulação, quando as visitas entraram.

— Cavalheiros — saudou Mathew.

— Sr. O'Hara — responderam Samuel e Charles em uníssono.

— Aposto que pensaram que nunca mais me veriam vivo, hã? — disse Mathew com nítido esforço.

Samuel só o conhecia ligeiramente do Camelot, mas notou que o homem havia perdido um bocado de peso; suas faces estavam afundadas, a pele descorada, e o cabelo estava crescendo sem o corte padrão carcerário, como capim fora de controle. Restava muito pouco do homem bonito e confiante que tinha sido.

— Sou Samuel Hamilton, cliente do bar, embora agora eu beba principalmente soda — foi como ele se apresentou.

— Melba me falou sobre você.

A enfermeira ajustou os travesseiros para aprumá-lo e saiu do quarto.

— O Sr. Hamilton está comigo — explicou Charles. — Está me ajudando a coordenar a investigação. Ele fornece uma visão de leigo.

— Entendo.

— Pode falar abertamente na frente dele com nosso habitual entendimento de que tudo que diz é confidencial — acrescentou Charles.

— Muito bem. Mas primeiro deveria me dizer por que quase fui morto em San Quentin.

— Recebemos informação de que foi uma operação chinesa, mas não temos certeza sobre as circunstâncias — admitiu Charles. — Como você provavelmente já sabe, a explosão foi causada por um homem que disparou uma bazuca de uma das torres. Ele não agiu por conta própria; era parte de um plano muito bem elaborado. Mas você sabe como é difícil fazer com que prisioneiros abram o bico. O homem que pensamos ter arremessado a faca foi encontrado estrangulado no dia seguinte em um dos banheiros.

— Que faca? Do que está falando?

— Você não sabe que Rafael García, o seu ex-zelador, foi morto por uma faca arremessada da multidão de detentos enquanto ele o socorria? — perguntou Samuel.

— Não é o que disseram! Pensei que fosse uma briga entre os detentos. Você diz que ele salvou minha vida?

— Primeiro ele o puxou dos escombros e estancou o sangramento em sua perna. Depois se colocou entre você e a faca.

— Ah, meu Deus. Ele fez isso por mim? — murmurou Mathew, profundamente comovido.

Charles, ansioso por obter informação, continuou:

— Alguém, ainda não sabemos quem, subornou um guarda da prisão para permitir o acesso de um detento à Torre Oeste. De lá, ele disparou a bazuca no paredão quando você estava atrás dele. Sabemos disso porque o guarda idiota pôs o dinheiro em sua própria conta bancária. Infelizmente, isso não significa muito, porque foi tudo em dinheiro vivo. Estamos verificando os números de série e talvez impressões digitais. A única coisa que o guarda foi capaz de nos contar é que um chinês com o rosto horrivelmente marcado de cicatrizes, que achamos ser Dong Wong, deu-lhe o dinheiro e as instruções. Ele o identificou por fotos do arquivo da polícia, mas não soube nos dizer onde encontrá-lo.

— Esse guarda está fodido, ele é cúmplice de assassinato — acrescentou Samuel.

— Ele já nos contou tudo o que sabe — disse Charles. — Esses criminosos têm muito boa informação de como a prisão é dirigida, e quem são os guardas e a rotina de plantões. Sabiam a quem subornar.

— Conheço o chinês com o rosto marcado. Foi ele quem me disse que tinham eliminado Reginald por chantagear Xsing Ching — disse Mathew.

— Fico contente por ter mencionado isso — disse Samuel. — Visitei Rafael apenas duas semanas antes de sua morte, e ele me disse que entregou bebida em seu apartamento na Grant Avenue, no ano passado, e viu Reginald lá numa festa para esse Xsing Ching. Ele achou que você e Reginald eram velhos amigos.

— É verdade que Reginald estava naquela festa, agora que penso a respeito — admitiu Mathew. — Mas não estou certo de como ele apareceu na festa, a não ser que eu tenha mencionado a ele uma noite no bar. Você sabe que ele passava um bocado de tempo no Camelot e eu lhe pagava um drinque de vez em quando — disse Mathew.

— Rafael também disse que ele parecia muito íntimo de uma linda mulher na festa — insistiu Samuel.

— Você se refere a Virginia. Ela trabalhava para mim.

— A verdadeira pergunta é: qual era o relacionamento entre você, Reginald e essa Virginia?

— Já lhe disse, Virginia trabalhava para mim — repetiu um cansado Mathew. — E, pelo que sei, não havia nenhum relacionamento entre Reginald e ela. Não me lembro deles nem sequer conversando naquela festa ou em qualquer outra ocasião.

— Há uma coisa que não entendemos. Sua ligação com Xsing Ching nos remete a um passado longínquo, não é? — perguntou Charles. — Vocês se conhecem há muito tempo.

— Bastante tempo — replicou Mathew. — Trabalhei com ele por um bom tempo para obter aquelas obras de arte. Olhem, estou muito cansado. Podemos continuar amanhã?

Charles não podia dizer se Mathew escondia alguma coisa ou se estava meio drogado pelos medicamentos. Não parecia fazer muito sentido forçá-lo, portanto decidiram que estavam perdendo tempo.

— Está certo — disse Charles. — Só mais duas perguntas. Não acha que Xsing Ching ficou chateado com você por ter perdido as peças de arte para o governo federal?

— Tenho certeza que sim — disse Mathew.

— Chateado o bastante para tentar matá-lo por vingança?

— Pelo que soube sobre o que foi feito com Reginald e tudo que aconteceu desde então, há uma boa probabilidade. É sério, não posso continuar — acrescentou, deslizando a cabeça e os ombros de volta aos três travesseiros.

— Voltaremos daqui a uns dias. Descanse bem — disse Charles, conduzindo Samuel para a porta.

Capítulo 17

Samuel assume

Samuel lamentou tanto a morte de Rafael quanto as de Reginald e Louie. Visitou várias vezes a família, a viúva e o bebê, a mãe inconsolável e os irmãos, percebendo o quanto Rafael tinha sido importante em suas vidas. O pesar daquelas pessoas produziu-lhe uma triste sensação de impotência; ele não sabia como ajudar àquela gente. Além do mais, sentia-se culpado porque suspeitava de que sua intervenção provocara a morte de Rafael. Sua curiosidade tinha detonado uma reação em cadeia. Ele ligou os dois gângsteres que tentaram matar ele e Charles ao detento chinês que atirou a faca em Rafael. Parecia óbvio que eles pertenciam à mesma organização.

Naquela noite, muito deprimido, foi ao Camelot contar suas dúvidas para Melba.

— Estou cercado de mortos, Melba.

— Acho que isso traz de volta más recordações. Refiro-me aos seus pais. Não acho que algum dia vai esquecer a morte trágica deles.

— Poderia ser.

— Você passou uma fase dura, filho.

— Descobri com Rafael algo sobre você, Melba, quando fui visitá-lo em San Quentin. Disse que você estava ajudando a família dele.

— Isso fica entre nós, meu chapa, não é para consumo público! — ordenou ela com sua voz áspera de uísque.

— Só quis dizer que eu gostaria de ajudar também, mas estou sempre duro.

— A família precisa de mais do que apenas dinheiro. Sua amizade os ajudará bastante.

— Só queria que você soubesse que estou aqui para ajudar também.

Ela se levantou e se dirigiu rapidamente ao banheiro. Samuel achou ter visto lágrimas descendo por suas faces, mas descartou a idéia absurda. A única coisa que podia fazer Melba chorar era uma cebola.

Ele olhou confuso pela janela na direção da baía enquanto Excalibur vinha para o seu lado. Ausente, Samuel começou a coçar a cabeça do cachorro. Quando Melba retornou, vários minutos depois, percebeu onde Excalibur estava e chamou o vira-lata com sua voz grave.

— Deixe-o ficar — disse Samuel. — Estou ficando acostumado com as pulgas.

— O tempo cura todas as feridas, filho. Rafael era um grande sujeito e sentiremos falta dele. Agora é hora de ajudar sua família.

— Isso já foi longe demais. Reginald foi só o começo. Depois foram dois inocentes, Louie e Rafael, que nada tinham a ver com tudo isso. E podia ter sido Mathew O'Hara, bem como Charles e eu.

— Parece que tudo está ligado — admitiu Melba. — Está claro que vocês ainda não encontraram a peça central do quebra-cabeça.

— Tenho um palpite de onde procurar o que está faltando. Ganhei algum tempo para pensar a respeito. Fui despedido, sabia? A verdade é que sou um péssimo vendedor de classificados.

— Sinto muito, cara.

— Sempre detestei aquele emprego de merda. Não trabalhar não melhora a minha depressão, mas, honestamente, tudo em que penso é neste caso.

— O que vai fazer?

— Ficar de olho no Sr. Song, é isso que vou fazer. Acho que é onde encontraremos a pista que estamos procurando. Mais cedo ou mais tarde, alguém interessado está fadado a aparecer por lá.

Melba observou Samuel ainda coçando o cachorro, que não poderia estar mais feliz. Ele estava agitando o traseiro sem rabo e piscando os olhos em êxtase.

— Não se preocupe com comida. Você sempre pode comer aqui.

— Muito obrigado. Tentarei não tirar vantagem. Felizmente, meu senhorio é também um bom sujeito. Ele me dará algum prazo no aluguel. Assim, parece que serei capaz de sobreviver por algum tempo.

— Você pode vir e ajudar na limpeza à noite, como Rafael fazia. Seria algum dinheiro extra. E você verá Blanche com mais freqüência — ofereceu Melba.

* * *

Perder o emprego foi um alívio, mas ele não pôde evitar a sensação de que era um perdedor. Não havia nenhuma razão para Blanche algum dia se interessar por ele. Por que ela o abraçara aquela vez no escritório de Melba? O encontro no restaurante vegetariano tinha sido muito bom, mas não fez progredir seu plano de conquistá-la. Ele não tomara um único drinque, e Blanche notou isso mas não disse nada.

Embora não estivesse fazendo muito progresso com a jovem, seu relacionamento com Excalibur estava maravilhoso. O cão o seguia por toda parte quando ele estava de serviço no bar e Samuel aprendeu a depender dessa presença constante atrás dele, que nem uma sombra. O trabalho físico de estocar bebida e a companhia do vira-lata operaram milagres em sua depressão. Não pôde acreditar quando se viu explicando ao cachorro suas preocupações existenciais e suas idéias sobre o caso. Não podia mais chamá-lo de "O Caso Reginald Rockwood" porque isso agora envolvia três pessoas mortas. Era *sinistro*, como o herborista chinês albino tinha definido.

Fez um resumo de sua vida e se deu conta de que sempre tinha sido um solitário desde a infância no Nebraska, todo o percurso através dos dois anos em Stanford e seu monótono e desesperado emprego de vendedor de classificados no jornal. Gradualmente percebeu que não gostava de seu isolamento. O que ficou evidente para ele quando visitava a família de Rafael.

Ele começou a aparecer no bar, mesmo quando não estava trabalhando, para pegar o cachorro e levá-lo para passear em Chinatown. Um dia, num mercado, descobriu que a visão de peixe fascinava Excalibur, portanto comprou-lhe um peixe tropical listrado que ficava numa vasilha de vidro. O cão passava tantas horas intensas com o focinho pressionado contra o vidro, vendo o peixe nadar em círculos, que ele morreu de susto. Após substituí-lo três vezes, Samuel decidiu que Excalibur teria de olhar para uma cenoura na vasilha. O vira-lata pulguento, que lembrava um airedale, e o vendedor de classificados fracassado com o cabelo ruivo rareando formavam uma dupla bastante pitoresca.

*   *   *

Samuel foi até a rua onde o Sr. Song tinha sua loja. Ele havia caminhado pela vizinhança usando óculos como disfarce e Excalibur como companhia. Descobriu vários lugares onde podia se postar para observar, entre os quais uma lavanderia onde lavava suas roupas enquanto espiava para ver se não se transformavam em farrapos. Também usava um decadente restaurante chinês chamado Won Ton Café, numa esquina do outro lado da rua do Sr. Song.

O nome do estabelecimento estava pintado no interior da janela de vidro laminado sujo de mosca, em letras vermelhas de trinta centímetros de altura circundados por uma borda amarela. Lá dentro, acima do nome, estavam quatro lanternas chinesas cor-de-rosa desbotadas, com luzes acesas em apenas duas delas. Através da janela ele pôde ver três mesas, uma das quais dava-lhe a visão que queria. Imaginou que se não se mostrasse evidente demais e se viesse em diferentes horas do dia enquanto a loja do Sr. Song se encontrasse aberta, poderia levar a cabo seu objetivo de ficar de olho naqueles que entravam e saíam. Como o cardápio colocado à porta era barato, ele também podia pagar pela comida gordurosa que era oferecida. Na primeira vez em que entrou, ele esbarrou na aglomeração à porta e o proprietário pensou que fosse cego.

— O senhor não enxerga? — perguntou ele, iludido pelo cachorro e os óculos escuros.

Isso levou Samuel a imaginar por um segundo que havia uma certa vantagem nesta confusão.

— Bem, enxergo muito pouco, quase nada, na verdade. Este é um cão-guia — disse, sorrindo timidamente por trás dos óculos escuros.

— Bem, sente-se aqui — disse ele e conduziu Samuel pelo cotovelo até um canto escuro do café.

— Não, não, o cachorro precisa da luz — disse Samuel, apontando para uma das mesas em frente à janela de vidro laminado.

Ele pensou que tinha estragado seu disfarce porque o homem pareceu cético, mas ele levou Samuel e o cachorro para perto da janela. Entregou-lhe um cardápio escrito em chinês e deu-lhe uma breve explicação num inglês precário sobre cada prato. Samuel fingiu que não podia ver.

— Temos o Won Ton especial — ofereceu o proprietário.

— Sim, vou querer o especial e um pouco de chá verde.

Nos dias que se seguiram, o Won Ton Café foi perfeito para o que Samuel tinha em mente. Almoçava lá todo dia, fazendo o prato que pedia durar o máximo possível, escondido atrás dos óculos escuros. A gordura na comida se solidificava numa grossa camada que era quase impossível engolir. Felizmente, ele não teve de esperar muito tempo. Numa tarde por volta das duas horas, quando ele calculava que não poderia esticar o almoço por mais tempo e estava prestes a pagar a conta, um chinês maneta apareceu do nada no meio do Won Ton Café. Samuel estava certo de que não o tinha visto entrar. Supôs que havia uma porta dos fundos que dava acesso à cozinha. Reparou nele de imediato porque achava que já o tinha visto antes. A princípio não conseguiu situá-lo, mas depois se lembrou de onde: no funeral de Louie. Ele o tinha visto em cima de um caixote de laranja e mais tarde, quando mencionara isso a Charles, este lhe dissera que a descrição combinava com Fu Fung Fat, o criado de Virginia Dimitri, alguém que Charles interrogara após a prisão de Mathew. O maneta cumprimentou o proprietário mas não se sentou para comer. Saiu imediatamente, atravessou a rua e entrou na AS MIL ERVAS CHINESAS DO SR. SONG.

Samuel estava no lugar perfeito para conseguir o que queria. Podia ver o homem falando com o Sr. Song atrás do balcão. O sol fornecia bastante luz para o interior da loja, por isso ele teve uma idéia do que estava ocorrendo. O maneta passou alguma coisa ao Sr. Song, sem dúvida um tíquete. O albino procurou no seu enorme molho de chaves e o assistente subiu na escada e retornou com um jarro. O maneta o levou para trás da cortina de contas e voltou com ele em poucos minutos. Falou brevemente com o Sr. Song, que colocou o jarro debaixo do balcão. Samuel presumiu que estivesse vazio, porque em outras ocasiões o cliente esperava até que o jarro retornasse ao seu lugar na parede e fosse trancado pelo assistente antes de sair.

Fu Fung Fat deixou a loja, atravessou a rua com um volumoso pacote que mal podia carregar e, para surpresa de Samuel, voltou para o Won Ton Café. Mas em vez de sentar-se a uma mesa, foi para trás da cortina de oleado azul nos fundos. Samuel presumiu que tinha ido ao banheiro, mas quando ele não retornou após meia hora, deu-se conta de que não ia voltar. Chamou o proprietário.

— Quer pagar? — perguntou ele.

— Sim, mas primeiro preciso usar seu banheiro — disse Samuel, levantando-se com inépcia exagerada.

— Lá atrás. — Mas ele imediatamente lembrou-se de que o freguês era quase cego, então o pegou pelo braço e conduziu através da cortina. Excalibur aprendera a andar na frente do suposto cego.

Viram-se num corredor comprido e mal iluminado com várias portas fechadas, cada qual pintada com uma berrante cor verde-papagaio. Havia sujeira acumulada nas maçanetas. O odor de gordura e privadas sem asseio era nauseante. Samuel juraria que uma dupla de baratas passara correndo na sua frente, mas não podia afirmar com certeza. O homem parou diante de uma porta com um decalque de um guerreiro chinês. Na porta ao lado havia o de umas donzela da corte imperial, que estava realmente deslocada naquele desagradável lugar.

— Este aqui — disse ele enquanto cutucava Samuel em direção à porta.

Samuel puxou Excalibur para o pequeno cômodo e teve que tapar o nariz porque o cheiro quase o derrubou. Felizmente, ele estava sozinho. Excalibur não mostrou sinais de estar incomodado com o fedor. Pelo contrário, o cão farejava nos cantos com prazer. Após um breve instante, Samuel decidiu não perder mais tempo. Saiu do banheiro, puxando Excalibur pela coleira, seguiu pelo escuro corredor, abriu a cortina de oleado e chamou o proprietário com os óculos escuros na mão.

O homem o fitou com mais raiva do que surpresa, porque nunca acreditara totalmente naquela história de cegueira.

— Você enxerga? — cuspiu ele.

— Sim, enxergo — disse Samuel — e tenho um problema. Um homem maneta passou por aquela cortina e desapareceu. Preciso saber para onde ele foi.

— Não vi ninguém — disse o proprietário.

— Isso é muito importante. Se não me mostrar para onde ele foi, terei de trazer a polícia aqui. A polícia federal, entendeu?

O sorriso escarninho mudou de imediato para uma expressão preocupada.

— Sei muito bem que você paga proteção a Maurice Sandovich, mas ele não vai poder ajudá-lo se eu chamar os federais — ameaçou Samuel.

O proprietário apertou os olhos e limpou as palmas das mãos no seu avental branco.

— O que você quer?

— Quero saber aonde aquele homem foi — disse Samuel. — Eu lhe prometo, se cooperar não terá problemas com as autoridades.

— Como sei se vai manter a palavra?

— Você só tem de confiar em mim. Não tem outra escolha. Se os federais vierem, você está ferrado. Podemos manter isso entre nós sem quaisquer problemas. Portanto, como vai ser? — Ele pôs as mãos nos quadris e começou a bater o pé enquanto fitava o homem nos olhos.

— Oh — disse ele, assustado.

— Trato feito — replicou Samuel.

O proprietário o guiou pelo corredor até a última porta e bateu várias vezes. A porta abriu só um pouco e quando alguém viu que era o proprietário do Won Ton Café, ela se abriu de todo. Entraram num cômodo cujo tamanho não podia ser determinado porque havia muita fumaça de cigarro. Tossindo, Samuel viu através de olhos aquosos e da atmosfera fumacenta várias mesas redondas cobertas de feltro, cada qual com uma única lâmpada com quebra-luz acima. Não havia um assento vazio em nenhuma delas. Chineses estavam jogando a dinheiro.

Numa mesa havia cinco homens jogando pôquer. Em outra estavam jogando dados e haviam colocado uma escora artificial na extremidade do móvel para evitar que os dados caíssem no chão. O ruído era tremendo. Enquanto dinheiro e fichas fluíam, as vozes e gritos aumentavam. Eles apostavam em carteados, dados, *mahjong* e outros jogos com fichas e pequenos bastões que Samuel não conseguiu identificar. Ele achou que naquele cassino clandestino altas somas de dinheiro mudavam de mãos, a julgar pela animação dos clientes. Excalibur começou a ficar inquieto, desesperado para escapar da fumaça.

— Onde está ele? — perguntou Samuel.

O proprietário chamou com o dedo, indicando que Samuel devia segui-lo até o fundo da sala até uma outra porta. Ele a abriu e apareceu um lanço de escadas que descia para uma espécie de porão escuro. O proprietário acendeu a luz, uma única lâmpada, meio caminho abaixo. Samuel não podia ver o que havia no fundo e encarou o homem com um olhar indagador.

— É a saída — disse o homem. — Clientes jogam. Quando têm de ir embora, vão por aquela porta, no fim das escadas.

— Aonde leva? — perguntou Samuel.

— Chinatown.

253

— Você construiu isto?

O homem sacudiu a cabeça.

— Não, não. Muitos chineses. Mais de cem anos atrás. Você desce, procura pelo homem. E lembre, nada de contar à polícia — disse ele enquanto conduzia Samuel ao patamar no topo das escadas. Excalibur, ansioso por escapar da fumaça, forçou a correia e ambos desceram as escadas. O proprietário fechou e trancou a porta atrás deles.

No fundo eles se viram num porão parcamente iluminado pela lâmpada no poço da escada. O chão era de terra batida e as paredes também eram feitas de terra desnivelada, escoradas por vigas e barras como um pequeno túnel. Cheirava a umidade e excremento. Samuel estremeceu. E se o maneta não tivesse saído e o proprietário simplesmente os trancara neste buraco? Ninguém ouviria seus gritos; eles estavam nas entranhas de Chinatown. Imaginou pessoas em trânsito acima dele.

Lembrou-se de ter lido num romance que Chinatown foi formada em meados do século XIX, à época da corrida do ouro, e que todas as atividades ilegais, da prostituição ao jogo e assassinatos, eram levadas a cabo em porões. Tal como dissera o proprietário do Won Ton Café, essas passagens tinham pelo menos cem anos e continuavam a servir aos mesmos propósitos.

Ele rapidamente se adaptou à luz fraca e viu um interruptor de metal num poste no túnel. Supunha que fosse um interruptor. Acionou-o e imediatamente algumas luzes se acenderam, todas muito fracas mas que lhe permitiam imaginar onde estava. Não pôde acreditar nos seus olhos. Havia passagens para todas as direções. Era um verdadeiro labirinto. Havia pedaços de cartolina pregados nas paredes, aparentemente apontando direções, mas todos escritos em chinês, assim ele não podia decidir que caminho seguir, embora isso não fizesse grande diferença, porque não tinha uma pista de para onde seguira o maneta.

Mas Excalibur não tinha um problema de língua ou direção. Ele começou a puxar a correia e correr em círculos com o focinho grudado ao solo até que finalmente se decidiu por uma das passagens. Ele parecia saber quem estavam seguindo. Samuel foi atrás do cão quase por instinto na semi-escuridão, tomando cuidado para não cair num buraco ou bater com a cabeça num dos canos de água acima.

Na atmosfera rançosa o ar era escasso e Samuel imaginou que o sistema de ventilação, caso existisse, era bastante primitivo.

Havia portas, algumas de metal e outras de madeira, grafadas em chinês ou com números que mal eram distinguíveis. Sentiu falta de fósforos ou de um isqueiro, coisas que sempre tinha quando fumava. Viu um pedaço de cartolina com uma seta e supôs que era a saída, mas Excalibur continuou em frente, seguindo seu faro. Samuel achou melhor confiar no instinto do animal.

Por fim chegaram a uma curva da passagem e o cachorro parou em frente a uma escada de ferro de aproximadamente 1,80m de altura, no topo da qual havia uma porta, também de metal. Excalibur começou a farejar freneticamente, gemendo e cavoucando o solo. Samuel tentou ler o que estava escrito em borrifos de tinta branca.

— Meu Deus do Céu! — exclamou. O número era 838.

Ele ergueu o cachorro num braço e subiu a escada com uma das mãos, forçou a porta e viu com alívio que ela estava aberta. Largou Excalibur naquilo que parecia o subsolo de um edifício. Viu encanamentos no teto e pôde ouvir o som de máquinas, talvez aquecedores. Havia fileiras de portas numeradas, trancadas com cadeados, que pareciam servir de depósito para os moradores. Ele não teve de procurar por uma saída porque o cachorro o arrastou para algumas escadas. Quando as subiram, viram-se num patamar. Samuel abriu a única porta que havia e eles entraram no saguão do número 838 da Grant Avenue.

O piso era de mármore preto estriado com branco, caprichosamente polido, de modo que refletia o aparador antigo encostado a uma parede. E havia um grande espelho com moldura de bambu pendendo acima dele. Havia telas chinesas caras em dois lugares diferentes e um suntuoso sofá branco e várias plantas que completavam a decoração. Junto a um elevador estava a lista de moradores em letras de bronze, envoltas em vidro. Samuel suspirou, aliviado por não haver ninguém na mesa de recepção, mas ele sabia que não tinha muito tempo, pois num prédio como aquele sempre havia alguém guardando a entrada.

Examinou a lista e viu que Mathew ainda estava registrado como morador do quinto andar. Não havia dúvida de que Fu Fung Fat fora para lá. Melba ficaria muito orgulhosa quando ele lhe contasse sobre a façanha de Excalibur. Decidiu que já vira o bastante e se dirigiu para a saída arrastando o cachorro, que patinava através do mármore preto.

* * *

No caminho de volta para o Camelot, Samuel repassou o que tinha descoberto e tentou imaginar o que fazer em seguida.

Quando chegou, entregou Excalibur para Melba e disse:

— Eu lhe direi o que está acontecendo em um minuto. Mas agora preciso dar um telefonema. — E correu para a cabine nos fundos do bar.

Fechou a porta e o cheiro de ranço de tabaco invadiu suas narinas. Desta vez não sentiu repulsa. Para falar a verdade, estava louco por um cigarro. Ligou para o escritório de Charles, que atendeu.

— Acabei de seguir o criado de Virginia por todo o caminho desde o Sr. Song até o número 838 da Grant Avenue. É justamente onde fica o apartamento de O'Hara.

— E daí? — replicou Charles. — É onde aquele merdinha mora.

— Ele pegou alguma coisa com o Sr. Song e levou de volta para o apartamento através de uma passagem secreta — disse Samuel.

— Uma passagem secreta? Que tipo de passagem secreta?

— Uma que passa por debaixo das ruas de Chinatown — informou Samuel.

— Está louco? — disse Charles.

— Não, cara, eu juro.

— E como descobriu isso? — perguntou Charles, incrédulo.

— No momento não importa. Eu lhe direi mais tarde. Acha que pode conseguir outro mandado de busca? Talvez possamos encontrar alguma prova importante se formos rapidamente ao apartamento. Até agora ninguém sabe que fiz a descoberta.

— Já vasculhamos cada centímetro do apartamento — disse Charles. — Asseguro-lhe de que não tem nada lá que nos interesse.

Você é um desgraçado convencido, pensou Samuel. Entrego-lhe tudo de bandeja e você não dá a menor atenção.

— Olhe, se o cara tirou alguma coisa de um jarro, um pacote grande, creio que poderia ser parte do meio milhão de O'Hara. Não poderia ser tudo, deve haver outro jarro. Pois é preciso ter uma chave ou um tíquete. Você nunca procurou por isso quando vasculhou o apartamento, não é?

— Bem, não exatamente. Não sabíamos o que estávamos procurando.

— Não acha que vale a pena tentar?

— Arranjarei outro mandado — decidiu Charles.

* * *

A equipe de delegados federais e agentes do FBI voltou ao apartamento com Charles às 7h30 da manhã seguinte. Samuel concordou em esperar num café ali perto, embora estivesse morrendo de curiosidade.

Os federais trouxeram um intérprete, porque queriam obter respostas de Fu Fung Fat. Eles o interrogaram por três horas, mas não obtiveram nenhuma informação nova.

Também confrontaram Virginia Dimitri num cômodo separado. Como chegaram cedo demais, ela ainda estava na cama. Deram a mulher tempo para se vestir, e ela levou quase uma hora. Virginia finalmente apareceu, recém-saída do banho e em grande estilo: saia pregueada, uma blusa vermelha, sandálias e cabelo preso num coque. Ela anunciou que queria uma xícara de café para começar a manhã, o que levou mais vinte minutos.

— Sabemos que você tem um tíquete do Sr. Song e esta intimação nos permite confiscá-lo. Portanto, entregue-o.

— Não faço a menor idéia do que estão falando. Não tenho nenhuma ligação com essa pessoa que chamam de Sr. Song — respondeu ela.

— Como tem se sustentado desde que o Sr. O'Hara foi preso? — perguntou Charles.

— Acho que minha situação financeira não é da sua conta.

Charles percebeu que não ia intimidar aquela mulher e que já perdera tempo suficiente, portanto deu ordem de busca no local de cima a baixo e até destruí-lo, se necessário, a fim de descobrir o que estavam procurando: dinheiro e provavelmente um tíquete e uma chave.

Virginia ficou sentada na despensa, pintando as unhas e tomando café. Parecia perfeitamente calma, enquanto os homens vasculhavam o apartamento como um furacão, esvaziando gavetas, virando móveis de cabeça para baixo e esvaziando cada recipiente na cozinha. A única coisa que não fizeram foi dar uma olhada acima dos painéis do teto.

No fim, o agente do FBI que interrogava Fu Fung Fat estava arrancando os cabelos de frustração.

— Vamos ter que prender este homem e ameaçar deportá-lo com toda a sua família de volta para a China comunista, se ele de fato tiver uma família aqui. Já peguei um monte desses caras no meu tempo de serviço, mas este é o cara mais durão que já interroguei — foi o que o agente relatou a Charles.

Fu Fung Fat perguntou cortesmente se podia continuar com seus afazeres enquanto eles destruíam o apartamento. Foi para a cozinha e pegou o saco de lixo sob a pia. Ele já tinha sido examinado, mas um dos agentes, pensando que o criado estava tentando escamotear algo para fora do apartamento, despejou seu conteúdo no chão e vasculhou tudo de novo, peça por peça, enquanto o maneta sorria com sarcasmo. Nada encontraram. Quatro horas depois, desistiram.

— Sabemos que está escondendo alguma coisa, Srta. Dimitri — disse Charles.

— Prove.

— Pode contar com isso, nós voltaremos.

— Terão que voltar mesmo, a fim de repor tudo no lugar e limpar minha casa, se não quiser que eu os processe por abuso de autoridade — respondeu ela calmamente.

— Tente, e vamos ver até onde chega.

* * *

Charles e os agentes desceram a rua até o lugar onde Samuel esperara a manhã toda. Já havia perdido a conta de quantas xícaras de café tomara.

— Não encontramos porra nenhuma — anunciou Charles, mal-humorado.

— Calma, ainda não perdemos nada — disse Samuel.

— Nada exceto meu tempo!

— Você não o perdeu. Virginia e seu criado estão assustados e em breve vão agir. Você não mencionou a passagem secreta, não é?

— Claro que não.

— Com certeza é para onde ela irá em seguida. — Samuel sorriu, esfregando as mãos em expectativa.

— Como obtemos acesso a esse lugar? — perguntou Charles.

— Eu mostrarei — disse Samuel. — Temos que entrar sorrateiramente no edifício. O guarda estava lá quando vocês saíram?

— Acho que sim. Mas isso não é problema. Ele sabe que vasculhamos o apartamento. Agente Reiss, vá até lá e distraia o guarda.

— Como? — perguntou Reiss.

— Faça como achar melhor. Diga-lhe que precisa fazer-lhe umas perguntas em particular. Pense em alguma coisa, homem, pelo amor de Deus!

— Por quanto tempo devo distraí-lo?

— Você trouxe lanternas? — perguntou Samuel.

— Lanternas? Claro que não. Ninguém sai com lanternas por aí em plena luz do dia — respondeu Charles.

— Mas já lhe falei que as passagens são escuras!

— Você disse que havia lâmpadas.

— Eu as acendi num interruptor quando estive lá ontem, mas não posso garantir se vai haver luz hoje.

— Vou comprar algumas lanternas — ofereceu-se um dos agentes.

— Não, é melhor eu ir — replicou Samuel, pensando que um federal com mais de 1,80m de altura, de terno, óculos escuros e chapéu, comprando uma dúzia de lanternas, não passaria despercebido.

Enquanto os demais esperavam, tomando café e fumando, Samuel foi rapidamente a uma das lojas para turistas na área. No meio de intermináveis bonecos de plástico, reproduções da Ponte Golden Gate, ventiladores, estatuetas eróticas de marfim falso e maletas, ele encontrou o que estava procurando. Vinte minutos depois, retornou ao café.

Reiss ficou encarregado do guarda e puseram outro homem perto do café para observar a entrada principal do edifício. Charles Perkins deu uma olhada do lado de fora para ver se havia qualquer movimentação estranha, mas Chinatown estava envolvida nos próprios afazeres, indiferente, como de hábito. Ninguém deu uma segunda olhada para o grupo de quatro homens atravessando a rua como se estivessem marchando para a guerra. Samuel esperava que Virginia e Fu Fung Fat estivessem muito ocupados e não pensassem em ir até uma janela para vê-los chegando.

Entraram no saguão do número 838 e desceram para o subsolo, onde Samuel encontrou a porta que levava à passagem subterrânea. Entraram nas trevas, fecharam a porta e desceram a escada de ferro para as entranhas de Chinatown.

— Isso é uma merda de lugar para esperar que alguma coisa aconteça, e detesto perder meu precioso tempo. Cruze os dedos para que você esteja certo — disse Charles, ameaçando-o com o dedo em riste, enquanto ele apontava sua lanterna para a confusão de canos cobertos de teias de aranha, com insetos mortos e o piso molhado, salpicado de poças.

— Sr. Perkins, este lugar tem ratos — exclamou um dos agentes.

— O que você esperava? Flores? — replicou o promotor.

— Temos de ser pacientes. Ela se sente pressionada e esta é a sua rota de fuga. Ela aparecerá — assegurou Samuel.

— Podemos fumar? — perguntou um dos agentes.

— Não vejo por que não. É uma pena não termos trazido uma cesta de piquenique e sacos de dormir — brincou o promotor.

— Vamos tentar não atrair a atenção de ninguém — sugeriu Samuel.

— Não existe vivalma por aqui — exclamou Charles.

— É o que você pensa — disse Samuel.

* * *

Agacharam-se perto da escada onde estava totalmente escuro. A uma curta distância podia-se ver a passagem pouco iluminada por lâmpadas que pendiam do teto. Um chinês solitário passou trotando apressado sem vê-los. Depois três outros passaram por eles, entre os quais uma mulher com um bebê nas costas. Se os viram, não pareceram surpresos. Samuel supôs que até mesmo alguns ocidentais usavam o labirinto.

— Parece uma via expressa subterrânea através de Chinatown — sussurrou Charles.

— Posso imaginar que um monte de trapaças acontece por causa dessas passagens secretas — respondeu Samuel, pensando no antro de jogatina nos fundos do Won Ton Café, e dezenas de outros que sem dúvida existiam por toda a vizinhança.

Finalmente, mais de uma hora depois, a porta do porão que levava ao 838 abriu-se e Fu Fung Fat chegou à plataforma no alto das escadas e perscrutou a escuridão, ainda mantendo a porta aberta com o ombro sem um braço. Os homens escondidos debaixo da escada congelaram. Fu Fung Fat, certo de que ninguém o via ou ouvia, voltou ao porão e fechou a porta.

— Ele está experimentando o terreno. Retornará em breve — sussurrou Samuel.

Charles deu-lhe um tapinha nas costas.

— O plano está esquentando — disse, obviamente aliviado. — Há alguma ação, pelo menos.

Nada aconteceu por mais dez minutos quando a porta para o edifício se abriu de novo e Fu Fung Fat reapareceu arrastando uma grande mala para o topo do patamar. Atrás dele vinha Virginia

Dimitri vestida de preto da cabeça aos pés, o que era apropriado para uma discreta viagem pela via expressa subterrânea, pensou Samuel. Ela carregava uma mala com a metade do tamanho daquela levada pelo criado.

Virginia amarrou uma corda na alça da primeira mala, que parecia muito mais pesada, e ajudou o criado a baixá-la até o sopé da escada, onde pousou com um baque e espalhou poeira. O criado então desceu a escada com grande agilidade, considerando que só tinha um braço. Desatou a corda e Virginia puxou-a para cima. Repetiu a operação com a segunda mala e foram ambos rapidamente para o fundo com a bagagem. Pararam um momento para se acostumarem com a escuridão.

Foi então que Charles revelou sua presença.

— Estivemos esperando por você, Srta. Dimitri — disse ele, acendendo a lanterna e dirigindo o facho diretamente para o rosto dela. — Nossa intimação ainda é válida e gostaríamos de examinar o conteúdo dessas malas.

Virginia ficou sem fala. Parou para colocar a mala menor no chão de terra, depois empertigou-se no máximo de sua altura, cruzou os braços e confrontou o promotor cara a cara. Seu lábio superior estremecia levemente, mas ela parecia em perfeito controle da situação.

— Se vai invadir minha privacidade, tenho o direito a um advogado. E tire essa luz dos meus olhos!

— Tudo no seu devido tempo. Primeiro vamos abrir essas malas — respondeu Charles.

Os dois agentes do FBI cercaram o criado e o revistaram para ver se portava armas.

— Vamos fazer isto comodamente. Está tudo certo com você? — perguntou Charles, zombando dela.

Sem dar a Virginia uma chance de replicar, fizeram os suspeitos subir a escada e as malas foram trazidas para cima. Uma vez no subsolo do edifício, adequadamente iluminado com lâmpadas fluorescentes, os agentes algemaram o único pulso de Fu Fung Fat a um cano. Virginia relanceava em todas as direções, como se à procura de um lugar para onde correr, mas logo percebeu a inutilidade do gesto. Tinha nos olhos um ar ameaçadoramente furioso, mas não resistiu quando algemaram seus pulsos às costas.

A mala grande foi aberta primeiro. Estava com mais da metade cheia de maços de notas de um dólar, a outra metade continha vários apetrechos de beleza feminina.

— Bem! — exclamou Charles. — São essas as suas economias, senhorita?

Em seguida vasculharam a mala menor. Estava transbordando de maços de notas de um dólar.

— É um bocado de dinheiro, mas está faltando cerca de duzentos e cinqüenta mil dólares que estamos procurando, e também o tíquete e a chave para o outro jarro no Sr. Song. Ela deve tê-los escondido em algum lugar. Revistem-na — sussurrou Samuel para Charles, puxando-o de lado.

— Não é tão fácil — disse Charles. — Temos que ter um motivo.

Samuel se inflamou.

— De que merda você está falando? Encontramos esta mulher numa passagem secreta sob as ruas de Chinatown com uma tonelada de grana. Isso não é motivo suficiente?

A essa altura todos os outros os observavam.

— Certo, certo — disse Charles. — Acalme-se. Estou no comando aqui. — Ele endireitou sua gravata e aprumou os ombros. — Srta. Dimitri, sabemos que tem um tíquete e uma chave para AS MIL ERVAS CHINESAS DO SR. SONG e queremos que os entregue agora.

— Vocês revistaram minha casa e não acharam nada. Por que não me deixam em paz? — cuspiu Virginia, furiosa.

— Poupará a si mesma de encrenca se cooperar.

— Não faço a menor idéia do que está falando — disse, desafiadora.

— Teremos que revistá-la. Não nos resta outra opção.

— Se tocarem um dedo em mim, pagarão caro por isso. E se não me soltarem imediatamente, processarei vocês e o governo. E providenciarei para que você e este desgraçado que o acompanha percam seus empregos. Deixe-me lembrá-lo de que possuo ligações nesta cidade, caso ainda não tenha imaginado.

Samuel não tinha mais emprego, por isso considerou a ameaça digna de riso.

— Bem, Srta. Dimitri, nesse caso a levaremos presa para que seja revistada. Não vai ser agradável para você, eu garanto — tripudiou Charles. Ele chamou um dos agentes do FBI à parte e deu-lhe instruções. — Leve a Srta. Dimitri ao gabinete do delegado federal e faça com que seja revistada e depois autuada.

— Qual a acusação, chefe? — perguntou o agente do FBI.

— Transporte de dinheiro roubado.

Virginia riu alto.

— Nunca conseguirá provar isso, seu filho-da-puta. Estarei livre em uma hora e você sofrerá as conseqüências.

— Não se eu encontrar o que estou procurando — disse Charles e deu ordem para que o criado e as malas também fossem levados.

— Qual é a acusação?

— A mesma. Transporte de dinheiro roubado. — Ele continuou: — Desta vez nós a pegamos. Pelo menos assim espero. Há milhares de dólares naquelas maletas. Onde ela os conseguiu e para onde estava levando?

— É evidente que planejava fugir. O que significa que tinha com ela a chave e o tíquete — disse Samuel.

— Se estão com ela, nós os encontraremos.

* * *

O interrogatório e a revista de Virginia Dimitri no gabinete do delegado federal foi muito tumultuado. Ela se recusou a responder a quaisquer perguntas e exigiu consultar seu advogado, mas não conseguiu impedir a revista. Ela teve de ser contida fisicamente por duas mulheres enquanto era despida. Virginia teve o primeiro ataque de cólera de sua vida, que aumentou de intensidade até que perdeu o controle. Ela se soltou, arranhou, mordeu e chutou. Gritou a plenos pulmões.

— Aqui, estão vendo, não tem nada comigo, suas putas lésbicas!

Outra mulher juntou-se à briga e Virginia foi afinal subjugada e imprensada contra uma mesa. O tíquete e a chave foram encontrados num saco plástico inserido em sua vagina.

A mulher chefe piscou para ela e disse numa voz suave:

— Isso nunca falha, doçura. Aquelas que mais gritam são as que têm mais a esconder.

Soltaram-na e deram-lhe um uniforme prisional limpo, mas Virginia ainda espumava pela boca, proferia palavrões e puxava o cabelo. Tiveram que contê-la de novo. E depois de uma hora ela ainda estava fora de controle e quase sem voz. A preocupação deles então foi que sofresse um ataque cardíaco. Um médico foi chamado e ela foi sedada antes de ser trancada numa enfermaria psiquiátrica.

* * *

Com o tíquete e a chave na mão, Charles conseguiu uma nova intimação e reapareceu no Sr. Song com dois delegados federais, um especialista do FBI em impressões digitais e, claro, Samuel, o responsável por aquilo tudo.

O Sr. Song estava cerimonioso como de hábito, inclinando-se de detrás do balcão laqueado; parecia tão estranho quanto da primeira vez que Samuel o viu.

Ele coçou seu fino cavanhanque branco enquanto examinava o tíquete e assentia afirmativamente. Então olhou sereno para Samuel e Charles, pousando ambas as mãos no balcão, como se avaliando suas opções. Por fim, mandou o assistente chamar a sobrinha. Quinze longos minutos se passaram. Quando a dentuça afinal apareceu, ficou mais dez minutos falando com o tio. Depois passou aos negócios.

— Olá, Sr. Hamilton. Como estão seu estado de ânimo e a saúde? — perguntou ela.

— Muito bem, obrigado.

— Fico feliz. Você é bem-vindo para voltar. Será mais barato agora — ela sorriu, mostrando seus charmosos dentes de roedor.

Charles alçou as sobrancelhas.

— O que está havendo? — disse. — Espero que não esteja de namoro com essa jovem.

— Não, nada disso. O Sr. Song me ajudou a parar de fumar algum tempo atrás. Depois lhe contarei a respeito — explicou Samuel, enrubescendo.

— Diga a seu tio que temos este tíquete, a chave e esta intimação, tal como da última vez — exigiu Charles.

Após ela e seu tio confabularem por cinco minutos, ela traduziu.

— Meu honrado tio diz que vocês ainda não devolveram os jarros que levaram naquela ocasião.

— Devolveremos tão logo o caso esteja encerrado, prometo. Está quase.

— Quando?

— Não posso dizer exatamente. E agora tenho de levar outro jarro, o que corresponde a este tíquete.

— Meu honrado tio repete o que disse da última vez. O conteúdo do jarro pertence a vocês, mas não o jarro.

— Falaremos sobre isso mais tarde. Primeiro precisamos dar uma olhada no que tem dentro.

O assistente subiu na escada e trouxe o jarro em questão. Samuel se lembrou de que quando Fung Fu Fat estivera ali anteriormente, o assistente do Sr. Song retirara um jarro menor do centro da parede, e agora havia um buraco onde ele estivera.

Charles ordenou que a tampa do jarro fosse polvilhada para revelar impressões digitais antes que o conteúdo fosse examinado. Depois eles abriram o jarro e retiraram maço após maço de notas de cem dólares, que ele olhou detidamente em descrença, antes de dar instruções para que impressões fossem tiradas deles.

— Há um bocado de dinheiro aqui! Tem outras coisas pertencentes a Virginia Dimitri? — perguntou ao Sr. Song.

— Ele só se baseia no número do tíquete — disse ela. — Ele nem conhece Virginia Dimitri.

— Pergunte a ele sobre o buraco no meio da parede — pediu Samuel. — A quem pertence?

— Ele diz que o negócio da pessoa foi concluído. É por isso que há um espaço vazio.

Samuel sussurrou para Charles.

— Pergunte a ele onde está o jarro. É o mesmo que o criado abriu no outro dia.

— Você precisa nos trazer aquele jarro — ordenou Charles.

Quando o Sr. Song entendeu o que Charles queria, mandou o assistente ir para trás da cortina de contas e pegar o jarro tamanho médio, que colocou sobre o balcão.

— O que havia neste jarro? — perguntou Charles.

O Sr. Song esperou pela tradução.

— Ele não faz idéia — disse a garota e irrompeu num riso contagiante. — E se meu honrado tio soubesse, não lhe contaria.

Charles ignorou-a. Também ordenou que este fosse polvilhada para checar impressões. Ele então contou o dinheiro. Havia centenas de milhares de dólares. Já haviam recuperado uma enorme quantia das malas de Virginia. O total dava mais de meio milhão. A maior parte do dinheiro provavelmente pertencia a Mathew O'Hara. A questão era: o que ela ia fazer com ele? A questão mais importante era: de onde viera o restante e a quem pertencia?

O Sr. Song os seguiu até a rua, argumentando na sua língua que achava que eles estavam cometendo um roubo, um assalto à sua propriedade, mas não pôde impedi-los de confiscar ambos os jarros.

Samuel, que agora tinha um relacionamento com ele e entendia suas frustrações, foi o último a sair. Disse adeus ao albino, à dentuça e ao assistente com uma reverência e prometeu-lhes que cuidaria pessoalmente para que os jarros fossem devolvidos.

— Diga a seu tio que continuo sem fumar — disse ele.

— Meu tio diz que isso é bom. Também diz que você começa a compreender o quanto todo esse caso é *sinistro*, tal como ele lhe disse.

— Sim, creio que estou começando a perceber isso — disse Samuel.

— Meu honrado tio diz para nunca trazer seus amigos aqui de novo — traduziu a dentuça.

* * *

Naquele fim de semana Melba e Samuel foram visitar Mathew O'Hara, que já estava na enfermaria do hospital havia dois meses. Perdera quase vinte quilos e parecia vinte anos mais velho. Eles não sabiam o que dizer, esperando ouvir o pior, já que passava por suas mentes que ele poderia estar morrendo, porém Mathew os surpreendeu.

— Estou muito feliz em vê-los.

— Ouvimos dizer que não poderiam salvar sua perna — falou Melba sem pensar.

— Amputaram minha perna. Imagine! Depois de tudo que passei.

— Você por certo passou pelo inferno, patrão — disse Melba, olhando angustiada para o lugar onde deveria estar a perna.

— Não é nada comparado ao que a família de Rafael passou, tenho certeza. Sei que é íntima deles, Melba. Diga-me o que eles estão fazendo. Ouvi dizer que a esposa de Rafael teve um bebê saudável — disse Mathew.

Melba o conhecia havia muitos anos. Lembrava dele como um homem que estava sempre apressado, incansável, cheio de planos ambiciosos e que nunca demonstrava o menor interesse pelos problemas dos outros. Ele nem sequer guardava os nomes de seus empregados, porém nunca esquecia os das pessoas que podiam ser úteis para ele.

— É verdade, é um belo menino. Parece com o pai — Melba conseguiu responder.

— É sim — acrescentou Samuel. — Formam uma família surpreendente. Felizmente têm uns aos outros.

— Melba, quero fazer algo por eles, mas estou entrevado nesta cama e depois irei para a prisão. Você poderia ser minha intermediária?

— O que quer que eu faça?

— Quero que pague a eles a quantia mensal de quinhentos dólares que habitualmente paga a mim.

— Quer dizer que está abrindo mão da sua sociedade no bar?

— O bar está no seu nome.

— É, mas ambos sabemos que somos sócios. E se eu puser metade em nome da família de Rafael? Assim, se algo me acontecer, não vai ser um problema — disse ela.

— Eu não esperava menos de você — sorriu Mathew.

— Sei que você perdeu boa parte da sua fortuna, Mathew. É muito generoso de sua parte.

— Eu não estaria aqui hoje se não fosse por Rafael. Espero conhecer a família dele algum dia. Nunca poderei pagar pelo que aquele rapaz fez por mim. Na verdade, ele me deu mais do que minha vida, deu-me uma nova vida.

Samuel achou que estava testemunhando alguma coisa que sempre recordaria: a transformação de um homem. Longe de parecer arrasado pela tragédia, Mathew parecia em paz e quase contente.

— E quanto a você, Mathew? — perguntou ela. — O que vem por aí?

— Meu advogado diz que sairei mais cedo agora que tudo isso aconteceu, mas preciso ir a um hospital de reabilitação e aprender a andar com uma perna mecânica. Não posso fazer isso até que meus ferimentos sarem e o inchaço diminua. Ainda tenho um bom caminho pela frente.

— Sinto muito — comentou Samuel.

— Nada com que se preocupar, rapaz. Aprendi muita coisa sobre mim mesmo e o que é realmente importante. Olhe, consegui muito tempo a mais e não pretendo desperdiçá-lo.

Enquanto saíam, Samuel deu a Melba sua impressão.

— A dor o transformou e o elevou como pessoa — disse, emocionado.

— É, veremos — replicou Melba. — As pessoas não mudam muito, não importa o que aconteça com elas. Vou pôr o bar em nome dos García antes que ele mude de idéia.

* * *

Dois dias depois, Samuel atendeu a um telefonema urgente de Melba e correu para o Camelot. Excalibur agitava o traseiro com entusiasmo delirante.

— Certo, cachorro, acalme-se. Terei de comprar outra cenoura para seu aquário de peixes — ele riu, acariciando o cão.

Sentado à mesa redonda estava um homem robusto com o cabelo grisalho cortado rente. Era Maurice Sandovich. Não usava seu uniforme da polícia, mas ainda estava reconhecível. Bebia um bourbon duplo ou triplo com gelo e conversava seriamente com Melba.

— Oi, Samuel. Maurice tem novidades para você.

A última vez que vira Sandovich fora através de um espelho durante um interrogatório. Sandovich só o tinha visto uma vez.

— Olá, Maurice — disse ele. — É bom ver você num ambiente social em vez de numa delegacia.

— Prazer em vê-lo, promotor.

— Não, você está me confundindo com Charles Perkins — corrigiu Samuel.

— Oh, é mesmo. Você é o repórter.

Samuel enrubesceu. Na realidade, ele era um vendedor de anúncios desempregado, mas aceitou o cumprimento.

— Você quer falar comigo? — perguntou.

— Quero, sim. Estava tomando um drinque com minha velha amiga Melba e contando-lhe a última fofoca do departamento, e o seu nome surgiu. A propósito, quer beber alguma coisa?

Samuel pensou rapidamente. Deveria confiar naquele desgraçado? Era um sujeito inteiramente ardiloso, na melhor das hipóteses, mas talvez não tão ruim como Charles pintava. Recordou as palavras de Melba: ele era um fichinha.

— Claro, vou querer um uísque com gelo — disse Samuel.

Maurice rodopiou na cadeira e gritou para o barman:

— Um uísque com gelo para o meu amigo aqui e outro bourbon para mim. Os dois duplos. É por minha conta.

— Sim, senhor, já está chegando — respondeu o barman.

Melba deu uma piscadela cúmplice para Samuel. Ambos sabiam que tiras como Sandovich nunca pagavam a conta.

— De qualquer modo, seu nome surgiu quando eu contava a Melba que prendemos Dong Wong, um foragido bem conhecido em Chinatown. Você lembra, eu estava sendo interrogado pelo promotor e o FBI e você estava atrás do espelho.

— Como soube que era eu?

— Nós tiras sabemos tudo que acontece diante de nós, meu amigo. Mas voltemos a Dong Wong. Ele foi preso a noite passada. Estava pronto para deixar a cidade e foi pego no aeroporto.

— Uau! O promotor sabe disso?

— Não, só você e Melba, fora do departamento.

— Sabe como Charles estava seco para pegar esse cara, não sabe? — disse Samuel.

— Sei, e vai ficar mais ainda quando eu lhe contar o que ele falou.

Samuel pegou seu uísque e tomou um generoso gole.

— Ele bateu com a língua nos dentes.

— O quê? Ele confessou? — exclamou Samuel.

— Não foi tão simples. Ele imaginava que estávamos tentando acusá-lo de pelo menos cinco homicídios em Chinatown e mais um monte de outras merdas, por isso perguntamos o que tinha a oferecer em troca de atenuantes. Contou tudinho para tentar salvar o traseiro da câmara de gás — explicou Maurice.

— Então o que ele disse? — perguntou Samuel, tomando notas mentalmente.

— Entregou o mandante.

— Refere-se ao mandante daqueles crimes, inclusive os assassinatos de Rockwood e Louie?

— Sim, inclusive a tentativa contra O'Hara. Entregou quem organizou todo o esquema. Segundo Dong Wong, ele recebeu ordens para executar, mas o cérebro foi outra pessoa.

— Quem? — perguntou Samuel.

— Você sabe. Foi aquela dona, Virginia Dimitri.

Samuel começou a ficar agitado. Não podia crer no que acabara de ouvir.

— Você vai me deixar tomar nota do que está contando para meu jornal, sabe o que quero dizer?

— Vá em frente, meu amigo.

Ele puxou seu bloco e um lápis do bolso do casaco e pela hora seguinte tomou nota de como Dong Wong foi pago por Virginia para matar Reginald depois que ele havia extorquido os cinqüenta mil de Xsing Ching. Em outras palavras, Reginald foi o testade-ferro de Virginia para a chantagem, baseado em informação que ela lhe passava.

— Ela pagou a Dong Wong mais dinheiro para matar você e o promotor, mas deu merda e foi Louie Chop Suey quem dançou — acrescentou Sandovich.

— E quanto ao homem que apareceu para pagar pelo seu próprio obituário? — quis saber Samuel.

— Dong Wong contratou um ator com cabelo preto e vestido de smoking para encomendar o obituário, de modo que o funcionário do jornal se lembrasse disso. Virginia escreveu o obituário com base no que Rockwood lhe contara sobre sua vida. Só que era tudo falso. Ele nunca pertenceu à alta-roda, mas Virginia não sabia disso.

— Ela também não imaginava que Samuel fosse aparecer na missa — disse Melba. — Isso começou a desenredar tudo.

— Não me diga. Aposto que ela foi também responsável pela morte de Rafael García e a lesão em Mathew O'Hara. Mas por quê? — perguntou Samuel.

— É o que me pergunto: por quê? Dong Wong contou que ela também tinha uma bolada de dinheiro que estava escondendo para O'Hara, e Wong achou que ela queria eliminar O'Hara de modo a ficar com a grana. Quando ela soube que meio milhão de dólares passaria por suas mãos de modo que pudesse repassá-lo a Xsing Ching, Virginia arranjou para que os federais soubessem quando a mercadoria seria inspecionada. E foi assim que prenderam O'Hara com a mão na massa. Essa foi a melhor maneira de tirá-lo de circulação, mas ela corria um grande risco se ele estivesse vivo, pois O'Hara não é o tipo de cara que deixa rolar. Assim, Virginia e Dong planejaram matá-lo na prisão. Os federais rastrearam o dinheiro na conta do guarda de San Quentin até um dinheiro que ela mantinha num daqueles jarros na loja do Sr. Song.

— Não me contaram isso — disse Samuel e especulou o quanto mais Charles estava escondendo dele. O trato era que seria mantido informado, mas o promotor não jogara limpo com ele. Teria que descobrir por si mesmo. Sandovich era uma arca do tesouro de informação, um golpe de sorte pelo qual ele devia agradecer a Melba.

— Posso citá-lo como fonte? Isso é coisa quente e posso fazer publicar amanhã no jornal — perguntou a Maurice.

— Não ponha meu nome nisso, pelo amor de Deus. Você sabe como fazer. Aquele blablablá: fontes anônimas do Departamento de Polícia disseram...

A esta altura Samuel estava empolgado e não podia conter sua ansiedade. Estava pensando em como precisava passar esta história para o editor noturno do jornal para quem costumava trabalhar, e em como precisava convencê-lo a publicá-la com seu nome. Se não o contratassem como repórter depois dessa matéria, isto significava que não havia como escapar da sua má sorte. Ele se desculpou e disparou pelas portas de vaivém do Camelot, agarrando fortemente seu bloco de anotações.

* * *

No dia seguinte, Blanche irrompeu no quarto de Melba numa hora imprópria da manhã, agitando o jornal na frente dela.

— O que há de errado, filha, pelo amor de Deus? São seis e meia da manhã — resmungou Melba, ainda meio sonolenta.

— Veja! Publicaram na primeira página com letras enormes, e com o nome dele: Samuel Hamilton, repórter. Imagine! — exclamou Blanche e leu a manchete:

MADAME DRAGÃO ENVOLVIDA EM VÁRIOS ASSASSINATOS EM CHINATOWN E NA FRAUDE CONTRA O MILIONÁRIO DE SÃO FRANCISCO MATHEW O'HARA.

— Não acha sensacional? Samuel repórter! — disse ela entusiasmada.

— O que é que diz? Leia para mim — resmungou Melba, tateando na mesa-de-cabeceira para pegar seu primeiro cigarro.

Capítulo 18

Samuel domina a corte

NÃO FOI UM ÚNICO FURO de reportagem. Todos os dias no jornal havia um artigo de Samuel Hamilton expondo o "Caso dos Jarros Chineses", como agora era popularmente chamado. As reportagens policiais competiam com a corrida espacial entre os EUA e a URSS, a construção do Muro de Berlim e Jacqueline Kennedy, que se tornara o assunto mundial em moda. Ele ganhou crédito por aumentar a circulação do jornal e as colunas de fofoca locais trabalhavam além da hora para dar-lhe uma reputação de repórter inovador com um estilo ficcional. Se era verdade ou não, ele ganhou o próprio escritório, sem janela mas pelo menos com um ventilador e sua própria máquina de escrever, uma Underwood preta que pesava mais do que uma locomotiva, porém com todas as teclas em boas condições. Sabia que a atenção que estava obtendo não duraria muito tempo, a não ser que pudesse abanar as chamas da insaciável morbidez dos leitores com novas reportagens. Felizmente, sempre havia um novo escândalo ou um crime.

O sucesso mudou Samuel sutilmente. Era como se portava, como se vestia e como focalizava sua energia. Sentia-se como era antes, aquele que tinha sido antes que seus pais fossem assassinados e ele se visse forçado a largar Stanford. Aquele que havia sido antes do acidente de carro que lesionou gravemente a garota, e aquele que fora antes de todos aqueles anos vendendo classificados no subsolo do jornal.

Sabia que devia muito a Melba. Mas por causa do trabalho e do horário louco que mantinha fazia duas semanas que não ia ao Camelot. Foi até lá finalmente numa tarde de domingo. Melba estava sentada à mesa redonda, fumando um cigarro e bebendo uma cerveja com Excalibur a seu lado, a correia atravessado no colo dela.

Samuel entrou pela porta da frente e o cão quase teve um ataque epilético ao vê-lo. Pulando e latindo, ele pôs as patas dianteiras no novo casaco cáqui caprichadamente passado do repórter e lambeu-lhe as mãos estendidas. Samuel meteu a mão no bolso do casaco e deu a ele uma guloseima, que Excalibur devorou num segundo sem mastigar e ficou esperando mais. Melba o recebeu com menos drama, mas com o mesmo afeto. Ele se aproximou dela com um amplo sorriso na face rosada e abraçou-a.

— Que diferença faz um pequeno sucesso — disse ela enquanto recuava um passo e o avaliava da cabeça aos pés.

— Inacreditável — disse ele, apreciando a atenção de Melba por breves segundos.

Ele olhou em volta procurando por Blanche. E quando a viu atrás do balcão em forma de ferradura, pediu licença e caminhou rapidamente até a banqueta em frente a ela e enganchou-se nela com ambas as pernas, os pés plantados à maneira de pombo nos apoios inferiores de modo a poder estender-se sobre o bar na expectativa de uma reação de Blanche. Ela estava feliz em vê-lo e observou enquanto ele lhe tomava as mãos e a fitava nos olhos de uma maneira que jamais havia imaginado umas poucas semanas antes.

— Desculpe se não mantive contato, Blanche. Você não vai acreditar em como tenho andado ocupado.

— Sabemos disso, Samuel. Lemos seus artigos todo dia no jornal.

— É mesmo? — disse Samuel, tentando parecer surpreso, mas em vez disso agindo cheio de convencimento. — Então têm acompanhado o show diário?

— Não perdemos um só artigo. Aposto que tem mais a nos contar, não tem?

— Claro que sim. Venha e sente-se comigo e sua mãe, que ponho você a par.

— Poderia levar-lhe um drinque? Ou você continua no refrigerante? — perguntou ela com certa malícia.

— De vez em quando posso tomar um drinque.

— O de sempre?

Samuel assentiu, desceu da banqueta e seguiu de volta à mesa redonda. Pretendia sentar numa cadeira vaga entre ele e Melba, mas Excalibur viu para onde Samuel seguia e tentou pular na cadeira. Melba o agarrou pela coleira.

— Eu sabia que não tinha nos esquecido — disse Melba.

— Nenhuma chance, Melba. Foi você quem me deu a maioria das dicas nessa história.

Blanche trouxe o uísque com gelo. Pôs o copo diante de Samuel e sentou-se perto dele. Ela parecia jovem e fresca no seu conjunto branco de corrida e o cabelo solto.

— É por conta da casa — disse.

— Obrigado. Obrigado a vocês duas pelo apoio. Por onde querem que eu comece?

— Você sabe que sempre achei que Reginald era um perdedor — disse Melba. — Portanto, como conseguiu que uma bonitona como Virginia ficasse caída por ele? Ela deve ter sabido que era um perdedor. Qual era a dela nisso tudo?

279

Samuel riu.

— A história é cheia de surpresas — disse ele, mexendo o drinque com o dedo indicador. — Você lembra que lhe contei que havia um depósito mensal de cento e cinqüenta dólares na conta dele, além do cheque de pagamento? E que não podíamos entender isso?

— Eu me lembro. Pensei que talvez ele estivesse roubando gorjetas das garçonetes — brincou ela.

— Charles finalmente foi ao fundo nisso tudo. Era da Administração de Veteranos. Teve acesso ao arquivo de Reginald e descobriu que o pobre-diabo sofreu neurose de guerra na Coréia e estava recebendo uma pensão por incapacidade. Mas com certeza ele já era esquisito antes disso.

— Como Charles soube onde procurar? — perguntou Blanche.

— Os números do banco disseram de onde o dinheiro vinha — disse Samuel. — Pela leitura da sua ficha médica, parece que ele era um caso perdido. Estava tão perturbado que nunca gastava um centavo. Convertia em dinheiro vivo praticamente todo o seu salário na Engel's e o depositava num jarro na loja do Sr. Song. Morava num armário de material de limpeza e comia nas reuniões sociais que freqüentava como penetra. Não é de admirar que seu fígado estivesse tão baleado, como a necropsia revelou. Ele tinha graves problemas mentais e até mesmo passara por tratamentos com choque elétrico no Hospital dos Veteranos. Estava também sob medicação pesada. Admito que ele me enganou. Acreditei em todas as lorotas.

— Acha que Virginia sabia de tudo isso? — perguntou Blanche.

— Não só sabia como tirou vantagem disso.

— Como tem tanta certeza? — perguntou Melba.

— Porque em Chinatown tudo se sabe. Havia uma espelunca, uma casa de chá logo abaixo na rua, perto do apartamento de Mathew O'Hara na Grant Avenue. A proprietária, May Tan, me disse que os dois passavam horas na casa por um período de cerca de um ano enquanto tudo isso estava acontecendo. Virginia pagava sempre. Reginald apenas ficava sentado tomando chá, fumando, e desabafava seus problemas com Virginia, às vezes irrompendo em soluços. May disse que Virginia era uma hábil interrogadora. Os chineses sabem das coisas. Ela imagina que tem nas mãos.

— Ainda não entendo por que ele foi morto — disse Melba.

— Segundo Dong Wong — disse Samuel enquanto sacudia o drinque na mão direita e tomava um gole, mastigando um cubo de gelo —, ela convenceu Reginald a fazer o trabalho sujo de chantagear Xsing Ching, o negociante de arte, e recolher o dinheiro. Ele passava tudo para ela enquanto eram uma equipe. Mas, como sempre acontece quando há tanta coisa em jogo, ele quis mais dinheiro para ficar calado.

— E começou a chantageá-la — disse Melba.

— Exatamente. É também possível que tenha sido apenas uma história que Virginia inventou. Talvez tivesse planejado isso o tempo todo. Nunca saberemos com certeza, nem se ela escrever suas memórias. A princípio ela deu-lhe três esmeraldas que conseguira da Colômbia. Nós as encontramos no jarro de Reginald na loja do Sr. Song, juntamente com dez mil dólares que ele tinha poupado, mas parece que Reginald também queria metade dos cinqüenta mil dólares que tomaram de Xsing Ching. Assim, Virginia mandou Dong Wong livrar-se de Reginald. Dong e outro bandido chinês o empurraram na frente de um ônibus elétrico.

— Pobre coitado. Eu não imaginava que ele estivesse tão perturbado — comentou Blanche.

— Quero lhe pedir um favor — disse Samuel a Melba.

— O que você quiser, filho.

— O legista mudou a causa da morte no atestado de óbito de Reginald. Não se lê mais suicídio. Agora o atestado diz que foi homicídio. Ele devolverá o corpo para o enterro e o condado pagará a despesa. Gostaria que vocês me acompanhassem, de modo que eu possa dar-lhe um funeral decente.

— Claro, é o mínimo que podemos fazer — disse Melba.

— Pode contar comigo também — acrescentou Blanche. — Há mais sobre o caso que queira nos contar?

— Acho que você sabe o restante. Saiu no jornal.

— Foi em Stanford que você aprendeu a escrever tão bem? — perguntou Melba, rindo.

Samuel quis ignorar o comentário, mas não conseguiu evitar sorrir.

— Você mencionou o Sr. Song. Ele teve algo a ver com algum desses crimes? — perguntou Blanche, que estava prestando a maior atenção. As mangas da sua blusa de corrida estavam arregaçadas, os cotovelos apoiados na mesa redonda e as mãos firmemente nas faces.

— De modo algum. Ele é um negociante honesto. Zela pelo dinheiro e posses das pessoas em Chinatown, e de certa maneira é uma espécie de antigo Magistrado.

— O que diabo quer dizer com isso? — perguntou Melba, coçando seu cabelo azul-grisalho e semicerrando os olhos, enquanto dava uma tragada no cigarro.

— Sabia que todas as minhas colunas foram traduzidas para o chinês e são publicadas no jornal de Chinatown? — disse Samuel levantando e se empertigando.

— Eu não sabia — disse Melba, enquanto ela e Blanche se entreolhavam, incrédulas.

— O povo chinês tem um verdadeiro fascínio por histórias de detetives, e isso vem pelo menos do século XVI, pelo que entendi.

— Você está nos embromando — disse Melba, sorrindo afetadamente.

— Não, é sério. Eles as adoram e têm uma grande reverência por julgamento honesto e imparcial.

— O que isso tem a ver com o Sr. Song? — perguntou Blanche.

— Ele era considerado na comunidade como um árbitro de justiça idôneo. É por isso que as pessoas confiam a ele seu dinheiro e ninguém tenta assaltá-lo. Como eu disse, isso vem de longe. O antigo Magistrado que mencionei era chamado de Juiz Dee, e aparentemente existiu há bastante tempo. Ele era o promotor, o investigador e o juiz, tudo junto num só. Um diplomata holandês chamado Robert van Gulik realizou uma ampla pesquisa e recentemente publicou uma série de romances de mistério chineses baseados neste Juiz Dee, em inglês. Ele alegou que essas histórias eram muito populares até mesmo nos séculos XVI e XVII, mas sabemos que começou muito antes disso. A diferença entre a cultura deles e a nossa era que o Juiz Dee solucionava os mistérios por adivinhação.

— O que significa isso? — perguntou Blanche.

— Significa que usava raciocínio indutivo ou intuitivo, como faz Melba — disse Samuel.

— Quer dizer que ele adivinhava — riu Melba.

— Ele tinha bons palpites.

— Song foi o verdadeiro detetive que solucionou este caso? — perguntou Blanche.

— Eu não diria isso. Mas talvez a população de Chinatown acredite que foi ele, porque, como eu disse, ele goza de alta estima na comunidade. E não esqueça aquelas histórias chinesas de detetives, que são parte da cultura deles. Song se ajusta ao perfil.

— Talvez você devesse mudar de profissão, Samuel, para começar a escrever romances de mistério e ter o Sr. Song como o detetive que os soluciona. O que acha disso? — sugeriu Melba.

Todos riram. Enquanto Melba e Samuel brindavam com a garrafa de cerveja e com o copo de uísque, Excalibur tentou pular no colo dele. Samuel apoiou seu drinque na mesa e um olhar sério assomou em seu rosto.

— Não, não — disse ele, sacudindo a cabeça e enrubescendo, com seu olhar fixo em Melba. — Já tive um trabalhão só para relatar o que acontece sem nunca ter tentado inventar.

— Nunca diga nunca — replicou Melba, piscando.

Este livro foi composto na tipologia Agaramond,
em corpo 11,5/15, e impresso em papel off-white
80g/m² no Sistema Cameron da Divisão Gráfica
da Distribuidora Record.

Seja um Leitor Preferencial Record
e receba informações sobre nossos lançamentos.
Escreva para
RP Record
Caixa Postal 23.052
Rio de Janeiro, RJ – CEP 20922-970
dando seu nome e endereço
e tenha acesso a nossas ofertas especiais.

Válido somente no Brasil.

Ou visite a nossa *home page*:
http://www.record.com.br